이 시대를 사는 **따뜻한**
부모들의 이야기 │ 2

이 시대를 사는 **따뜻한** 부모들의 이야기 2

1판 1쇄 발행 1995. 12. 30.
2판 1쇄 발행 2004. 5. 3.
3판 1쇄 발행 2008. 5. 15.
3판 14쇄 발행 2020. 8. 26.

지은이 이민정
발행인 고세규

발행처 김영사
등록 1979년 5월 17일 (제406-2003-036호)
주소 경기도 파주시 문발로 197(문발동) 우편번호 10881
전화 마케팅부 031)955-3100, 편집부 031)955-3200 | 팩스 031)955-3111

값은 뒤표지에 있습니다.
ISBN 978-89-349-2978-9 03810
      978-89-349-2979-6 (세트)

좋은 독자가 좋은 책을 만듭니다.
김영사는 독자 여러분의 의견에 항상 귀 기울이고 있습니다.
홈페이지 www.gimmyoung.com 블로그 blog.naver.com/gybook
페이스북 facebook.com/gybooks 이메일 bestbook@gimmyoung.com

이 시대를 사는 따뜻한 부모들의 이야기

이민정 지음

2

김영사

그분은 절대로 화내지 않는다.

화내지 않고도

사랑하는 방법을 알기 때문이다.

그분의 이름은

나의 어머니다.

책
머
리
에

1971년 3월. 나는 어머니가 되었다. 막연히 상상했던 어머니가 된 것이다. 그리고 어머니 노릇을 하기 시작했다. 비록 결혼하기 전, 5년간의 교직생활을 경험했지만 처음 하는 어머니 역할은 서툴렀다. 그것은 시행착오로 시작했다. 우선 내가 하라는 대로만 따라 하던 아이가 혼자서 몸을 움직여 자기 가고 싶은 데로 기어다니기 시작하자 아이와의 갈등이 시작되었다. 사소한 일에서 엉뚱하게 벌어지는 일까지 매순간 생각을 하면서 너그럽게 대처하려고 노력했다. 그러나 갈등은 여기저기에 널려 있었다. 나는 차츰 이상과 현실 사이에서 헤매기 시작했다.

그 후 세월이 흘러 나는 큰아이가 다니던 학교에서 어머니회의 임원이 되었고, 회장이라는 직책까지 맡게 되었다. 특히 회장을 맡으면서 한국지역사회교육협의회의 도움으로 부모들을 위한 교육 프로그램을 계획하고 실시하게 되었다. 그것이 계기가 되어 부모교육 강사가 되었다.

나는 강사를 하면서 나와 마찬가지로 자녀문제로 걱정하고 괴로워하는 부모들을 만나게 되었다. 학원에서 돌아와 애국가가 울릴 때까지 텔레비전 앞을 떠날 줄 모르는 재수생 아들, 인문계 고등학교 합격 여부가 불안할 정도이면서도 공부에는 관심이 없고 오락기가 구형이라고 신형을 사 달라고 졸라 대는 중학교 3학년 아들, 음악을 들어야 공부가 잘된다고 계속 헤드폰을 끼고 책상 앞에 앉아 있는 딸, 남자 친구의 전화를 받으면 방문을 닫고 30분 이상 통화하는 여고생 딸, 여러 번 깨워도 일어나지 않다가 늦게 일어나 깨워 주지 않았다고 신경질 부리는 딸, 평균 성적이 5점 이상 떨어진 성적표를 내밀면서도 미안해 하거나 기죽지 않고 당당한 아들……. 이들을 어떻게 대해야 좋을지 몰라 고민하는 부모들의 이야기는 끝이 없다.

이처럼 자녀가 성장하면서 부딪히는 크고 작은 문제들은 어디서부터 해결의 실마리를 찾아야 할지 모를 정도다. 자녀가 자신의 뜻을 따라 주지 않는다고 생각하는 부모, 자기의 마음을 전혀 이해해 주지 않는다고 생각하는 자녀, 이 둘 사이의 마음의 벽은 높기만 하다. 교육을 받는 부모들은 그동안 훌륭한 자녀로 키우기 위해 쏟아

부었던 노력이 자녀를 가둬 놓는 울타리였음을 깨닫게 된다. 자녀가 보물처럼 소중해서 눈앞에 보이지 않으면 불안해하는 자신을 되돌아보게 된다. 부모의 계획대로 성적이 오르지 않으면 자녀의 성적을 학원이나 과외 선생님 손에 맡기고, 아이가 버스를 타거나 걸어가는 것이 안타까워서 학교나 학원까지 태워다 주어야 편안해지는 자신을 발견하게 된다.

집 안에, 학교에, 학원에, 승용차에 갇힌 자녀가 텔레비전, 비디오, 컴퓨터, 오락기와 함께 성장하고 있음을 깨닫는다. 기계와 함께 지내면서 기계처럼 감성을 잃어 가고 있는 자녀를 발견한다. '이게 아닌데, 이래서는 안 되는데…….' 고민하면서도 끌려가고 있는 자신의 모습을 두려워한다.

부모들은 "결국 제가 변해야겠군요."라고 말한다.

그들은 좋은 부모가 되기 위해서 이제껏 소중히 지녀 온 자신의 틀을 깨고 쓰디쓴 인내의 잔을 조금씩 받아 마시기 시작한다. 차츰 부모와 자녀 사이에 따뜻한 사랑의 대화가 오가고 서로가 서로에게 도움을 주려고 한다는, 고통을 동반한 부모들의 체험을 들으면서 함께 눈물을 흘린다. 부모의 마음은 그런 것인가 보다. 자녀의 조그마한 행동의 변화에도 감격하고 기뻐하게 되나 보다.

나는 이러한 이야기들을 월간 〈생활성서〉에 1991년 2월호를 시작으로 2003년 8월호까지 연재했다. 1992년 9월에는 그때까지 연재했던 내용들을 모아서 〈이 시대를 사는 따뜻한 부모들의 이야기〉라는 제목으로 단행본을 펴냈다. 많은 독자들의 성원에 힘입어 9쇄까지 발간되었으나, 부득이한 사정에 의해 내용 중 일부를 수정, 보완하고 그동안 다른 지면에 발표했던 글들도 함께 모아 그 1권과 2권을 다시 내놓게 되었다.

1권에서는 문제나 갈등을 해결하는 방법을 중심으로 사례를 보태어 썼고, 2권에서는 문제가 해결되는 실제 상황에서의 사례들을 중심으로 썼다. 이 글이 자녀를 위해 걱정하고 괴로워하는 부모들에게 지혜롭고 성숙한 부모가 되는 방법을 익히는 데 작은 보탬이 된다면 더없는 기쁨이겠다.

내가 강사가 되고 또 이 책을 세상에 내놓을 수 있도록 도와주신 모든 분들께 감사드린다. 가정에 묻혀 무뎌진 소질을 키워 강사가 되도록 이끌어 주신 한국지역사회교육중앙협의회 회장이셨던 고 정주영 이사장님, 주성민 회장님, 효과적인 부모 역할 훈련 프로그램을 한국에 도입하신 김인자 교수님, 부모에게 약이 되는 부모교육 프로그램을 개발하신 분들, 교육에 참가하고 또 사례를 제공해 주신 분들, 월간 〈생활성서〉의 모든 분들, 본문 삽화를 그려 주신 구분선 선생님, 이 책을 정성껏 만들어 주신 (주)김영사 여러분, 사랑으로 키워 주신 부모님과 가족들, 그리고 나에게 삶의 진정한 의미를 깨닫게 해준 사랑하는 나의 소중한 두 아들과 며느리, 남편에게도 감사의 마음을 전한다.

이번에, 김영사로부터 내용을 수정 보완할 수 있는 기회를 받고 새롭게 개정쇄를 내게 되었다. 이 기회에 올해로 19년째 하고 있는 부모교육 강사의 역할을 되돌아본다.

교육을 하면서 더욱 확고해지는 것은 행동주의 심리학자 왓슨의 말이다.

"나에게 갓 태어난 열 명의 아이들을 맡겨 달라.

나는 이 중에서 유명한 과학자, 사상가를 배출할 수도 있는 반면,

극악무도한 폭력범, 살인범도 길러낼 수 있다."

이 말은 평생교육의 필요성을 절절하게 하며 또한 서글픔이기도 하다. '나에게'의 '나'에 따라 상대방을 달라지게 할 수 있기 때문이다.

그러므로

더 큰 책임감을 느끼는 나는 오늘도 이 책을 통하여 따뜻한 부모들이 많아지고, 사람들이 모이는 곳마다 가족들의 사랑 이야기가 꽃피게 되기를 기도드린다.

2008년 오월

산이 보이는 나의 집에서

이민정

차례

책머리에

호박에 줄 긋는다고 수박 되나요? 15

엉킨 감정의 실타래 풀기 26

잠긴 안방 문, 닫힌 마음의 문 36

고부 사이의 벽 허물기 56

동네 개구쟁이들과 윤재 어머니 67

아빠는 요술쟁이 77

20여 년의 응어리가 한순간에 87

정호네 집 행복 만들기 97

결혼서약은 어디 가고 107

선생님이 너무너무 좋아요 119

삼수생, 우리 집 작은아들 131

이웃의 마음을 헤아려 주는 표현 144

생선찌개와 밥통 사건 155

찜찜한 오천 원, 기분 좋은 오천 원 167

시댁 식구, 어렵기만 한 것인가 178

용서는 사랑의 절정입니다 190

사소한 말 한마디의 위력 201

아름이네 오리 사건 212

빗줄기 속에서 확인한 사랑 222

주일이와 자전거 229

말썽꾸러기 인호와의 1년 247

달콤한 눈물의 의미 258

아무튼 고맙습니다 267

상처와 통회가 낳은 진주 278

결국 또 실패하시네. 아까 그런 얘기 좀 해 주시지 287

부록 따뜻한 부모가 되기 위한 기본 방법 299

호박에 줄 긋는다고 수박 되나요?

나는 가끔 기차를 탄다. 자리에 앉으면 목적지에 도착할 때까지 편안하고 한가하다. 차가 막혀서 약속 시간을 못 지킬까 봐 조마조마해 하지 않아도 되기 때문이다. 그렇게 기차가 자연 속을 달릴 때면 습관처럼 차창으로 떠오르는 사람들이 있다. 그들은 직접 만나지는 못했지만 수강자들의 체험발표 때 등장했던 주인공들이다. 그들은 언제나 내게 정다운 얼굴로 다가온다.

지난 가을, 단풍이 얼마나 예뻤습니까. 그렇게도 단풍이 아름답던 어느 주말, 저희 식구들은 시골에 계신 부모님을 찾아뵙기로 하고 단풍구경도 할 겸 집을 나섰습니다.
고속버스를 탔는데 중학교 2학년인 아들이 제 옆자리에 앉았습니다. 저는 창밖으로 보이는 단풍이 너무너무 고와서 아들을 껴안으며 귓가에 대고 소곤거렸습니다.

"얘, 희수야. 저것 좀 봐. 단풍 예쁘지? 봐라, 얼마나 예쁜가!"

"(퉁명스럽게) 뭐가 예쁘다고 그러세요."

"어머! 얘 좀 봐, 얼마나 예쁜데……. 아니, 그럼 넌 저 단풍이 예쁘지 않고 뭐가 예쁜데?"

"…… 난 …… 여자가 예뻐요."

"어머? ……그럼 엄마도 예뻐?"

"엄마가 뭐 여자예요?"

"……."

전 기가 막히더라고요. 아니, 그럼 엄마가 여자가 아니고 뭐야? 전 아들에게 따지고 싶었어요.

"뭐? 너 그럼 엄마가 여자가 아니고 남자란 말이야. 엄마가 남자냐고?"

"아니, 엄마는 그냥 엄마고…… 내가 말하는 여자는 내 또래 여학생이죠."

저는 맥이 풀렸습니다. 아, 이제 난 아들에게 더 이상 예쁜 여자로 보이는 게 아니라 그냥 밥하고 빨래하고 잔소리하는 그런 존재로 변했구나. 그리고 아들의 관심은 벌써부터 어미가 아니라 제 또래의 여자에게로 떠나는구나. 어렸을 때는 그렇게 엄마를 쫓아다니며 '엄마 엄마, 난 세상에서 엄마가 제일 예뻐. 난 이다음에 엄마랑 결혼할래' 하던 일이 엊그제 같은데. 저는 기운이 쏙 빠지고 주름살도 두어 줄 늘어나는 것 같았습니다. 아름답던 단풍이 다 어디로 사라져 버렸는지 아무것도 보이지 않더라고요.

다시 차창의 화면은 형철이네 집으로 바뀐다.

제 아들은 중학교 3학년인데요. 연합고사를 한 달쯤 앞두고 어느 토요일 저녁 제게 오더니, "엄마, 나 중3이잖아요. 이제 얼마 안 있으면 중학교도 졸업할 텐데…… 저…… 추억을 만들고 싶어요. 그래서 친구네 집에서 오늘밤 자고 오면 안 돼요?" 하더라고요.

그 말을 듣는 순간 불끈 화가 났어요. '야! 너 정신이 있어, 없어? 아직 시험도 치르지 않은 놈이, 뭐? 친구 집에서 잠을 자! 추억은 무슨 얼어 죽을 추억이야!' 하고 나오려는 말을 가까스로 삼키고 아이를 잘 달래서 못 가게 하려는 의도로 배운 것을 생각하며 조심스럽게 말했습니다.

"형철아, 네가 추억을 만들고 싶어서 친구 집에서 자고 싶은가 보구나!"

"엄마, 여자같이 말하지 마세요. 그냥 보통 엄마가 쓰는 말로 하세요. 친구네 집에서 잔다고? '안 돼' 아니면 (잠시 망설이다가 작고 부드러운 목소리를 내며) '돼' 하고 말이에요."

기가 찼습니다. '뭐? 여자같이 말한다고? 내가 언젠 남자같이 말했나? 하긴 남자 같진 않더라도 깡패같이 말할 때는 있었지만, 그래도 그렇지.' 저는 아들이 자기가 한 말에 대해서 따끔하게 뉘우치라고 목소리를 가다듬어,

"네가 그렇게 큰 소리로 말하니까 나는 힘이 빠져. 그렇지 않아도 몸이 많이 약한데"라고 말하자 옆에 있던 작은아들이 불쑥 나서며, 이렇게 말하더라고요.

"엄마, 그런 소리하지 마세요. 엄마가 얼마나 힘이 센데요. 엄마가 화가 나서 때릴 때면 헐크보다도 힘이 더 세요. 엄만 레슬링 선수가 됐어야 하는 건데, 기술도 얼마나 다양한데요. 라이트 훅, 레프트 훅, 꼬집기, 메다치기, 앞차기, 옆차기 뭐 많잖아요."

와! 뭔가 와장창 무너지는 것 같더라고요. 큰아들에겐 그런 말을 들을 만도 하다고 생각해요. 힘이 센 큰아들에게 두 팔을 잡히면 몸을 꼼짝할 수 없게 되니까 발도 사용하게 되더라고요. 그러나 작은아들에겐 그런 일이 거의 없었거든요. 이제 초등학교 5학년인데 제 말을 잘 들어요. 그 녀석만은 항상 제 편이고 저를 이해해 주는 줄 알았는데…… 배신감이 들더라고요. 정말 황당했어요.

그날 이후 농담처럼 웃어가며 하던 작은아들의 말을 계속 생각하게 돼요. 제가 큰아들과 다툴 때 작은아들은 멀리서 나를 지켜보고 있었구나. 내 말을 잘 들었던 것도 나를 좋아해서가 아니라 매맞지 않고 미리 피하기 위한 방어책이었구나 하고요. 제가 한심해요. 그리고 창피해요.

저는 이 교육을 받으면서 생각했어요. 친정어머니가 가까이 살고 계신데도 갑자기 보고 싶고 가슴이 저리도록 좋을 때가 있는데, 제 아이들도 저를 보고 싶어할까 상상해 보면 어쩐지 씁쓸해요. 그러면서도 성질 고치기가 이렇게 힘이 드네요. 처음에 제가 이 교육을 받으면서 큰아들에게 말했어요. 엄마가 앞으로 좋은 엄마가 되려고 교육을 받는다고요. 아들은 "엄마, 호박에 줄 긋는다고 수박 되나요?" 하며 비꼬는 표정을 짓더라고요. 역시 전 안 되나 봐요. 하긴 제가 준 그대로 고스란히 되돌려 받는 거예요. 제가 아들을 많이 괴롭혔거든요.

　나는 자신의 부끄러운 부분을 철저히 드러내 보이는 형철이 어머니를 좋아한다. 자신의 허물을 내보일 수 있다면 자신을 바꿀 수 있는 용기도 지니고 있기 때문이다. 형철이 어머니는 머지않아 처음부터 다시 시작하게 될 것이다. 다 익은 호박을 수박으로 바꾸지 않고 수박의 씨앗을 심을 것이다. 싹이 나고 줄기가 돋고 잎이 나고 꽃이 피기까지 인내로 기다리며 정성껏 가꿀 것이다. 급한 욕심을 버리고 차분히 시작하며 형철이에게 이렇게 말할 것이다.
　"형철아, 엄마는 호박을 수박으로 바꾸지는 않을 거야. 처음부터 수박 씨를 심어서 키울 거야. 엄마는 그런 희망을 주는 너희들이 있어 얼마나 고마운지…… 그동안의 엄마를 용서해다오. 내 생명보다 더 소중한 내 아들들아!"

　차창의 화면이 바뀌면 나는 또 다른 주인공을 만난다. 지난 여름 방학이 끝나갈 무렵 교사인 환이 어머니는 아들에 대한 이야기를 다음과 같이 했다.

　유치원에 다니는 환이는 혼자이기 때문인지, 투정도 잘 부리고 고집도 셉니다. '아이 하나 키우기가 정말 어렵구나!' 하고 생각할 때가 한두 번이 아니에요. 이번 방학 때는 부산 언니 집에 갔는데, 돌아올 때 초등학교 2학년인 조카를 데리고 왔었습니다. 환이는 10여 일간 사촌 형과 신나게 놀았습니다. 조카가 부산의 자기 집으로 돌아가자 혼자가 된 환이가 짜증을 부리기 시작했습니다. 환이는 쓸쓸해서 그런지 몸을 비틀고 안절부절못했습니다.

며칠 전 심심하다고 투덜대던 환이가 갑자기 "엄마가 전에 거북이 사준다고 했잖아!" 하면서 버럭 소리를 지르는 것이었습니다. 환이는 언제부터인가 거북을 사 달라고 졸랐고 저는 늘 안 된다고 했습니다. 거북을 키운다는 것이 생소하고 귀찮았고 또 거북이 죽기라도 하면 아이에게 상처가 될까 봐 안 된다고 했던 것입니다. 어느 날인가 유난히 떼를 쓰기에 마침 지치고 피곤했던 참이라 그 자리만 어물쩡 피하려고 다음에 사 주겠다고 약속을 해 버렸습니다. 그 후 환이는 틈만 나면 졸랐고 저는 계속 미루었는데 지난주 선생님께 조언을 듣고 사 주어야지 결심을 하고 있던 터라, 그날은 바쁜 일도 제쳐 놓고 거북을 사러 갔습니다.

환이는 버스 안에서도 콧노래를 부르며 기쁨을 감추지 못했습니다. 조그만 청거북 세 마리와 그 거북을 키울 수 있도록 예쁘게 꾸며진 플라스틱 어항을 사고 기뻐하는 환이와 버스 정류장으로 가는 길이었습니다. 어느 장난감 가게 앞을 지나고 있었습니다.

"엄마! 나 저것도 사 줘, 응?" 환이는 큰 소리를 지르며 커다란 로봇을 가리키고 있었습니다. 그 순간 저는 가슴이 철렁했습니다. 기분 좋게 집에 가긴 틀렸구나. 한번 떼쓰고 울면 사 주던가 때리면서 교사로서의 모든 체면을 잊은 채 악을 써야 끝나는데, 자칫 잘못하면 예전대로 '아니, 이 녀석이 금방 거북을 샀는데 또 뭘 사? 엄마가 백만장자야 뭐야! 너는 욕심이 많아서 뭘 사 줄 수가 없어. 사면 또 사고 싶고 또 사고, 도대체 얼마나 사야 속이 시원하겠니? 이 염치없는 욕심꾸러기야!' 했을 텐데. 저는 막 열리려는 입을 닫았습니다.

그렇지, 감정을 정리해야지. 일단 멈추고, 생각하고, 그리고 말해야지. 저는 할 말을 생각해 보았습니다. '네가 저 장난감을 사 달라고 하니까 엄마가 참 곤란해. 엄마는 거북만 사려고 왔는데 장난

감까지 사면 반찬 살 돈도 모자라고 또 네가 새로운 장난감을 볼 때마다 사 달라고 할까 봐 불안하고 걱정이 돼' 하고 정리해 보았습니다. 그런데 어쩐지 너무 의도적인 것 같고 어색해서 행동과 느낌만 얘기했습니다.

어머니 환이야, 그 말을 들으니까 엄마는 가슴이 철렁해.

환이 왜? (기다릴 사이도 없이 곧이어) 아! 알겠다. 돈이 없는데 내가 자꾸 사 달래서 그렇지?

어머니 후—. 그래, 환이가 엄마 마음을 잘 알아줘서 엄마 가슴이 시원하네.

환이는 눈을 깜빡이더니 고개를 끄덕이며 말하는 것이었습니다.

환이 음…… 알았어요, 엄마. 이 다음에는 내가 잘 생각해 보고 꼭 필요한 것만 사 달라고 할게요.

어머니 그래, 엄마를 생각해 줘서 정말 고맙다.

전 진심으로 아들이 고마웠습니다. 그렇게 사려 깊게 생각하다니요. 제 아들이 얼마나 대견하고 믿음직스러웠는지요. 사고 싶다던 로봇 생각은 어디로 날아갔는지 환이는 깡충깡충 신나게 뛰어갔습니다. 저 또한 대화를 잘하게 된 자신이 대견하고 뿌듯했습니다.

제가 이 대화방법을 배우기 이전이었다면 제 성격대로 화난 감정을 퍼부었을 것입니다. 결국 저는 환이를 사랑하는 마음으로 거북을 사 주고도 '그래, 다음에 또 뭐 사 달라고만 해 봐라' 하며 분개했을 것이고 환이도 그렇게 사고 싶던 거북을 사고도 '그래, 좋아, 안 사 줘도 돼!' 툴툴거리며 환이 따로, 저 따로 돌아왔을지 모릅니다. 저는 행복했습니다. 저는 환이의 손을 잡고 돌아오면서 어느 중학생이 쓴 글이 생각났습니다. 그 학생은 이 교육을 받고 달라진 어머니에게 '그분은 절대로 화내지 않는다. 화내지 않고도 사랑하는 방법을 알기 때문이다. 그분의 이름은 나의 어머니다' 라는 글을 썼습니다. 저도 그날만큼은 화내지 않고도 사랑하는 방법을 알고 있는 환이의 진짜 어머니가 된 것 같아 무척 행복했습니다.

부모는 자녀의 호기심을 부모의 욕구대로 유도한다. 부모가 강아지를 좋아하면 강아지를, 고양이를 좋아하면 고양이를 키우려고 한다. 특히 애완용 동물의 거주가 제한된 아파트에서 어른들이 원할 때는 성대를 수술하여 짖지 못하는 개를 키우기도 한다. 그러나 자녀는 부모에게 생소하거나 귀찮다면 거북이도 키울 수가 없다.

과거엔 어디서나 보고 만질 수 있었던 메뚜기와 잠자리, 풀벌레, 개구리와 토끼, 이웃끼리 나눠 키우던 강아지들. 그러나 요즘엔 부모가 사 주는 건전지로 움직이는 자동차, 로봇, 곰 그리고 오락기와 각종 문제집, 유명 상표가 붙은 옷, 신발, 가방……. 옛날에 부모가 가져 보지 못한 물건들이 얼마나 많은가. 그런데도 그 풍요로움에 비해서 살아 있는 생명체들로부터는 얼마나 멀리 떨어져 있는가. 우리는 자녀들을 어느 쪽으로 가도록 조종하고 있는가.

환이가 거북이를 갖고 싶은 동기는 어디에 있었을까. 어쩌면 동화책이나 만화책에서 만나 좋아하게 됐는지도 모른다. 거북이에게 먹이를 주고 보살펴 키우면서 동물을 사랑하고 자연을 사랑하고 이 세상에 살아 있는 모든 것을 사랑하는 계기가 될 수도 있다. 거북이가 잘못되어 죽더라도 환이는 많은 것을 배우게 될 것이다. 사람의 죽음에 대해서까지도.

나는 상상의 날개를 펴 본다. 오랜 세월이 지나고 환이가 아버지가 되어 아들의 손을 잡고 거북이가 진열된 진열장 앞을 지나게 된다면 어떤 생각을 할까. '아, 난 어렸을 때 웬일인지 거북이가 좋아지기 시작했어. 그리고 갖고 싶었지. 나는 어머니에게 졸라서 청거북 세 마리와 어항을 사고는 얼마나 신이 났던지. 그러고선 또 로봇 장난감도 사 달라고 했지. 나는 얼마나 욕심이 많았던가. 그래도 어머니는 화내지 않고 차근차근 말씀해 주셨어. 네 말을 들으니 엄마는 가슴이 철렁해. 또 대답했지. 왜? 아, 알겠다. 돈이 없는데 자꾸 사 달래서? 그리고 말했지. 이제부턴 잘 생각해서 꼭 필요한 것만 사 달라고 하겠다고. 그러고 보면 어렸을 때의 나는 괜찮은 녀석이었나 봐. 아니야, 아니지. 나를 그렇게 만든 것은 어머님의 사려 깊은 말씀 때문이었어.'

그러면서 그는 거북이를 담아 놓았던 예쁜 플라스틱 어항을 떠올릴 것이다. 어항 안에 담긴 어머니의 그윽한 사랑도 함께 떠올릴 것이다. 회상에 잠긴 아버지는 아들의 손을 잡고 걸어가며 아들이 자신과 같이 거북이를 사 달라고 조르면 빙긋이 웃으며 청거북 세 마리를 사 주겠지. 그리고 또 로봇을 사 달라고 할지도 모를 아들을 위해 다음의 말들을 준비해 놓겠지.

'애야, 네가 세 마리의 거북이를 샀는데 로봇까지 사 달라고 하니까 아빠는 가슴이 철렁해. 왜냐하면 돈이 모자라는데 사 달라고 하니까 말이야.'

아버지가 된 환이는 그날을 떠올리며 아무도 모를 애정 어린 미소를 지을 것이다.

그날 저녁 아버지가 된 환이는 어머니를 찾아가 아랫목이 따뜻한가 확인하고는 아이가 어른이 되는 것은 그렇게 긴 세월이 아니라는 서글픔에 옷깃을 여밀지도 모르지.

내일쯤 환이에게 전화를 해야겠다. 늦잠 자는 환이에게 "환이야, 거북이 배 고프겠다" 하면 벌떡벌떡 일어난다는데 요즘도 여전한지. 내가 좋아하는 환이가 잘 지내는지 궁금하다.

차창으로 또 다른 정겨운 얼굴들이 이어진다.

엉킨 감정의 실타래 풀기

이 교육에 참가했던 어떤 중년 부부는 각자 고민을 가득 안고 있었다. 우선 남편의 말을 들어 본다.

"저는 집에서 필요 없는 사람 같아요. 제가 집에 들어가면 아이들과 아내가 재미있게 얘기하다가도 '어? 오셨어요!' 하며 우물우물 세 아이가 슬며시 자기 방으로 들어가 버려요. 애들은 제가 싫은가 봐요. 저는 물 위의 기름처럼 느껴져요. 아니 격리해야 할 사람처럼 대하는 느낌이에요. 그래서 이런 생각을 하게 되더군요. '늙으면 아내도 아이들도 내 식사를 챙겨 주지 않을 거야. 혼자서 밥해 먹고 살아야겠지' 하고요. 그래서 지금부터 반찬 만드는 연습도 하고 있어요."

웃으며 말하는 남편의 얼굴 뒤편에 깔린 쓸쓸하고 어두운 그림자를 누구나 쉽게 읽을 수 있었다. 이어서 그의 아내가 자신이 느끼는 불만과 고민을 털어놓았다.

"저이는 한번 당신 뜻에 맞지 않으면 무조건 안 된다고 해요. 한두 마디 나온 말이 당신 성에 안 차면, 옛날 당신 자랄 때 얘기를 하면서 이것저것 트집을 잡아가며 안 된다고 해요. 그러면 아이들은 남편 없을 때 제게 와서 졸라요. 아빠 모르게 엄마가 살짝 허락해 달라고요.

한번은 큰아이가 그림 그리는 게 재미있고 잘할 수 있다며 미술 학원에 다니겠대요. 선생님도 그 방향으로 나가 보라고 권하셨다면서 학원에 일단 3개월만 보내 달라는 거예요. 3개월간 다녀 보고 계속할지 안 할지 결정하고 그 방향으로 결정이 되면 신문배달이라도 해서 계속 하겠다고 하는 거예요. 저도 시켜 보고 싶었어요. 요즘 때가 어느 땝니까. 그런데 남편은 그림은 무슨 그림이냐, 남자는 기술이 제일이다, 공과 대학에 가야 한다고 부득부득 우기는 거예요. 그림은 그냥 취미로 하라는 겁니다.

그럴 때면 저는 무조건 반대하고 싶지 않고 중간에서 안타까워요. 그러니 남편과의 관계에서 비밀이 많아질 수밖에요. 아이는 아빠 몰래 미술학원에 다니게 되고 그러다가 들키면 꼼짝없이 아빠에게 매를 맞아요. 저는 이러지도 저러지도 못하고 아이들에게는 능력 없는 엄마, 남편에게는 애들 제대로 못 키우는 무능한 아내가 되지요. 저 역시 남편이 원망스럽고 남편이 집에 들어오면 겁부터 나요. 오늘은 또 무슨 일로 트집을 잡아 아이들을 때릴 것인가 하는 생각이 들어서요."

40대 중반에 접어든 그들은 누구 못지않게 사이좋은 부부였다. 그러나 자녀들이 커 가면서 아이들 일로 의견충돌이 잦아졌고, 그들 사이가 조금씩 멀어지는 것 같다고 했다.

"저도 좋은 아버지가 되고 싶어요. 저는 어릴 때 아버지에게 이유도 모른 채 맞은 적이 많았어요. '내가 이담에 아버지가 되면 절대로 자식들을 때리지 않고 인자한 아버지가 되어야지' 하고 결심했지요. 그런데 요즘 아이들은 제가 좋은 말로 이해시키려 하는데도 듣지를 않아요.

언젠가 있었던 일인데요, 지금 중학교 2학년인 딸이 몸이 좀 통통해요. 그런데 수영을 해서 살을 빼겠다는 거예요. 수영하는 데 돈이 한두 푼 듭니까? 남들이 다 하니까 저도

한다고 하는데 무조건 '그래그래' 해야 합니까? 우리가 언제부터 그렇게 잘살게 되었습니까. 그 돈 있으면 양로원에 갖다 주라고 했죠. 살을 빼려면 돈 안 들이고 아침 일찍 줄넘기도 할 수 있고 동네 언덕을 오르내릴 수도 있잖아요. 더군다나 성적도 좋지 않은데 공부는 안 하고 어느 시간에 수영합니까. 그런데 저 몰래 아내가 보내고 있더라고요. 성적은 더 떨어지고 잠은 또 어떻게나 많아졌는지요. 저는 화가 나서 손이 올라갔죠.

사실은 그럴 때 때리지 않고 어떻게 해야 제 말을 잘 알아듣게 할 수 있는지 방법도 몰랐고요. 결국 이래서 저의 아버님도 저를 때리셨구나 하는 생각이 들어요. 그러나 제 마음에 들지 않는다고 해서 또 제 생각과 다르다고 해서 무조건 때리는 것이 좋은 방법이 아니라는 것은 알겠어요.

그런데 아내에게도 섭섭했어요. 아내가 중간 역할을 잘해 주면 이러지 않을 텐데, 아내가 아이들하고만 똘똘 뭉쳐 한패가 되어 저와 아이들 사이를 벌어지게 하는 게 아닌가, 아니 아내가 아이들과 저 사이에 편을 갈라 놓으려는 게 아닌가 하는 생각이 들면 참을 수가 없고 감정이 격해져요. 그러다 보면 아이들에게도 감정적으로 대하고 허락할 수 있는 것도 트집 잡게 되더라고요. 그러나 요즘 들어 모든 일이 제게 문제가 있어서 그렇다는 생각이 들었습니다. 그래서 수녀님의 권유를 받아들여 더 늦기 전에 교육을 받아 보려고 이 시간에 나왔습니다."

남편의 이야기가 끝나자마자 그의 아내가 입을 열었다.

"저이는요, 제가 말을 할 때 끝까지 들어 본 적이 없어요. 한마디 시작하면 벌써 '된다, 안 된다'가 결정돼요. 들어 보나 마나 뻔하대요. 한번 우기기 시작하면 끝까지 우겨요. 저는 하도 답답하고 말이 안 통해서 애들이랑 싸울 때도 남편을 도와주고 싶은 마음이 전혀 없어요. 차라리 빨리 늙어서 애들에게 서러움을 당해 보면 뭔가 깨닫게 되겠지 하고 세월이 빨리 가기만을 기다릴 때도 있어요. 물론 제 잘못도 많다는 생각은 하지만 무엇이 어떻게 잘못되었는지를 모르겠어요."

이들 부부만이 아니라 대부분의 수강자들이 이렇게 내면의 모습을 서슴없이 열어 놓기 시작하면 그동안 첩첩이 쌓였던 감정의 응어리들이 서서히 풀리기 시작한다. 그들은 말한다.
"제 남편이 그런 생각까지 하는지 전혀 몰랐어요."
"제 맘속에 혼자만 간직하고 있던 말을 하고 나니까 후련해요. 제 아내도 많이 답답했을 거예요."
그들은 그동안 대화에 방해되는 언어들로 인해 서로 대화의 문이 닫혀 있었음을 깨닫기 시작한다. 서로 이해하는 방법을 배우고, 상대방의 자존심을 상하지 않게 나를 표현하는 방법 그리고 갈등 해소방법을 익힌다. 배운 이론을 실천하면서 조금씩 변화를 느끼고 어느 사이 교육이 끝날 즈음엔 처음의 굳었던 표정이 차츰 풀리며 밝고 환해지는 모습들을 본다.
끝날 때쯤 남편은 아내에게, 아내는 남편에게 고마움을 느낀다고 말한다. 자녀들과의 관계도 변한다.
"전에는 집에 들어가면 수용소에 격리되어야 할 환자였던 제가 조금은 안심할 수 있는 환자로, 또 요즘은 가족들과 함께 있어도 될 환자로 병이 나아지고 있어요. 어서 빨리 병이 나아서 아무 걱정 없이 아이들과 함께 뒹굴고 싶습니다. 전에는 방법을 몰라서 못했지만 이젠 배웠으니 할 수 있을 것 같습니다. 열심히 노력하겠습니다."

그렇다면 위와 같이 부부간의 대화를 가로막았던 어려움은 무엇인가. 다음의 경험을 들으면서 해결점을 생각한다.

전 어제 남편이랑 다투었어요. 글쎄 저녁마다 켜 놓는 가습기를 켰느냐고 남편이 물어보더라고요.

"여보! 가습기 켰어?"

"그럼 맨날 켜는 가습기 안 켰을까 봐서요, 봐요! 켜 놓은 거 안 보여요?"

"네, 켰어요 하고 한마디 하면 될 걸 왜 꼬리를 달아, 피곤하게."

"당신은요. 당신이 언제 한번 가습기 켠 적 있어요. 그걸 꼭 물어야 해요. 그리고 켜지 않았으면 당신이 켜면 안 돼요?"

"그래, 알았어!"

그후 남편은 오늘 아침까지 말이 없었어요. 아침상을 다 차려 놓았는데 한마디 말도 없이 식사도 하지 않은 채 휙 나가더라고요. 저도 지금까지 이렇게 찜찜해요. 사실 저 자신도 참 이상해요. 남편이 '가습기 켰어?' 하면 남편 말처럼 '네, 켰어요' 하면 될 걸 왜 순순히 대답하지 못하고 빈정대고 꼬집는지요. 아주 습관이 돼서 입에 붙어 있다가 그냥 따라나오나 봐요. 오늘 남편이 들어오면 화해해야 할 것 같은데 어떻게 말해야 하죠?

이 질문에 대한 대답은 이론적인 설명만으로는 충분하지 않다. 이에 대한 해답을 얻기 위해서는 주로 역할극을 활용한다. 문제를 제기한 수강자가 남편 역할을 하고 다른 사람이 아내 역할을 대신 하는 것이다. 역을 맡은 이들의 대화 내용을 함께 듣는다. 괄호 속의 내용은 상황 설명이거나 역할극이 끝난 후 당시 대화자가 느꼈던 속마음이다. 그때 상황으로 돌아간다. 남편이 초인종을 누르고 들어온다.

아내 이제 오세요. 당신 시장하시죠? 아침도 안 드셔서.
남편 괜찮아.('밥을 먹게 해야 먹지.')
아내 당신이 식사하지 않고 나가시니까 저도 먹을 수가 없었어요. 제 성의를 봐서라도 좀 드시지 그냥 가시니까 저도 화가 났어요.
남편 …….('화나긴, 자기가 화나게 해 놓고, 성의는 또 무슨 성의야. 맨날 말로만 성의, 성의 하면 뭘 해. 말하고 싶지도 않아.')
아내 저녁은요?
남편 됐어. 괜찮다니까.(그냥 안 먹고 잠자리에 들고 싶다.)

이 역할극에서 남편 역할을 했던 아내는 기분이 아주 나쁜 것은 아니지만 후련하거나 시원하지 않고 아직도 찜찜한 기분이 남아 있다고 했다. 역할극을 다시 한다. 다시 남편이 초인종을 누르고 들어오는 상황이 재연된다.

아내 오셨어요. 날씨가 추운데 힘드셨죠?

남편 으응! (웬일이야, 이 여자가?) 괜찮아.

아내 당신 좋아하는 찌개 했는데 맛이 어떨지 모르겠네요.

남편 알았어. (방으로 들어가며 생각한다. 이 여자가 웬일이야, 아니 우리 집에 웬 여우가 들어와서 아내로 변신했나, 어쨌든 기분은 괜찮네.)

아내 (방으로 따라 들어가 옷을 받아 들고 어색해하는 남편에게 더듬거리며) 여보! 당신 어제 기분 많이 상하셨죠. …… 죄송해요. 당신 피곤하게 해서요. 사실은 제가 요즘 …… 대화방법을 배우면서 많은 걸 느끼고 있어요. 그동안 제 언어 습관이 …… 당신을 많이 힘들게 했구나 하고 반성을 많이 했어요. 그런데 고쳐야지 하면서도 잘 안 되네요. 앞으로 정말 잘 …… 하도록 노력할게요. 사실은 …… 제가 당신을 얼마나 …… 좋아하는데.

남편 정말이야? (감격해서 가슴이 뭉클하다.)

당시 남편 역할을 했던 수강자는 역할극 당시의 느낌을 이렇게 말한다.

"아내가 그렇게 말하니까 마음이 편안해지는데요. 더군다나 아내가 더듬거리며 조심스럽게 제 마음을 알아주고 또 잘해 보겠다고 말하니까 얼른 마음을 풀고 싶어지네요. 오늘 집에 가서 아내 역할을 잘 해 보겠습니다."

역할극을 보면서 참가자들은 자신감이 생긴다고 한다. 비슷한 상황에 처하면 실행해 보고 싶다고 한다. 그러나 대부분의 경우 위와 같은 대화로 진행되지는 않는다. 상황에 따라서, 남편에 따라서 대답이 예상대로 나오지 않는 경우도 있다. 수강자들은 이러한 예상치 못했던 상황을 내심 불안해 한다.

"제 남편은 그럴 경우 아마도 그런 대답이 나오지 않을 거예요."

역할극을 다시 해 본다. 남편 대답이 예상대로 나오지 않을 것이라고 걱정하는 수강자가 남편 역할을 한다.

아내 (들어오는 남편에게) 날씨가 추운데 힘드셨죠?

남편 ……. (대답 없이 찬바람을 휙 일으키며 방으로 들어가 버린다.)

아내 (방으로 따라 들어가며) 당신 시장하시죠?

남편 아냐, 별로 …… 생각 없어! (시장한 듯하나 귀찮아 말하고 싶지 않다.)

아내 그래요. 당신 어제 화나신 일 아직 안 풀렸죠. …… 미안해요. 사실은 요즘 대화방법을 배우면서 …… 그동안 제가 당신을 많이 힘들게 했구나 하고 반성했어요. …… 바꿔 보려고 노력 중인데 잘 안 되네요. 앞으로 잘하도록 …… 노력할게요. 사실은 제가 당신을 얼마나 …… 좋아하는데. …… 여보! 당신 좋아하는 게찌개 했어요. …… 수산시장 갔었어요. 게가 비쌌지만 당신을 위해서 샀어요.

남편 (기분이 풀린다.) 알았어. 나 얼른 씻고 나올게.

이때 남편 역할을 했던 수강자는 말한다.

"정말 마음이 편안해지고 기분이 좋은데요. 제가 인정받는 것 같고 대우받는 기분이에요. 정말로 제 언어 습관을 고쳐야겠네요."

우리는 매순간 상대방 마음을 읽어 주는 간단한 말 한마디를 한다는 것이 얼마나 어려운가를 느끼게 된다. '네, 그랬어요, 그렇군요.' 마음만 먹으면 얼마나 쉬운 말인가.

잠긴 안방 문, 닫힌 마음의 문

수강생인 혁진이 어머니와 그의 언니, 그들 자매에 대한 얘기는 언제 어디서인지 모르게 나도 알게 되었다. 어디서나 그들의 모습이 보이면 왠지 반갑고 기쁘다고 수강생들은 말한다. 그들의 검소하고 소박한 모습을 보면 편안하면서도 어느덧 자신의 옷매무새를 돌아보게 된다는 것이다. 그리고 그들을 보면서 그들 몸에 밴 부모님의 영향력을 깨닫게 된다고 했다. 그러나 함께 배우면서 그들 역시 자녀에게는 욕심이 있고 칭찬에도 인색한, 평범한 어머니라는 것을 알고는 위안을 느낀다고도 했다.

이 모임에 참가한 대부분의 부모들처럼 그들도 정직하게 자신을 드러내기 때문에 궁금했던 그들의 내면을 들여다볼 수 있는 일 또한 큰 소득이라고 말했다. 그리고 그들의 마음 안 어딘가에 깊이 숨겨져 있던 욕심이 분노가 되어 솟구치는 감정을 솔직하게 내놓는 걸 보면서 감탄하게 되고 위로가 되어 더욱 그들을 좋아하게 된다고도 했다.

사실 이 교육에서는 그런 것들 때문에 아픔과 함께 매력을 느끼게 되는지도 모른다. 여기서는 자신에 대한 자랑스러움보다는 잘못된 점, 부끄럽고 내보이기에 치사하고 유치하고 졸렬한 면모들을 서슴없이 내보이고 함께 고민하고 그 답을 찾기 때문이리라. 수강생들은 가족들과의 관계에서 느끼는 감정들을 이렇게 털어놓는다.

가령 어느 날은 남편에게 '너 정말 잘났다. 뭐가 그렇게 대단하냐. 너 같은 ×에게 시집온 내가 미쳤지. 눈이 삐었지, 삐었어' 하고 물론 속으로만 하는 말이지만 바락바락 악을 썼다든가 또는 시어머니를 향해 '당신 아들만 잘났어요. 저야 뭐 사람인가요? 여자야 뭐 인간도 아니지요. 그러니까 그렇게 잘난 아들 당신이 독차지하고 사셔' 하고 속으로 빈정댄다고 한다. 또 어느 어머니는 딸에게 '너도 시집가서 더도 덜도 말고 꼭 너 같은 딸 둘만 낳아서 키워봐라. 너랑 똑같은 딸 둘만 키워 보면 내 속의 십분의 일이라도 알거다' 라고 속으로 외쳤다든가, 또 어떤 이는 아들에게 '어서 빨리 커서 장가가라. 난 정말 너를 키우려니까 속이 터져 죽겠다. 너를 장가보내 너 같은 골칫덩어리를 네 아내에게 빨리 넘겨 줘야 내가 살 것 같다' 라고 이제 겨우 초등학교 1학년과 유치원생인 두 아들에게 속으로 중얼거린다고도 한다(더 험한 말도 있지만).

이 교육에서는 이런 자기 치부를 솔직히 시인하고 드러낸다. 어쩌면 자신이, 감히 내놓지 못하고 속으로만 썩어 곪은 상처에서 다른 수강자들을 통해 치료받고 있는지도 모른다. 허물을 드러내면서

37

그 허물을 벗어 버릴 수 있다는 것을 알기에 그것은 부끄러움이 아닌 통쾌함으로 변하는 것인지도 모른다. 허물을 벗어야만 아름다운 나비가 될 수 있는 것처럼.

그날도 혁진이 어머니는 차분한 모습으로 고등학교 1학년에 재학 중인 아들과 벌어졌던 사건의 전모를 밝혔다.

혁진이는 아침에 화장실에서 나오면서 투덜댔다.

"엄마, 화장실 변기가 막혔어요. 오늘 고치시죠?"

"그래, 알았다. ('며칠 전에 고쳤는데…….')"

그때 생각으로는 식구들이 모두 나가고 나면 사람을 불러 단단히 고쳐야겠다고 마음먹었다. 그러나 집안 살림하는 것이 늘 그렇듯이 이것저것 정리하고 전화 받고 …… 그러다 보니 변기 고치는 일을 깜박 잊어버렸다. 안방에 붙은 화장실을 주로 사용하는 혁진이 어머니는 무슨 생각에 골몰했는지 화장실 변기 고치는 일을 까맣게 잊어버렸던 것이다.

저녁 무렵 그날 따라 남편에게서 전화가 걸려 왔다. 갑자기 같이 나가야 할 일이 생겼으니 준비하고 기다리라고 했다. 남편과 막 나가려는데 학교에서 돌아오는 혁진이와 마주쳤다. 혁진이 어머니는 급하게 나가야 하는 사정을 대충 아들에게 말하고 나갔다. 밖에서 일을 다 마치고 돌아오는 길에 내과의원 원장인 혁진이 아버지는 병원에 할 일이 남았다며 다시 병원으로 들어가고 혁진이 어머니만 집으로 돌아왔다. 초인종을 누르고 아파트 현관문이 열리자 혁진이의 성난 목소리가 그대로 어머니에게 퍼부어졌다.

"도대체 하루 종일 뭐 하셨어요? 왜 변기를 안 고쳤어요? 집에서 뭐 하셨느냐고요!"

'…….(아니? 이런 자식이 다 있어. 이 녀석이 어디다 대고 큰 소리
야? 미쳤나 봐. 하루 종일 뭐 하다니. 어디서 배운 말버릇이야?)'

너무 어처구니가 없어 말이 나오지 않았다. 아들의 그런 모습은
이제까지 본 적이 없었다. 두 다리가 후들거렸다. '아냐, 그래도 퍼
부어선 안 돼. 내 속에서 거리낌 없이 나오는 말들을 밖으로 쏟아내
선 안 돼. 난 그걸 알아.' 입술을 깨물었다. 입이 열려 첫마디가 터
져 나오기만 하면 자제력을 잃을 것 같았다. 방망이질하는 가슴을
누르고 말 한마디 없이 현관을 지나 거실로 나왔다. 한 대 치기라도
할 것처럼 사나운 기세로 소리를 지른 아들은 쓰러지듯 소파에 주
저앉았다. 혁진이 어머니의 눈에 자연스럽게 들어온 화장실 문.

"아니!"

신음에 가까운 소리가 나오려는 입을 꼭 다물었다. '이게 뭐야?
화장실 문이 도대체 …… 화장실 문 가운데가 뻥 뚫리다니, 아니!
안방 문까지…….' 안방 문 아래쪽에도 구멍이 뻥 뚫리고 금까지
좍좍 가서 흉하게 빠개져 있었다. '아니, 이럴 수가! 우리 집에 이
런 일이 일어나다니. 그것도 남편이 아닌 아들이 이런 폭력을 쓰다
니. 애지중지 키운 아들이. 아, 이제 내 아들은 모든 게 끝이 나는
구나. 깡패로, 불량배로, 폭력배로 변하다니 절망이다. 이제 고등
학생이 되고 반장이 되어서 얼마 지나면 훌륭한 대학생이 될 거라
고 기대하고 있는 내 아들이, 이럴 수가…… 언제부턴가 말이 없
어지고 엄마에게 다정한 말 한 번 건네지 않더니……. 아, 모든 게
끝이구나!'

그런데 오히려 더 침착해진다. 모든 것을 포기한 뒤에 얻어지는 여유인가. 느닷없이 소리 지르며 덤빈 이유가 무엇인가. 도대체 어찌된 영문인가. 저 문들을 저렇게 부숴 놓은 이유가 뭔가. 혁진이 어머니는 정신을 차리고 구멍 뚫린 화장실 문을 열었다. '아, 그랬구나!' 사태를 알 것 같다. 아들의 급한 상황의 후속물인 그것이 화장실 바닥에 푸짐하게 쏟아져 둔덕을 이루고 있었다. 아뿔싸, 화가 다시 치받쳐 오른다. 이런 일이 우리 집 화장실에서 일어날 수 있는 일인가. 초등학교 1학년도 아닌 고등학교 1학년이, 티끌 하나 없이 깔끔한 내 집에, 하얗게 단장된 깨끗한 문들을 이렇게 뚫어 놓고, 엄마에게 덤비고, 뭘 잘했다고. 정말 이 자식이 제정신인가. 혁진이 어머니는 앞이 캄캄했다. 아찔하다. 두 손으로 머리를 감싸고 안방으로 들어갔다. 갑자기 배가 아프다. 화장실을 들락거리는데 남편의 전화가 걸려 왔다.

"집에 별일 없어?"

"일이 없긴요. 쟤가, 쟤 혁진이가 변기가 막혔다고 화장실 문이랑 안방 문 다 부숴 놨어요. 쟤가, 저 자식이 미쳤나 봐요."

차분해지려 애쓰던 제가 갑자기 격정적으로 돌변하면서 소리 질렀습니다.

"뭐라고? 당신, 도대체 집에서 뭐 하는 여자야! 변기도 고쳐놓지 않고."

"아니, 이 양반이 …… 몰라요! 전화 끊어요!"

수화기를 꽝 내려놓은 혁진이 어머니는 머리가 멍했다. '남편 역시 그렇지, 그래. 모두 나만 못되고 저희들만 잘났어. 그 아들에 그 아버지. 그래, 그런 거야. 그럼 난, 난 뭐야?' 그 틈바구니 어디에서 솟았는지 난 혼자구나 하는 느낌이 들었다. 신기했다. 그때 조용해진 안방 문을 거칠게 열고 아들이 안방으로 들어왔다.

"그 문 고치는 데 얼마 들어요?"

"몰라. 삼십만 원도 더 들 거야."

"그 돈 제 저금통장에서 꺼내서 고치세요."

'……('야! 문 다 부숴 놓고 돈이면 다냐? 잘못했다는 말 한마디 없이 고작 한다는 소리가 그게 다야!')'

말은 어디 숨었다 나오는지 말할 기운이 전혀 없는데도 자동으로 만들어져 뇌리를 스치고 지나간다. 혁진이 어머니는 그 말이 스스럼없이 나오는 이유를 알 것 같다. 그것은 자신이 그런 말을 사용해 왔던 전문가이기 때문이 아닌가. 이 상황에서 무슨 말인가 해야 한다. 쉽게 나오는 말이 아닌 다른 말을 해야 한다.

"난 모르겠구나. 어떻게 해야 할지. 뭐가 뭔지 아무것도 알 수가 없어. 무슨 말을 해야 하는지도 모르겠어."

아들도 힘이 빠졌는지 슬며시 방을 나갔다. 아들이 나가자 텅 빈 방을 힘없이 둘러보던 혁진이 어머니에게 '아, 그렇지' 하는 새로운 느낌이 스쳤다.

'그렇지. 내가 잘못했어. 아들이 오기 전에 변기를 고쳐 놓았어야 했는데. 변기를 고쳐 놓았으면 아무 일도 없었을 텐데. 왜 그 생각을 못했을까. 내 잘못은 덮어 두고 아들 잘못만 따지다니. 잘못은 내게 있었는데 아들을 패륜아로 몰아붙이다니. 아들에게 사과하자. 얼른 하자. 생각날 때 지금 하자.' 혁진이 어머니는 벌떡 일어나 아들에게로 갔다. 아들은 두 팔뚝 사이에 머리를 묻고 조각처럼 앉아 있었다. 왠지 가슴이 뭉클했다. 어머니는 먼저 말을 붙였다.

"미안해, 혁진아. 화장실 변기를 미리 고쳐 놓지 못해서……."

"엄마는 요즘 내가 얼마나 스트레스를 받는지 아세요? 반 애들은 말을 안 듣고, 특히 뒤쪽에 몸집 큰 아이들은 힘을 과시하려는지 트집만 잡고, 선생님은 반장이 기강을 잡아야 한다고 저만 야단치시고, 마음 잡고 공부도 해야 하는데 학원 선생님의 설명은 뭐가 뭔지 모르게 우물거려서 답답하고, 일찍 집에 와서 열심히 해야지 하고 왔는데 엄만 그냥 나가고, 화장실 변기는 넘치고. 엄마 아빠가 사용하는 안방 화장실을 가려고 보니 안방 문은 잠겼고, 온 집 안을 뒤져 열쇠라는 열쇠는 다 두들겨 맞춰 보았지만 맞는 게 없고, 그건 급하고…… 안방 문은 왜 잠가요! 저 혼자 집에 있는데 제가 뭘 훔칠까 봐 잠가요? 저를 못 믿어요? 안방 문을 왜? 왜 잠가요? 언제부턴가 안방 문을 잠그더라고요. 저도 그때부터 엄마와의 문을 잠그기 시작했어요. 이렇게 계속 문을 잠그고 사실 건가요?"

아들의 목소리는 떨리는 건지 울먹이는 건지 흐느끼는 건지 그렇게 섞여 들렸다.

"혁진아, 미안하다. 정말 미안해."

"뭐가요. 뭐가 미안해요?"

"문을 잠가서 미안해. 너를 의심해서 미안해. 그런데도 나는 네가 언제부턴가 말이 없어지고 비밀이 많아지는 듯해서 섭섭해 했단다. 내 생각만 하고, 정말 미안하다."

"그때가 초등학교 6학년 때였을 거예요. 엄마 아빠가 외출하시고 용진이랑 둘만 있었는데 용진이가 화장실에 있어서 제가 안방 화장실을 가려고 문을 열었어요. 그런데 잠겨 있더라고요. 그때의 절망이 어땠는지 아시겠어요? 엄마 방에서 동전을 두 번인가 그냥 가져갔는데 그 때문에 나를 도둑으로 취급하는구나 생각했어요. 그래요, 그랬어요."

혁진이 어머니는 조심스레 아들의 어깨를 감싸안았다. 정말 오랜만이었다. 그러고 보니 그때부터였나 보다. 아들은 어머니가 가까이 가면 몸이 닿을까 피하곤 했다. 그랬구나, 그때부터였구나.

"미안해. 정말 미안하다. 너를 얼마나 사랑하는데."

혁진이가 소리 내어 울었다. 어깨를 들먹거리며…… 얼마만인가, 아들의 눈물을 보는 것이. 혁진이 어머니는 그때의 감정에 젖어 있는 듯 이렇게 말했다.

"그래요. 그때, 전 그때까지 꽉 막혔던 답답한 가슴이 서서히 뚫리기 시작했어요. 출구가 보이더라고요. 혁진이에게도 똑같은 일이 일어나고 있음을 알 수 있었습니다."

혁진이 어머니는 계속해서 그 다음의 상황을 설명했다. 혁진이의 울음소리가 잦아들자 혁진이 어머니는 말했다.

"혁진아, 정말 미안해. 엄마가 어떻게 하면 네게 용서받을 수 있을까. 엄마는 네게 용서받고 싶어."

"됐어요. 엄마, 이젠 괜찮아요. 사실은 오늘 안방 문을 완전히 부수고 그 안에 내가 가져가지 못하도록 감춰 놓은 보물들을 다 훔쳐서 어디론가 도망가고 싶은 생각도 들었어요."

"세상에, 네가 얼마나 마음 아프고 괴로웠으면 그런 생각까지 했을까? 혁진아, 그런 네 마음까지 엄마에게 다 얘기해줘서 엄마는 얼마나 시원한지 몰라. 정말 고맙다."

고개를 파묻고 있는 혁진이도 그 옆에 앉아 있는 어머니도 한참을 말없이 그렇게 있었다. 혁진이가 천천히 입을 떼었다.

"엄마, 나도 엄마가 고마워요. 이렇게 말하고 나니까 아주 홀가분해요. 이제 콱 막혔던 숨을 제대로 쉴 수 있을 것 같은데요. 이런 기분 처음이에요."

"아, 이렇게 멋있는 아들을."

혁진이 어머니는 다시 한 번 가슴에 넘치는 아들을 품어 안았다. 아니, 아들에게 안겼다.

혁진이 어머니는 화장실 청소를 하겠다는 아들을 말리고는 막힌 곳을 펌프로 뚫어 가며 혼자서 청소를 했다. 청소를 하는 동안 혁진이의 말을 되새겨 보았다. "왜? 왜 안방 문을 잠가요?" 눈물을 글썽이며 절규하던 모습. 그게 그렇게 큰 상처가 되었구나.

삼백 원 정도였던 것 같다. 혁진이가 안방 화장대 위에 놓아두었던 동전을 가지고 나가 전자오락을 했던 일은……. 남편은 그 말을 듣자 조심하라고 했다. 견물생심이니 그런 기회를 주지 않도록 하라는 남편의 말에 따라 안방 문을 잠그기 시작했다. 혁진이의 말도 남편의 말도 다 이해가 된다. 그렇다면 무엇이 문제인가. 자녀를 (아무리 나이가 어려도) 완전한 인격체로 대우하면서 대화를 통하여 방법을 의논했으면 어땠을까. 혁진이 어머니는 화장실 청소를 하면서 다시 한 번 그 일들을 재정리했다. 청소를 마치고 나오자 혁진이가 먼저 부드럽게 말을 건네 온다.

"엄마, 문 고치는 돈은 제 통장에서 찾아서 하세요."

"그래, 생각해 보자. 아, 그런데 화장실 문은 가운데가 뚫렸으니 거기다가 예쁜 그림엽서를 붙이면 어떨까?"

"좋아요, 엄마. 제게도 예쁜 그림이 있어요."

"그래, 번갈아 가며 붙이자."

혁진이와 어머니는 뚫린 구멍을 막고 그 위에 그림엽서를 골라 붙였다. 폭풍우가 지난 뒤의 평온함이 이런 느낌일까?

"엄마! 저 학원 다녀올게요."

"괜찮겠니?"

"등록했으니까 이달 말까지 다녀 보고 그 뒷일을 결정할게요."

혁진이가 가방을 들고 일어서는데 전화벨이 요란하게 울렸다.

"여보세요?"

혁진이 어머니가 상냥하게 받았다.

"혁진이 있어? 아무 데도 가지 말고 기다리라고 해! 나 당장 집으로 갈 테니까!"

수화기를 통해 쩌렁쩌렁 울리는 아버지의 격한 목소리는 곁에 있던 혁진이에게도 쉽게 전해졌다. 혁진이는 쓰러지듯 맥없이 소파에 주저앉았다.

혁진이 어머니는 수화기를 통해 전해진 남편의 격한 목소리를 듣고 소파에 주저앉은 아들을 보며 난감했다. 이럴 때 어떻게 해야 하나. 모든 게 무너져 버린 듯한 아들에게 무슨 말을 어떻게 해야 하며, 또 남편이 오면 어떻게 해야 할지 참으로 아득했다. 그때 막막한 어둠 속에서 한줄기 빛처럼 아들의 목소리가 들렸다.

"엄마! 저 아버지께 맞을래요. 제가 맞더라도 말리지 마세요."

혁진이 어머니는 말문이 막혔다. 그러나 속에서는 미리 준비되었던 것처럼 '알았어, 안 말릴게, 그리고 말릴 수도 없어. 네가 맞을 짓을 했는데 맞아야지. 거 봐라! 그럴 줄 알았다니까. 그러니까 좀 참지. 잘됐다 잘됐어. 그래, 아빠에게 정신 번쩍 차리게 혼 좀 나야지. 그래야 다음부턴 그런 짓을 안 하지' 하는 말들이 휙휙 지나 갔다.

혁진이 어머니는 한심스러웠다. 조금 전까지만 해도 잘 정리되었던 감정이 남편의 고함소리에 금방 예전의 모습으로 되돌아가 버리다니 그리하여 혁진이를 답답하게 할 말들만 죽죽 풀려 나오다니. 그렇다면 지금 무슨 말을 할까. 배운 대로라면 '아버지가 오신다니까 겁이 나는구나.' 라고 해야 하겠지만 그 말은 얄팍한 동정심을 보이는 것 같아 어색하고 도대체 갈피를 잡을 수가 없다. 도대체 실력이 이 정도밖에 안 되다니. 그동안 배운 대화방법을 열심히 생각해 보았지만 막연했다. 혁진이 어머니는 아들에게 아무 도움도 주지 못하고 앉아 있는 자신의 무능함을 얼버무리기 위해서 일어섰다. 입을 열었다 하면 서로에게 방해가 되는 말들이 쏟아져 나올 것 같았기 때문이다. 현관으로 나갔다. 육중한 아파트 문을 밀고 나가자 마침 남편이 열린 승강기에서 나오고 있었다.

"여보! 잠깐만!"

현관으로 들어오려는 남편을 밀어냈다.

"여보, 혁진이 나랑 대강 얘기했어요. 제발 때리지는 말아요!"

"시끄러워! 비켜!"

남편은 혁진이 어머니를 밀치고 들어갔다. 거실로 들어간 남편은 화장실과 안방 문을 정면에서 똑바로 쳐다보고 안방으로 들어가면서 아들에게 소리쳤다.

"너, 이리 들어와!"

혁진이가 안방으로 들어갔다. 혁진이의 축 처진 어깨를 보며 혁진이 어머니는 가슴이 아팠다. 여느 때 같았으면 그런 아들 모습이 눈에 들어오기는커녕 오히려 '잘됐다. 저 녀석은 실컷 맞아야 해, 그래야 정신 차리지. 당신, 맘 약하게 먹지 말고 잘 다뤄야 해요.' 하며 오히려 남편이 대충 넘길까 봐 걱정을 했을 텐데 오늘은 그렇지가 않았다. 혁진이 어머니는 쫓겨날 줄 알면서도 아들을 따라 방으로 들어갔다.

"여보! 제가 잘못했어요. 제가 변기를 고쳐 놓지 못했어요."

"당신은 나가 있어! …… 나가라니까. 내 말 안 들려!"

끝까지 버티려다 남편의 화를 더 돋울 것 같아 애원하는 눈빛만 남기고 방을 나왔다. 혁진이 어머니는 힘이 없었다. '힘이 없다는 게 이런 것이구나. 힘있는 사람이 하라는 대로 따를 수밖에 없는 무력감. 혁진이도 내가 큰 소리로 야단칠 때 이런 기분이겠지' 하며 안방 문을 나서는 혁진이 어머니는 힘이 빠졌다. 잠시 후 남편의 노여움에 찬 음성이 아들이 주먹으로 뚫어 놓은 문구멍으로 새어 나왔다.

"도대체 어디서 배웠어? 저렇게 문짝 부수는 건 어디서 배웠느냐 말이야. 네가 제정신 지닌 사람이야. 내가 문을 차는 것 한 번이라도 봤어? 네 할아버지가, 외할아버지가, 삼촌이, 누가, 어느 누가 그러는 걸 봤어? 도대체 어디서 배웠어. 힘이면 다야. 그래 힘있다고 함부로 행패를 부려. 나도 이제부터 힘을 휘둘러 볼까. 진짜 힘이 뭔지 보여 줘? 이 아빠는 힘쓸 줄 몰라서 이제까지 재떨이 한 번안 내던진 줄 알아. 너희들이 보고 배울까 봐 매순간 참아 왔는데, 이렇게 허사로 만들어? 그리고 변기 고치는 것도 그렇지. 엄마가어떻게 일일이 다 완벽하게 해. 그럴 수도 있지. 엄마가 한가하게놀면서 안 해? 다 나와 너희들 뒤치다꺼리로 바빠서 그런 건데 그거 하나 이해 못하고 제 맘에 안 든다고 문짝을 부숴? 네가 제정신으로 그런 거야? 어디 말 좀 해 봐, 왜? 왜, 뭐가 그리 못마땅한 게많아, 말 좀 해 봐!"

높았다 낮았다 좀처럼 가라앉을 것 같지 않던 남편의 음성이 조금씩 내려앉는다. 감정의 홍수를 웬만큼 덜어 낸 후련함일까, 축 처진 혁진이를 보면서 맥이 빠진 탓일까. 어쨌든 지금은 혁진이가 무슨 말이든 대답해야 한다. 지금 말하지 않으면 남편의 가라앉은 감정이 또다시 살아날지도 모른다. 혁진이 어머니는 조바심으로 가슴을 졸이는데 혁진이는 무엇을 하고 있을까. 드디어 아들의 작지만그러나 힘있는 목소리가 들려왔다.

"잘못했습니다, 아버지. 다시는 이런 일이 없도록 하겠습니다."

'어머! 내 아들, 어쩌면 저렇게 시원하게 대답할까.'

혁진이 어머니는 환성을 올리고 싶었다. 그런데 방 안이 조용하다. 잠시 후 남편의 나지막한 몇 마디가 들렸다. 그리고 방을 나온 남편은 볼일이 남았다며 밖으로 나갔다. 남편의 문 닫는 소리가 들리자 혁진이가 나오며 말했다.

"저 늦었지만 학원 다녀오겠습니다."

혁진이가 가방을 들고 나간다. 옷매무새를 고치며 혁진이 어머니도 따라 나갔다.

"오늘은 엄마가 학원까지 태워다 줄게."

"고맙습니다."

아들의 목소리가 한층 성숙해진 것 같다. 혁진이 어머니는 차 안에서 말했다.

"사람의 감정은 그렇게 무섭단다. 사람이 살인할 때도 의도적으로 행하기보다는 순간적인 감정을 억제하지 못해서 일어날 때가 많아. 난 네가 감정을 절제하지 못하고 감정대로 행동하게 될까 봐 걱정이 돼."

"알았어요, 엄마. 명심할게요."

"고맙다. 네 말을 들으니까 마음이 놓이는구나."

혁진이 어머니는 길게 느껴졌지만 30~40분 사이에 일어났던 사연을 털어놓고 나서 다시 말했다.

"저는 이 사건으로 오래 묵었던 큰 응어리가 풀어진 느낌이에요. 상냥하던 아이가 말이 없어지자 으레 사춘기의 특성이라고 생각하고 말았어요. 그러나 때때로 그것이 제 욕심 탓이며 제 잔소리 때문이라고 자책은 하면서도 인정하고 싶지는 않았어요. 아니, 인정할 수 없었어요. 저는 '부모인데 뭐가 욕심이야, 부모가 자식 잘못될까 봐 때로는 불신이라는 방법도 쓰고 또 잘못된 부분을 조목조목 따지고 지적하는 거지. 그냥 내버려 두면 남이나 다름없지. 그게 무슨 부모인가? 잘못된 행동이 변화될 때까지 열 번이고 백 번이고 지적해서 고쳐야지, 그것도 자극이 될 만큼 뼈아픈 말을 골라 해야 효과가 빨리 나타나겠지' 하고 타당성을 강조하며 아들에게 많은 상처를 주었어요. 관심을 갖되 간섭하지 않아야 한다는데 저는 간섭을 관심이라 우기면서 어머니 역할을 모범적으로 한다고 착각했어요. 아이가 저를 피할수록 저는 따라다니며 잔소리를 늘어놓고 또 늘어놓았지요. 이 교육을 받고 싶어한 가장 큰 이유도 혁진이랑 잘 지내고 싶어서였어요.

더 솔직히 말하면 혁진이에게 인정받는 엄마가 되고 싶었어요. 때로 아들에게 무시당하는 느낌을 받으면 비참해요. 아들에게 무시당하지 않으려고 컴퓨터를 배우고 영어회화를 계속하고 신문과 텔레비전 뉴스를 빠짐없이 보고. 그런데도 아들과의 벽은 높아만 갔어요. 저는 아들을 이기려고 했고 아들을 이기려고 애쓰는 만큼 지고 있다는 사실을 깨닫지 못했어요. 그러다가 아들이 성장하여 결혼이라도 하면 아주 멀리 날아가 버릴 것 같았는데 이제 알 것 같아요. 제가 놓아 주어야 한다는 것을요. 그리고 놓아 주어야 편안해서 제 곁으로 돌아오고 싶어진다는 것을요.

그 높던 담이 그날 허물어진 느낌이에요. 어떻게 그렇게 절망 앞에서 희망을 찾아 낼 수 있었는지 기적 같아요. 그 일을 치르고 나서 제가 저를 평가해 봤는데요. 그래도 그 정도면 높은 점수를 받아도 될 것 같다는 생각이 들었어요. 제가 이 교육을 받지 않았다면 그 상황에서 자식교육 다 망친 것처럼 아들을 휘어잡고 '차라리 그냥 너 죽고 나 죽자' 식의 악담을 퍼붓고 감정의 쓰레기를 헤집고 뒤집어 구정물로 뒤범벅이 되고 말았을 테니까요. 매순간 '아니야, 이건 아니야. 이렇게 해선 안 돼' 하고 자신을 자제할 수 있었고, 무엇보다도 중요한 것은 '이렇게 하면 안 돼, 저렇게 해야 해' 하면서도 전에는 그 '저렇게'가 '어떻게' 하는 것인지를 몰랐어요. 물론 문제에 부딪친 순간에 '이거다' 하고 금방 떠오르지는 않지만 가만히 생각하면 조금씩 떠오르더라고요. 이번 일을 정리해 보니 제가 조금은 감정 관리를 할 수 있었고 좀더 괜찮은 엄마가 된 것 같아 뿌듯했어요.

그러나 제 언행에서 고쳐야 할 부분을 지적해 주시면 고칠 거예요. 그리고 알고 싶은 것은 부숴진 문 한 짝을 고치는 데 삼십만 원 정도가 드는데 돈을 누가 내야 할지 모르겠어요. 저는 자기가 한 일은 자기가 책임져야 한다는 것을 알려 주기 위해서 아들에게 반이라도 내게 하고 싶어요. 그리고 화장실 문은 고치지 않고 그림을 번갈아 붙이면서 그냥 두고 싶어요. 안방 문은 한 달이나 두 달쯤 그대로 두고 손님들이 집에 왔을 때 문이 왜 저러냐고 물으면 그럴 일이 좀 있었다고 하면서 아들에게 자극을 준 다음에 고치고 싶어요. 그러면 아들이 창피해서라도 두 번 다시 그런 일을 하지 않을 테니까요."

혁진이 어머니는 자신이 겪은 사연과 궁금증을 솔직하게 털어놓았다. 이런 경우 수강자들은 혁진이 어머니의 궁금증에 대하여 토론하고 역할극을 진행하며 각자의 방법을 제시한다.

가령 혁진이 어머니가 변기를 고쳐 놓지 못하고 외출했다 돌아왔을 때 아들이 성난 목소리로 항의하면 '아, 이 아이는 옆집에 사는 아이야. 옆집 아이가 어떤 일로 화가 나 있는 거야. 내가 도와주어야지' 하고 한 발짝 물러서서 보면 이성을 잃지 않고 혁진이의 감정을 이해할 수 있다.

"혁진아, 네가 굉장히 당황했구나. 볼일은 급하고 변기는 고쳐 놓지 않아서."

그랬다면 남편의 전화에도 화내지 않고 말할 수 있었을 것이고 혁진이와 모든 얘기가 정리된 후에 사건의 전말을 남편에게 알리는 것이 효과적이라는 방법들도 나눈다.

또 만일 혁진이 아버지가 이러한 대화방법 교육을 받았다면 겁에 질린 아들을 방으로 데리고 들어가서 "혁진아, 뭔가 몹시 어려운 일이 있었구나. 문을 저렇게 만들 정도로 말이야. 어디 보자, 손은 다치지 않았니?" 하며 아들의 손을 부드럽게 어루만졌다면 어떠했을까 하는 예상을 나누기도 한다.

그러나 수강자들 중에는 "아니?! 우리는 지금 편안한 상태에서 남의 얘기니까 이러쿵저러쿵 환상적인 행동을 제시하지만 혁진이 어머니처럼 실제 상황에 부딪히면 도저히 있을 수 없는 일이에요. 아들을 때리고 할퀴지 않는 것만도 어려울 텐데요" 하고 거칠게 반박하는 경우도 있다.

사실 이러한 연습을 하는 대부분의 수강자들이 실제 상황에서는 불가능할 것이라고 염려한다. 30~40년 동안 익숙하게 사용하던 언어 습관을 바꾸는 것이 쉽지 않기 때문이다.

　　수강자들의 또 다른 의구심은 자녀의 행동이 잘못되었을 때 "그래, 그랬구나" 하면서 이해해 주고 받아 주면 자녀의 행동이 고쳐지지 않고 '아, 이런 행동을 해도 괜찮구나' 하면서 버릇없는 아이가 되어 제 마음대로 행동하지 않겠느냐고 불안해 한다. 그렇게 불안한 부모들이 지금까지 사용해 온 방법은 무엇인가. 잘못한 일에 대해 체벌을 가한 결과는 어떠한가. '잘못한 만큼 벌을 받았어, 이제 끝났어.' 더 이상 반성하고 후회하고 성장할 여지가 있는가.

　　나 또한 내가 어떤 일을 잘못했을 때 상대방으로부터 이해받고 용서받고 싶어하지 않는가.

　　또 우리들은 아이들의 잘못된 행동을 예방하기 위해서 안방 문을 잠그는 일이 옳으냐 그르냐에 대한 토론도 하였다. 우선 혁진이 어머니의 질문에 대해서 정리해 본다.

　　이러한 문제는 토론을 거친 후 각자의 가치관에 따라 선택하게 된다. 그러다가 수강자들이 나의 선택을 궁금해 하면 나는 이렇게 대답한다. 문을 고치는 비용은 부모가 전액 부담하고 (가령 내가 시댁의 비싼 그릇을 깼을 때 시어머님께서 용서는 하겠지만 그릇 값의 반이라도 내서 보상하라고 하면 순수하게 용서받은 느낌이겠는가. 혹시 서운하지 않더라도 다음 해 시어머님 생신에 좋은 선물을 하고 싶겠는가.) 부숴진 안방 문은 되도록 가장 빠른 방법으로 고친다. 화장실 문은 그대로 두되 바뀌는 그림이나 장식을 보면서 따뜻이 용서받은 기쁨을 느낄 수 있도록 정성껏 꾸민다.

나는 혁진이네 집 이야기를 정리하면서 두 가지를 제안하고 싶다. 우선 혁진이 어머니는 남편에게 혁진이를 때리지 않고 격한 감정을 자제하면서 잘 도와준 데 대해 고마웠다는 말을 한다.

"여보, 이번에 어려운 일을 겪으면서 이성적으로 도와주시는 당신을 보며 생각했어요. 역시 당신이 최고구나 하고요. 여보 정말 고마워요."

그리고 혁진이 어머니는 아들을 학원까지 데려다 주는 차 안에서 부모님의 가치관을 얘기해 주어야 하지 않을까 한다.

"혁진아, 고맙다. 네 기분이 편치 않고 또 이런 날 이렇게 늦었는데도 학원 가는 걸 포기하지 않아서 말이야. 엄마는 오늘 네가 얼마나 든든하게 느껴졌는지 몰라. 네 힘 정말 대단하더라. 그 단단한 문을 맨주먹으로 구멍을 내다니. '그 주먹의 힘이라면 네게 닥칠 어떠한 어려움도 얼마든지 뚫겠구나' 하는 생각이 들었어. 눈앞에 닥친 대학입시가 네 그 큰 힘 앞엔 아무것도 아니구나 싶어. 사람은 하느님께 받은 그 엄청난 힘을 언제, 어디서, 어떻게 사용하느냐에 따라 어떤 사람인지 구분 짓게 된다고 생각해. 난 네가 그 큰 힘을 누군가를 돕는 데 쓰는 사람이 되기를 바란단다. 엄마 아빠 언제 하느님께서 부르실지 몰라. 우리는 그분께 "너희들, 내가 맡긴 혁진이와 용진이를 잘 돌봐 줘서 고맙다" 하시는 말씀을 꼭 듣고 싶어. 나는 우리가 앞으로 또 닥칠지도 모르는 실수들을 통해 오늘처럼(?) 성장하는 기회가 되기를 바라. 혁진아, 널 내 아들로 만나서 엄만 얼마나 큰 행운인지 몰라. 널 사랑해."

어머니의 이러한 말을 듣는 혁진이에게 긍정적인 변화가 있을 것이라는 기대는 당연한 결과가 아니겠는가.

고부 사이의 벽 허물기

제 시어머님께서 1월 22일부터 30일까지 9일 동안 부산으로 여행하실 일이 생겼어요. 시댁은 집에서 버스로 5분 거리에 있고 저는 큰며느리예요. 유치원 다니는 큰아이와 작은아이 그리고 남편의 뒷바라지만으로도 힘든데 시댁이 가까이 있어서 주말은 물론이고 시도 때도 없이 시댁에서 오라가라 하니까 이래저래 꼼짝달싹 못하는 신세예요. 그나마 남편이 좋아서 큰 갈등 없이 지내긴 합니다만 시어머님께서 집을 비우신다는 말을 들으니까 갑자기 어깨가 무겁고 가슴도 묵직하고 답답해지는 거예요. 하루 이틀도 아니고 9일씩이나요.

예전 같았으면 시어머님께서 제게 말씀하실 때까지 모르는 척하면서 속으로는 방위병인 막내 도련님과 시아버님의 식사며 빨래, 잠자리, 집안 청소 등 앞으로의 걱정으로 머리가 복잡했을 거예요. 그러다가 시어머님의 일방적인 통보와 훈계를 들으며 속으로 짜증을 냈을 거예요.

시어머니 애, 어미야, 나 부산 좀 다녀와야겠다. 네가 수고해야겠
구나. 중요한 일이 있어서 어쩔 수가 없구나.

며느리 예.(어쩔 수 없긴요. 어떻게 중요한 일이 9일씩이나 돼요. 남
편, 자식 있으신 분이 며느리 가까이 묶어 놓고 이래라저래라 명
령만 하시고…….)

시어머니 다 네가 가까이 사는 죄라 생각해라. 너희가 멀리 살아
봐라, 아예 생각도 못하지. 그러니 어쩌겠냐, 수고해라.

며느리 예, 알았어요.(알긴 뭘 알아요. 어머님은 말씀도 좋으시지, 가
까이 사는 죄라니요. 누가 가까이에 묶어 놓으셨는데요. 참, 나도 별
수 없지. 결혼해서 7년을 꼼짝 못하고 예, 예만 하고 살다니.)

시어머니 그리고 애, 막내는 26일부터 훈련이란다. 29일까지라니
까 네가 신경 쓰지 않아도 될 거다. 아버지만 마음 쓰면 되니
까 크게 힘들지 않을 거야.

며느리 예.(신경 쓰지 않아도 되다니, 22일부터 26일까진 누가 뒤치
다꺼리할 건데, 힘들지 않을 거라고요? 어머님이야 힘들지 않죠.
저는 추운데 버스로 왔다 갔다 두 집 들락거리며 살림하려면 힘이
든다고요.)

겉으로는 "예, 예" 하며 순종하니까 고부간의 갈등이 전혀 없는
평온한 가정으로 보이겠지만 속으로는 끙끙 앓고 따지고 대들고 덤
벼요. 안으로만 쌓아 둔 시어머님에 대한 불만을 어느 날 한꺼번에

남편에게로 터뜨리게 될까 봐 걱정이 되기도 했고요.

그러나 요즘 저는 많이 달라졌어요. 제 마음가짐을 바꾸려고 애쓰고 있어요. 여기서 배운 대로 같은 일을 하면서도 기분 좋게 그리고 상대방을 행복하게 하는 방법으로 바꾸려고 애씁니다.

그날도 저는 어머님께 말문을 열었습니다.

며느리 어머님, 아범이 그러는데 부산으로 여행하실 일이 있으시다면서요?

시어머니 그래, 사실은 미안해서 네게 말을 못했는데 재작년 미국갈 때 빼고는 제일 오랫동안 집을 비우게 되었구나. 청도 이모님 칠순 잔치도 끼어 있어서 안 갈 수도 없고 말이다.

며느리 그러셨군요, 여행은 가셔야 하는데 집 문제로 걱정을 많이 하셨군요.

시어머니 네 처지를 모르는 바도 아닌데 말이 쉽게 나와야지…….

며느리 그러셨어요? 미안해서 말도 못 꺼내셨으니 얼마나 답답하셨겠어요. 제게 부탁하는 게 그렇게 어려우셨어요?(*그동안 많이 답답하셨겠네요. 제게 말씀하시기가 그렇게 어려우셨군요.)

시어머니 그래, 네가 수고스럽겠지만 어떡하겠니.

며느리 걱정 마세요. 집안 일은 조금도 신경 쓰지 마시고 잘 다녀오세요.(*어머님께서 집안일에 걱정 놓으시고 편안히 다녀오시게 열심

---

* 필자가 권하는 말

히 할게요. 어머님께서 절 많이 배려해 주셔서 고맙습니다.)

시어머니 (손을 잡으시며) 얘야, 정말 고맙다. 그리고 마침 막내가 26일부터 29일까지 훈련이라는구나. 얼마나 다행이냐. 아버지도 26일부터 고모네 다녀오시라고 하면 될 테고. 내가 말하마.

며느리 아버님께서 불편해 하시지 않으실까요?

시어머니 그렇긴 하다만 그럼 네가 아버님과 상의해서 해 보렴. 난 아버지께 다녀오시라고만 할 테니까.

며느리 예, 그럴게요. 어머님. 이렇게 염려해 주셔서 고맙습니다.

시어머니 뭘, 난 네가 정말 고맙다.

시어머님과의 대화는 이렇게 끝났습니다. 흐뭇해 하시는 어머님을 뵈면서 저도 기뻤습니다. 결혼해서 지금까지 시어머님과 나눈 대화에서 이렇게 편안함을 느끼기는 처음이었습니다. 그 편안함은 저도 무엇인가 할 수 있다는 자신감을 갖게 했고 또 시아버님과 도련님에게도 잘해야겠다는 생각을 굳히게 했습니다.

이런 얘기를 들을 때면 나 또한 그들을 향한 고마움으로 뿌듯하다. 우리가 함께 배운 대화방법을 완벽하게 익혔다 하더라도 그것을 활용하려는 마음이 없으면 소용이 없기 때문이다. '같은 일을 하면서도 기분 좋게 그리고 상대방을 행복하게 해야지' 하는 내면의 의지 없이는 어떤 변화도 기대하기 어렵다. 구슬이 서 말이라도 꿰어야 보배가 되지 않는가.

다음은 30대에 혼자 되어 3남 2녀를 어렵게 키운 79세의 시훈이 할머니와 41세인 시훈이 어머니가 고부간의 갈등을 어떻게 풀어 나갔는지에 대한 시훈이 어머니 얘기다.

성격이 꼬장꼬장하고 잘 노여워하시는 시훈이 할머니는 성격이 비슷한 큰며느리와는 살지 못하고 차남인 시훈이네와 14년째 함께 살고 있다. 시훈이 할머니는 기분 상하는 일이 생기면 보따리를 싸들고 나가지만 이틀 밤을 못 넘기고 다시 돌아온다.

화가 나셨다 하면 마귀가 씐 듯이 무서운 말들을 함부로 쏟아 놓아요. 'ㄲ'과 'ㅆ'이 들어가는 말은 물론이고 죽어라, 없어져라, 나가라, 친정 잘산다고 위세 부리는 딸 둔 어미를 끌어다 혼내 주겠다, 시어미 구박하는 며느리 고발해서 철창 속에 처넣겠다는 말은 빠지지 않고 들어가는 말이고요. 아마 14년 동안 들은 욕을 다 받아 놓았으면 드럼통으로 백 통도 넘을 거예요. 말대꾸도 못하고 (말대꾸하면 펄쩍펄쩍 더 뛰시니까) 그 많은 말들을 잊으려 노력해도 속이 아파요. 제 위장병이 10년이 넘었어요. 지금도 시름시름 앓아요. 하긴 제가 속으로 한 욕도 모으면 드럼통으로 열 통은 족히 될 거예요.

그러나 제가 다시 생각해 보니 '그때 슬기롭게 대처했다면 서로 마음 고생을 덜 했을 텐데' 하는 미안한 마음도 들었습니다. 며칠 전에도 시어머님 옆에서 아이들이랑 참외를 먹게 되었어요. 평소에 치아가 약한 분이라 같이 드시자고 몇 번 말씀 드렸지만 반응이 없으셔서 그냥 먹었어요. 그게 섭섭하셔서 어미가 손자들이랑 자기들끼리만 먹고, 당신에게는 먹을 것도 제대로 안 주면서 구박하고 쫓

아내려 한다고 억지 소리를 하시는 거예요. 그러고선 방에 들어가 문을 잠가 버리셨지요. 그럴 때는 저도 속이 부글부글 끓어요. 그러면서도 저는 입으로만 "잘못했어요, 용서해 주세요" 하고 말합니다. 그리고 시어머님이 화가 풀려 식사하시는 모습을 보면 뒤돌아서 욕을 하게 됩니다.

그런데 그날은 '오늘이 기회다. 우리가 서로 좋아질 수 있는 아주 좋은 기회다. 뒤돌아서서 욕한 죄도 씻어야지. 팔십 다 되신 분 마음 편하게 해 드려야지. 그리고 어머님이 편하게 드실 수 있는 딸기라도 따로 준비했어야 하는 건데 내게도 잘못이 있어. 주님, 절 도와주세요!' 저는 마음을 다지고 시어머님께서 잠근 방문을 열쇠로 열고 들어갔어요. 어머님은 저를 피해서 한쪽 구석으로 꽁한 자세로 돌아앉으셨어요. 저는 어머님의 손을 잡으면서 말했어요.

"어머님, 잘못했어요. 어머님 화나시게 한 것은 제 잘못이에요. 어머님 드실 딸기라도 따로 준비했어야 하는데 어머님 마음을 헤아리지 못해서 죄송해요."

옹고집으로 똘똘 뭉쳐 웅크리고 계시던 팔과 손에 힘이 빠지기 시작했습니다. 저는 어머님을 감싸안으며 말했습니다.

"어머님 저는요, 14년간 어머님과 살면서 미운 정 고운 정 다 들었어요. 저는 끝까지 어머님이랑 살고 싶어요. 함께 살면서 어머님도 편안하시고 저희들도 편안하게 다투지 않고 잘 지내고 싶어요."

"(눈물을 닦으시며) 내가 잘못했다. 내가 왜 그렇게 골을 잘 내는지 나도 모르겠다. 난 네가 화를 낼까 봐, 그리고 나가라거나 싫어할까 봐 더 큰 소리로 욕을 하게 돼."

"("왜 그런 생각을 하세요. 제가 왜 어머님을 나가라고 하겠어요. 그런 생각
은 하지도 마세요" 하고 대답했을 말을 참으면서) 예, 그러셨군요. 그래서
화를 내셨군요. 그럴 땐 제가 미워서 때려 주고 싶었겠네요."

"그래!"

"어머님, 지금 때리시면 제가 맞을게요."

"아니다. 그럴 때가 있었다는 얘기다. 오늘도 별일 아닌 걸 가지
고 화를 냈는데 네가 이렇게 화해를 청할 줄 몰랐다. 화가 날 땐 밖
에라도 나가고 싶지만 동네 사람들이 착한 너를 못살게 군다고 욕
하는 것 같아서 나갈 수도 없고."

"그러셨군요. 이제부터 잘 지내면 동네 사람들이 우릴 부러워할
거예요. 어머님 편히 지내실 수 있도록 제가 많이 노력할게요."

"고맙다, 어미야. 너밖에 없구나."

속에서 '얏호!' 외치는 소리가 들렸어요. 어머님을 대하는 방법
을 터득한 내면의 환호성이었지요. 큰아들이 밖에서 들었는지 "우
리 엄만 정말 현명해요" 하며 제게 힘을 주었어요. 그날 밤 남편에
게 어머님과 있었던 일을 얘기하며 속절없이 울었어요.

남편은 "그렇게 울 걸 왜 화해를 해" 하면서도 제 손을 잡고 고맙
다는 말을 여러 번 하더라고요. 큰집이 우리보다 더 잘사는데 나만
왜 어머님 모시고 고생해야 하는지 억울하고 괴로워했었는데 제 마
음 하나 바꾸니까 모든 게 바뀌더라고요. 손가락 하나 까딱 않으시
던 분이 요즘은 제가 나갔다 돌아오면 빨래도 하시고 설거지도 하
시며 절 도와주세요. 이번 교육은 제 삶을 새로운 삶으로 옮아가게

하는 시발점이 되었습니다.

연탄에 불을 붙이기 위해서는 불이 붙은 연탄이 아래로 내려가야 하는 것처럼 며느리의 이해와 사랑이 시어머니의 마음을 돌려 놓을 수 있었음을 배우는 기회가 되었다.

다음은 결혼한 아들과 그 어머니와의 관계에서 어머니의 입장이 어떻게 변화되었는지의 사례다.

아들과 따로 살고 있던 어머니는 둘째아이를 낳은 큰며느리의 해산 뒷바라지를 해 주느라 아들 집에 출퇴근하기도 하고 거기에 머물러서 밤을 지내기도 했다. 그날은 아들 집에서 자는데 한밤중에 아기의 요란한 울음소리에 잠이 깨었다. 깜짝 놀란 어머니는 급하게 아들 내외 방문을 열고 말했다.

"왜 그렇게 애를 울리냐?"

"울리긴요."

"아, 그럼 애가 왜 울어?"

"몰라요, 젖을 잘 안 먹어요."

"그럼 우유를 먹이지."

"버릇이 되면 안 된대요."

"그럼 젖을 짜서 우유병에 넣고 먹이든가."

그때 잠자는 줄 알았던 아들이 버럭 소리를 질렀다.

"그만 가서 주무세요. 어머니가 계시면 될 일도 안 된다고요!"

"아니? …… 음, 알았다."

아찔하더라고요. 하마터면 '이 녀석이 말을 그 따위로 해! 이 어미가 있어서 될 일이 안 된 게 뭐야, 뭐? 대 봐, 대 보라고!' 따지면서 덤비고 싶었지만 입을 다물고 제 방으로 돌아왔습니다. 그날 밤은 한잠도 못 자고 처량한 제 신세를 눈물로 달랬습니다. 작년에 세상을 떠난 남편과 나를 무시한 아들과 며느리, 모두가 원망스럽고 억울하고 야속해서 잠을 이룰 수가 없었어요. '될 일도 안 된다니. 부하에게 하듯이 모든 일을 명령으로 시작해서 명령으로 끝내는 군인 남편 밑에서 시부모님 모시고 하인처럼 일생을 살아오며 희생으로 오늘만큼 일으켜 놨는데, 남편과 헤어지려고 보따리 싸 들고 대문 앞을 서성이던 게 몇 번이던가. 그때마다 어린 자식들, 저희들이 눈에 밟혀 못 떠나곤 했는데 이제 다 커서 저 살 만하다고 뭐? 나 때문에 될 일도 안 된다고? 그것도 남의 식구인 며느리 앞에서 날 멸시해? 그래, 자식 다 소용없어.' 한도 끝도 없이 지나온 제 서글픈 세월을 거슬러 올라가다가 밤을 밝혔습니다.

그날 새벽 며느리에게만 집에 다녀오마고 말하고 나왔습니다. 그 후 아들과 몇 번 만났지만 섭섭했던 그날 밤의 얘기는 못했습니다. 이대로 두면 멸시당한 한이 뭉쳐져 가슴에 쌓인 채 영원히 풀지 못할 것 같습니다. 어떻게 하면 아들에게 상처 주지 않고 이 응어리를 풀어 낼 수 있을지 오늘 배우고 싶습니다.

수강자들과 함께 어머니가 아들의 역할을 하면서 아들에게 할 말을 연습했다. 일주일 후 결과를 알려주었다.

아들이 저를 집까지 모셔다 드리겠다며 운전하는 차 안에서였습니다. 저는 마음을 가라앉히고 조심스럽게 말을 꺼냈습니다.

"얘, 아범아……. 하고 싶은 말이 있는데."

"…… 무슨 얘긴데 그렇게 심각해요?"

"글쎄다, 지난번 너희 집에서 아기가 밤중에 울던 날 네가 했던 '어머니가 계시면 될 일도 안 된다'고 한 말 기억나니? 난 그 말을 듣고 그날도 못 잤지만 요즘도 며칠 동안 밤잠을 설쳤단다. 며느리 앞에서 자존심도 상하고 너희들에게 될 일도 안 되게 하는 어미로 보였구나 생각하니 서운하고 분통 터지고 살아온 날들이 억울하고……."

"어머님도 참……. 그만한 말 한마디 가지고 그러세요. 저는 어머니에게 그런 말을 수없이 들었는데요."

'아차!' 전 말문이 막혔습니다. 각본에서 빗나가기도 했지만 아들의 말이 사실이었거든요. 저는 아들에게 갑자기 부끄러워졌습니다.

"그래…… 네 말을 들으니 그렇구나. 내가 한 말은 다 잊고 네 말만 섭섭해 했으니……. 그래도 이 나이에 며느리 앞에서 그 말을 들을 때는……."

"자존심이 상하셨다고요. 죄송해요, 어머니! 이제부터 어멈 앞에서 말조심할게요. 그리고요, 말은 그렇게 했지만 우리 집에 어머니 안 계셨으면 벌써 거덜났을 거예요. 저희들도 다 알아요."

"그렇게 생각한다니 마음이 풀리는구나. 그리고 이제까지 네게 말이나 행동을 함부로 했던 것 용서해라. ……미안하다."

"저희들은 어머니를 이해해요. 어머니, 많이 약해지셨네요."

저는 목이 메어 더 이상 말을 잇지 못했습니다. 속도 후련하고 이해받은 감동도 크구요. 요즘은 제가 공부하는 날짜와 시간을 다른 아이들이 서둘러 챙겨줘요. 이제는 말썽꾸러기 손자와 손녀, 며느리까지 더욱 사랑스러워 보입니다. 어때요, 이만하면 효과가 크죠?

이래서 평생교육이 필요한가. 회갑을 넘기신 분의 배우려는 자세, 이런 어머니의 자녀들은 얼마나 운이 좋은가. 부모는 언제까지나 자녀들 곁에 있을 수 없고 자녀 역시 부모 곁에 있고 싶다고 늘 함께 있을 수는 없지 않은가.

어머니에게 한마디 조언을 한다면 밤중에 아기가 요란하게 울 때라도 어머니는 아들 내외의 방문을 불쑥 열기 전에 '내가 뭐 도와 줄 일이라도 있냐?' 라며 한마디 하고 들어가는 게 어떨까. 결혼한 아들의 방은 이미 어머니 마음대로 아무 때나 드나들 수 있는 방이 아니지 않은가.

동네 개구쟁이들과 윤재 어머니

유치원 교사였던 윤재 어머니는 윤재를 돌보기 위해 유치원을 그만두었다가 다시 시간제로 직장에 나가고 있었다. 그날은 쉬는 날이라 편안히 집안일을 하며 동네 아이들과 마당에서 놀고 있는 윤재를 3층 창문을 통해 자주 내려다보고 있었다. 세 살배기 윤재는 겁이 많은 편이라 동네 아이들과 잘 어울리지 못한다. 그런데 그날은 윤재 혼자 씩씩하게 3층 계단을 내려가 아이들과 신나게 놀고 있었다.

이제는 윤재가 아이들과 제법 잘 어울리고 있구나 싶었는데 갑자기 "걔 때려!" 하는 소리가 창 밖에서 들렸다. 윤재 어머니는 깜짝 놀라 창문으로 달려가 내려다보았다. 6명의 동네 아이들이 윤재를 벽 쪽으로 몰아붙이고 있었다. 윤재 어머니는 무슨 일이 일어나면 어쩌나 하고 마음을 졸이며 눈을 크게 뜨고 지켜보았다. 그 순간 유치원 다니는 강진이가 네 살 된 제 동생 강희를 윤재 쪽으로 떠밀며 때리라고 손짓을 한다. 강희는 힐끗 오빠를 보더니 윤재의 가슴을 떠밀었다. 윤재는 주춤거리다 머리를 벽에 부딪쳤다. 울 줄 알았던 윤재는 두 주먹을 불끈 쥐고 강희 앞으로 한 걸음 다가서며 노려본다. 윤재 어머니는 윤재의 그런 행동이 기특했다. 강진이는 한 번 더 때리라고 동생에게 손짓을 한다. 강희가 윤재를 향해 달려들자 윤재 어머니는 더 이상 참을 수 없었다.

윤재 어머니 (큰 소리로) 얘들아! 거기 뭐 하는 거니? 돌봐 주어야 할 제일 어린 동생을 때리다니 그게 무슨 짓이니?
아웅 (3층을 올려다보며) 내가 안 그랬어요.
지민 강희가 때렸어요, 아줌마.

그때 강진이는 동생 강희를 억지로 끌며 자기네 집으로 들어갔다. 윤재 어머니는 마당을 향해 아이들에게 큰 소리로 말했다.

윤재 어머니 윤재야, 무슨 일이야? 자, 이제 들어와서 놀아라.
윤재 엄마아! 엄마아!
윤재 어머니 그래, 들어와서 놀자. 얘들아, 너희들도 같이 놀래?
모두들 (반갑게) 네!

동네 아이들은 윤재네 집에서 놀기를 좋아한다. 가끔씩 일부러 윤재를 울리고 그 핑계로 윤재를 데리고 들어와서 놀기도 한다. 아이들은 윤재 손을 잡고 하나, 둘, 셋, 넷 하며 즐겁게 계단을 올라온다. 그 중 가장 형뻘인 아웅이는 문 앞에서 미안한 듯 머뭇거리며 이렇게 말문을 열었다

아웅 우리 모두 들어가도 돼요?
윤재 어머니 그래, 어서 와라. (모두 들어온 후) 아웅아, 조금 전에 마당에서 무슨 일이 있었는지 말해 줄 수 있겠니? 궁금해. 내가 듣기로는 아웅이가 때리라고 하는 것으로 들렸는데 누가 누굴 때리라는 건지 아웅이가 얘기해 줄 수 있니?
아웅 음— 저는요, 그냥 …….
윤재 어머니 그래, 그랬었구나. 제일 큰 형이 하지 않았다니 다행이구나. 혹시 윤재가 너희들 노는 데 방해가 되지는 않았니?
아이들 아아니요.

윤재 어머니 윤재가 방해되지 않았다니 다행이구나.

아웅 있잖아요. 강진이가 강희한테 때리라고 했어요.

윤재 어머니 그래, 그런데 그때 제일 큰 형인 아웅이는 어떻게 했는지 아줌마는 궁금해.

아웅 (고개를 숙인 채 조그만 소리로) 그냥 가만히 있었어요.

윤재 어머니 그랬구나. 그런데 아줌마는 어린 윤재가 그렇게 맞고 있는데도 아웅이가 그저 바라만 보고 있어서 마음이 많이 상했단다. 그럴 때 아웅이가 제일 큰형답게 동생을 도와주었으면 하는데 아웅이는 어떻게 생각해?

아웅 네, 저도 그렇게 생각해요.

윤재 어머니는 아웅이의 어깨를 토닥거려 주고 마음껏 먹고 즐겁게 놀도록 도와주었다. 돌아갈 때 유치원생인 지민이는 집을 나서려다 얼굴을 내밀고는 한마디 하는 걸 잊지 않았다.

지민 아줌마, 미안해요. 아줌마는 참 친절한데.

윤재 어머니 지민아, 그렇게 생각해 줘서 고마워.

지민이는 생긋 웃으며 애들과 같이 문을 나섰다. 그 후 동생을 시켜 윤재를 떠밀게 한 강진이는 3일 동안이나 마당에서 노는 모습을 볼 수 없었다. 우연히 윤재 어머니와 마주친 강진이 어머니는 윤재 어머니에게 그동안 무슨 일이 있었느냐면서, 3일 전에 아웅이가 강진이에게 무슨 말인가 하고 난 뒤에는 나가서 놀라고 해도 놀기 싫다며 나가지 않는다고 했다. "글쎄요." 윤재 어머니는 미소로 대답을 얼버무렸다.

4일째 되는 날 윤재를 데리고 두부를 사러 나간 윤재 어머니는 동생과 함께 어머니의 손을 잡고 나온 강진이와 마주쳤다. 강진이는 흠칫 놀라며 얼른 윤재에게 달려와 윤재의 볼을 쓰다듬어 주며 "아이 예뻐, 아이 예뻐"를 연발했다.

윤재 어머니 강진이랑 강희, 두부 사러 나왔구나. 참 강진아, 그동안 무슨 일이 있었니? 마당에서 통 볼 수가 없던데, 아줌마가 보고 싶었는데.

강진이는 윤재 어머니를 피해서 재빨리 어머니 치마 뒤로 숨는다.

강진 어머니 어이고, 뭘 단단히 잘못했구나.

윤재 어머니는 한쪽 무릎을 땅에 대고 키를 낮추어 강진이와 눈을 마주했다.

윤재 어머니 강진아, 아줌마는 강진이가 윤재랑 잘 놀아 줘서 고마워하고 있어. 그런데 궁금한 일이 있어서 강진이랑 얘기하고 싶었어. 며칠 전에 우리 마당에서 있었던 일을 얘기해 줄 수 있겠니?

강진이는 대답 대신 몸을 비비 꼬며 어머니 뒤로 다시 숨는다. 윤
재 어머니는 그런 강진이를 따라가서 어깨를 감싸안으며 말했다.

윤재 어머니 강진아, 사실은 그날 강진이가 강희를 시켜 우리 윤재
를 때리라고 할 때 아줌마는 3층에서 보고 있었어. 그때 아줌
마는 마음이 많이 아팠거든.

강진이는 자기 어깨를 감싸안은 윤재 어머니의 팔목에서 벗어나
려고 버티다가 윤재 어머니에게 안기듯 힘을 풀면서 울음을 터뜨렸
다. 그동안 마당에서 놀 수 없었던 억울함인지, 두려움이 사라져서
인지 강진이의 마음은 읽을 수 없었지만 안기듯 기대어 온 강진이
의 체온이 따뜻하게 윤재 어머니에게로 전해졌다

강진 어머니 (우는 아이의 등을 때리며) 울긴 왜 울어, 뭘 잘했다고!
윤재 어머니 강진이 엄마, 그날 일은 섭섭했지만 평소에 강진이가
우리 윤재랑 잘 놀아 주어서 내가 항상 고맙게 생각하고 있어
요. 그리고 강진이를 좋아하고요. 강진아, 앞으로 씩씩하게 동
생들을 잘 돌보며 사이좋게 놀 수 있겠니?

강진이는 고개를 끄덕였다. 윤재 어머니는 강진이를 힘껏 껴안
으며 고맙다고 했다. 윤재 어머니가 집으로 돌아와 저녁 준비를 하
는데 강진이가 김이 모락모락 나는 두부를 들고 와서 문 앞에 섰다.

윤재 어머니 (놀라서) 강진아, 왜?

강진 이 두부 드세요.

윤재 어머니 이건 너희들 맛있게 요리해 주시려고 강진이 엄마가 산 두부인데?

강진 우리 집엔 반찬 많아요.

윤재 어머니 오! 그래, 이거 아줌마 먹으라고? 고맙다, 강진아!

멋쩍은 듯 얼른 뒤돌아 내려가는 강진이의 발소리에 기운이 가득하다. 다음날 윤재 어머니가 출근하는데 강진이가 마당에서 놀고 있었다. 강진이는 윤재 어머니를 반기며,

강진 윤재 엄마, 두부 맛있게 드셨어요?

윤재 어머니 (웃으면서) 그래, 참 맛있었어. 혹시 아줌마 이 사이에 두부가 끼지 않았니?

강진 (눈이 보이지 않을 정도로 웃으며) 저는요, 고기 먹으면 이에 끼어요. 그래서 이쑤시개로 쑤셔요.

윤재 어머니 그랬구나. 그래서 강진이가 그렇게 항상 깨끗하고 씩씩하구나. 아줌마 회사 다녀올게. 오늘도 즐겁게 지내자.

강진 윤재 엄마, 안녕히 다녀오세요.(강진이는 90도 각도로 예의바르게 인사한다.)

윤재 어머니는 이 체험담을 이렇게 마무리해 주었다.

그날 출근길이 즐거웠어요. 환하게 웃던 티없는 강진이의 모습은 천사처럼 빛나 보였어요. 우리 윤재가 맞았다는 생각은 어디로 사라져 버렸는지 그저 즐겁기만 했어요. 그렇게 사려 깊고 예의바른 강진이가 윤재만큼이나 사랑스러웠어요. 제 아이가 아닌 남의 아이를 그렇게 소중하게 느낀 것은 처음이었어요.

만일 제가 한마디 한마디를 조심스럽게 생각하며 말하지 않았다면 결과는 뻔합니다. 저는 성격이 직선적이고 급해서 적당히 넘어가질 못합니다. 그 일을 가지고 3~4일씩 기다리지 못했을 거예요. 그날 창밖을 내다보고 아이들에게 에워싸여 있는 윤재를 보며 당장 소리쳤을 거예요. '이놈들! 거기서 뭐 하는 거야?' 하고는 잽싸게 마당으로 달려가 아이들을 붙들고 닦달했을 겁니다. '누가 윤재를 때리라고 했어? 강진이 네가 그랬지? 뭐? 네가 안 그랬다고? 안 그러긴 뭐가 안 그래. 내가 분명히 들었는데, 네가 때리라고 분명히 그랬잖아. 아줌마가 다 들었어. 그리고 이 벽에다 떠밀었지? 이 벽 좀 봐 얼마나 딱딱한가. 여기다 머리를 부딪혀 크게 다치기라도 하면 어떡할 거야? 그리고 너희들은 제일 어린 동생이 맞는 거 구경만 하다니. 어린애를 잘 돌봐 주지는 못하면서, 큰 애들이 그래도 되는 거야? 잘했어? 잘했냐고? 대답해 봐!' 이렇게 말입니다.

그랬다면 우리 윤재와 아이들과의 사이는 더욱 나빠져 제가 눈에 보이지 않으면 윤재를 괴롭힐 것이고, 그렇게 되면 저는 동네 나쁜 아이들 때문에 이사 가고 싶다고 생각하든가 직장을 완전히 그만두고 집에서 윤재만 싸고 돌게 되었을지도 모릅니다. 그런데 그 조그만 사건에서 제가 배운 방법으로 정성껏 노력한 만큼, 아니 노력한 몇 배의 성과를 거둔 것 같습니다.

요즈음 아웅이가 제일 큰형 몫을 단단히 한답니다. 제가 출근한 동안 윤재를 봐 주는 아주머니 말이, 어제 마당에서 누군가 아이들에게 잘못을 추궁하자 아웅이가 "얘네들은 그러지 않았어요. 야, 우리는 저기 가서 놀자" 하며 아이들을 당당하게 데리고 가더랍니다. 그리고 아이들이 제 얘기를 참 잘 들어요. 한마디만 하면 척척 따라 주거든요. 저를 좋아하고 존경하는 것 같아요. 동네 어머니들도 그렇게 많이 달라진 이유를 궁금해 하며 부러워해요.

자랑하는 김에 한 가지만 더 할게요. 며칠 전 제 친구와 길을 가고 있었는데 초등학교 5학년 정도 되는 남자 아이가 자전거를 타고 있었어요. 그 애는 친구와 저 사이를 아슬아슬하게 곡예하듯 스쳐 가는 거예요. 저는 깜짝 놀라 옆으로 넘어질 뻔했어요. 다행히 넘어지진 않았지만 등에 땀이 주르르 흐르더라고요. 겨우 균형을 잡고 가슴을 진정시키고 있었어요.

그런데 우리를 스치며 아슬아슬 달려가던 아이가 우리를 뒤돌아보다가 자전거를 탄 채 넘어졌어요. 제 친구는 얼른 달려가 넘어진 아이를 향해 쏘아붙였어요. "고것 봐라, 고것 봐! 쌤통이다. 심술 부리면 그렇게 벌 받는 거야. 다음부턴 조심해. 정신 차려!" 나는 친구의 말을 듣자 그 말이 마음을 닫게 하는 말이라는 생각이 들었습니다.

'아냐, 저 말은 아니야. 저런 말이 아닌 다른 말을 해야 해.' 저는 절뚝거리며 힘들여 자전거를 일으켜 세우는 아이 옆으로 다가가서 부드럽게 말했습니다. "애, 어디 다친 데는 없니? 많이 다쳤으면 어쩌나. 어디 보자." 아이가 멍하니 저를 올려다보고 의아하다는 듯 눈을 끔벅거리며 "괜찮아요. …… 그리고 …… 아줌마, 죄송해요" 하는 것이었어요. 그리고 벌떡 일어나 오른쪽 다리를 약간 끌고 가며 몇 번이나 뒤돌아보더라고요. 제가 생각을 정리하는데 친구의 큰 소리에 정신이 번쩍 들었어요. "야! 너 정말 잘났다. 뭣 좀 배운다더니 너와 나는 교양 있는 아줌마와 야박한 아줌마로 차이가 나 버렸구나." 친구의 놀림에 저도 속으로는 우쭐한 기분이 들더라고요. 이제 누군가를 도와 가며 좀더 나은 생활을 할 수 있을 것 같아요. 자신감이 생겨요. 제 자랑이 너무 길었죠?

동료 수강자들은 윤재 어머니에게 박수를 보내며 부러운 함성을 올렸다. 그들의 부러움은 배운 방법을 잘 활용했기 때문이 아니라 그 방법을 사용하기 위해 자신을 절제하는 굳은 의지와 인내의 힘이었을 것이다. 피와 땀 위에 풍성한 열매를 맺도록 허락하심은 얼마나 공평한 신의 섭리인가. 20년, 30년 후에 강진이와 아웅이, 지민이, 윤재, 그들이 떠올릴 추억의 기쁨보다 더 큰 열매가 어디 있겠는가. 자전거에서 넘어진 아이의 기억 속에 떠오를 이름 모를 친절한 아주머니의 모습, 그 이상의 열매가 있을까.

나는 오늘도 아름다운 열매를 위해 씨 뿌리는 사람들을 만나는 일이 행복하다.

아빠는 요술쟁이

강의실에서 쌕쌕 잠이 든 아기를 안고 있던 젊은 어머니가 먼저 말을 꺼냈다.

"저는요. 우리 아기가 참 예뻐요. 모든 행동이 다 마음에 들어요. 저를 화나게 하는 일이 하나도 없거든요."

"아기가 몇 개월인데요?"

옆에 앉아 있는 한 어머니가 궁금해 했다.

"4개월이에요."

"그렇죠. 4개월일 땐 뭘 하든 다 예뻐 보이고 맘에 들죠. 전 사내 애만 둘인데 이제 좀 크니까 너무너무 힘이 들어요. 빨리 장가나 보냈으면 좋겠어요. 일찌감치 며느리들에게 맡겨 버리고 싶어요."

"몇 살인데요?"

그 옆에 앉은 다른 어머니가 묻는다.

"큰아이는 초등학교 1학년이고 작은아이는 유치원생이에요."

갑자기 터져나오는 수강자들의 폭소에 묻혀 아이들 문제는 잠시 사라진다. 그러나 부모에게 있어 자녀 문제는 갈등의 원천이 될 때가 많다.

특히 부부 사이에서 자녀는 '행복의 꽃'이 되기도 하고 '불화의 씨앗'이 되기도 하여 그들을 고뇌하게 한다.

어느 40대 아버지는 이렇게 말한다.

"집에 들어가서는 좀 편안했으면 해요. 아내가 아이들에게 소리 지르고 아이들도 꼬박꼬박 말대꾸하며 덤비는 걸 보면 집인지 전쟁터인지 갑갑해요."

다른 아버지도 털어놓는다.

"어떤 날은 집에 들어가는 게 망설여질 때가 있어요. 제가 들어가서 좀 쉬려고 앉아 있으면 아내는 낮에 아이들과 있었던 일을 전부 늘어놓아요. 특히 화났던 일을요. 그리고 저더러 아이들을 따끔하게 야단치라는 거예요. 그런데 애들 얘기를 들어 보면 또 아내의 잘못도 많은 것 같아요. 대개는 아이와 조용히 끝내는 편입니다. 그럴 때면 아내는 '당신이 그렇게 물러서 오냐오냐 하니까 애들이 그 모양이죠'라고 해요. 그러다가도 어쩌다 아이를 때리면 '좋은 말로 타이르지 왜 때려요. 당신도 좋은 아빠 되긴 다 틀렸네요.' 하면서 아이를 데리고 나가요.

아내의 기분에 어떻게 맞춰야 하는지, 어디에 기준을 두어야 하는지 모르겠어요. 우리 부부 사이에 일어나는 불화는 거의가 아이들 문제예요."

이번에는 보람이 어머니가 말을 받는다.

"저는요, 아이들과 하루 종일 싸우다가 남편이 들어오면 투정을 해요.
'여보, 애들 때문에 화가 나서 못 살겠어요.'
'그래? 잘 지내지 싸우긴 왜 싸우나?'
'애들이 말을 들어야 싸우지 않죠.'
'그래? 그러면 싸우지 않는 아주 좋은 방법이 있지.'
'무슨 방법인데요?'
'애들을 고아원에 보내 버리면 돼.'
전 말이 막혔어요. 아이들은 저하고 있을 때는 방에서 꼼짝하지 않다가 남편이 들어오면 활개를 쳐요. 그러면 저는 또 소리를 지르게 돼요.
'왜 너희들은 아빠만 들어오시면 꼬리 달고 날개 달고 나오냐?' 하고요. 그런데 저는 이 교육을 받으면서 아이들과 남편과 저 자신에 대해서 새로운 면을 발견했어요. 결국 제가 화나는 이유는 저 자신에게 있는 것을요."

이렇듯 부부 사이에 아이들 문제는 여러 가지 형태로 끼어든다.
다음은 아직 그 방법에 익숙지 않은 어머니와 조금씩 변화되어 가는 아버지 그리고 그들 자녀와의 관계를 보여 주는 사례다.

어느 날 저는 초등학교 3학년인 아들과 밤 11시가 넘도록 다투고 있었습니다. 아직도 저는 마음이 편안할 때는 교육받은 대로 하려고 노력하지만 화가 나면 배운 것이 다 어디론가 없어져 버립니다.

"하루 종일 텔레비전만 보고 오락기만 갖고 놀다가 밤 10시가 넘어서 숙제를 시작하다니 엄마는 정말 속상해서 못 보겠어. 빨리 해, 빨리!"

"언제 텔레비전만 보고 오락만 했어요, 다른 것도 했는데. 그리고 숙제는 지금 하고 있잖아요. 하고 있는데 엄마는 왜 자꾸만 화내고 그래요?"

'만' 자에 힘주며 신경질을 내는 아들과 다투는데 남편이 옆으로 다가왔습니다.

"여보! 우리 승민이가 숙제를 늦게 해서 걱정되지. 승민이가 내일 아침에 늦잠 잘까 봐. 또 학교 가서도 졸릴까 봐 당신 불안하지."

"그래요."

"승민아, 이렇게 늦게까지 숙제하려니 정말 힘들지. 엄마가 걱정하시는데 아빠가 뭘 도와줄까?"

"괜찮아요. 금방 하면 돼요."

"그래, 우리 승민이가 이렇게 늦은 시간인데도 책임감 있게 숙제하는 걸 보니까 아빠는 승민이가 믿음직해. 멋있어!"

승민이는 자세를 바르게 고쳐 앉으며 부지런히 숙제를 했습니다. 잠시 뒤에 승민이 목소리가 들려왔습니다.

"아빠, 다 했어요."

"그래? 벌써 다 했어? 이렇게 금방 숙제를 다 끝내다니. 승민아, 아빠도 숙제를 다 끝낸 기분이다. 애썼다, 승민아."

"아빠, 책가방 챙기고 잘게요. 아빠, 안녕히 주무세요. 엄마……
엄마도 안녕히 주무세요."

"그래, 승민아. 엄마한테도 인사해 줘서 고맙다!"

저는 승민이를 껴안았습니다. 승민이의 따뜻한 체온이 사랑으로
전해 옴을 느꼈습니다. 승민이는 아빠에게서 받은 사랑을 제게 나
누어 주었습니다. 남편과 저는 놀랐습니다. 남편의 몇 마디가 성난
파도를 잠재우는 요술방망이었습니다. 자녀에게 부모는 격려자가
되어야 한다는데 남편의 몇 마디는 제 아들을 격려하는 특효약이었
습니다. 그날 제 남편이 얼마나 멋있고 자랑스러웠는지요. 정말로
제 남편이 존경스럽더라고요.

하늬네 집 얘기도 듣는다.

크리스마스가 가까웠다. 하늬 어머니는 작고 예쁜 종이 달려 있
는 크리스마스 장식물을 사 와서 거실 벽에 걸었다. 여섯 살인 하늬
는 그 종을 갖고 싶어했으나 하늬 어머니는 장식물은 보고 즐기는
것이지 부품을 떼어 내는 것이 아니라며 그 장식물에서 종을 떼어
내지 못하게 타일렀다. 그러나 하늬는 한번 만져 보기만이라도 하
겠다고 떼를 썼다. 하늬 어머니는 "엄마가 안 된다고 했으면 안 되
는 줄 알지 고집 부리며 떼쓸 거야?" 하고 나무랐다. 그래도 하늬는
고집을 꺾지 않고 장식장을 딛고 올라가 벽에 걸린 장식물의 종을
잡으려고 했다. 장식장 앞에는 방안의 습기를 조절하는 물이 바글
바글 끓고 있었다. 게다가 하늬는 산타할아버지가 선물로 주신 사
탕이 들어 있던 빈 버선을 양쪽 발에 신고 있었다. 그 발로 기우뚱

거리며 장식장 위로 올라간 것이다. 잘못하여 끓는 물 쪽으로 넘어지기라도 하면 하나밖에 없는 딸인데 큰일이다. 겨우 참으며 보고 있던 하늬 어머니의 등이 오싹했다.

"이놈아! 한번 안 된다고 하면 안 되는 줄 알 일이지, 웬 생떼를 그렇게 써? 발까지 그 모양을 해 가지고. 그러다가 끓는 물에 넘어지기라도 하면 어떡하려고, 응? 고놈의 고집은 웬 고집이 그렇게 세, 에이고 참!"

하늬 어머니는 하늬를 번쩍 안아 거칠게 내려놓았다. 하늬는 울먹이며 심통스럽게 통통거리더니 자기 방으로 들어가버렸다. 신문을 들척이며 옆에 앉아 있던 하늬 아버지는 곤혹스러웠다. '아내와 하늬가 다투는 걸 모르는 척하자니 양심 없는 사람 같고 아는 척하자니 시원스럽게 떠오르는 말도 없고 그래도 어쨌거나 일어나서 하늬 방으로 가 보자.' 하늬 아버지는 조심스럽게 하늬 방으로 건너갔다. 하늬는 얼굴을 이불에 파묻고 엎드려 있었다. 절망적인 모습이 안쓰러웠다. 하늬 아버지는 하늬에게 다가가 옆에 누웠다. 하늬 옆 얼굴을 찬찬히 들여다본다. 하늬는 눈을 감은 채 꼼짝하지 않는다.

얼마 후 하늬 아버지는 하늬의 등을 어루만지며 말했다.

"하늬가 엄마에게 꾸중 들어서 마음이 상했구나."

꼼짝하지 않던 하늬가 슬그머니 고개를 끄덕였다. 무슨 말인가 이어서 더 해주고 싶은데 할 말을 찾을 수가 없다. 말이 이렇게 궁색하다니, 망설이는데 차츰 머리가 맑아지면서 할 말이 생각났다.

"우리 하늬는 그 종이 너무나 예뻐서 한 번만 만져 보고 싶었구나. 그렇지?"

하늬는 얼굴에 희색을 띠며 천천히 일어나 앉았다. 그리고 힘차게 고개를 끄덕였다. 아버지도 하늬를 따라 일어나 앉았다. 하늬 아버지는 무언가 한마디 더 해 주고 싶었다. 하늬의 손을 감싸 쥐며 말했다.

"하늬는 끓는 물이 있는 것도 알았고 넘어지지 않을 자신도 있었는데…… 그렇지?"

순간 하늬가 숨을 길게 내쉬었다. 그리고 아빠에게 안기며 자기의 볼을 아빠의 볼에 비빈다. 침묵 속에 하늬 아버지는 가슴이 찡했고 하늬도 같은 느낌인지 말없이 아버지를 바라본다. 하늬 아버지가 다시 말했다.

"그런데 엄마는 뭐가 걱정이 됐을까? 그리고 엄마는 왜 화가 났을까?"

하늬는 대답 대신 벌떡 일어나 안방으로 건너갔다.

"엄마, 죄송해요. 제가 말을 안 들어서요."

조금도 주저함이 없이 당차게 사과하는 하늬의 태도가 놀라웠다. 조금 전의 절망적이던 상태에서 그렇게 쉽게 벗어나 생기 있게 바뀌다니. 하늬 아버지는 하늬의 모든 가능성이 환하게 빛날 것 같아, 아니 빛나게 도와줄 수 있을 것 같아 눈시울이 뜨거웠다. 하늬 어머니가 남편에게 말했다

"여보, 고마워요. 그리고 당신 멋있어요."

멀리서 지켜보던 하늬 어머니는 남편이 근사했다. 조용하면서도 따뜻한 말과 행동, 그런 아버지의 영향을 받아 잘못을 깨끗이 시인하는 하늬의 행동, 하늬 아버지의 행동으로 집안 분위기가 한 차원

높아진 느낌이었다.

하늬 어머니는 평소 남편 모습을 떠올렸다. 그런 상황이면 남편의 기분에 따라 전개될 것이다. 어떤 날은 하늬 방으로 들어가 말한다.

"하늬야, 엄마가 야단쳤어? 엄마는 괜히 우리 예쁜 하늬를 야단 쳤네. 아빠가 엄마 혼내 줄 거야. 자, 하늬 착하지. 울지 말고 자자, 응!"

아니면 이와 반대로 말하기도 한다.

"하늬야, 넌 웬 고집이 그렇게 세? 엄마가 뭐라고 하면 '네, 알았 어요' 하고 대답해야지. 골내고 툴툴대면 안 돼. 잘못했을 땐 '잘못 했습니다' 해야지. 엄마가 말할 때 그렇게 꼬박꼬박 말대꾸하는 게 아냐. 아빠도 하늬가 아빠 말에 고집 부리고 말대꾸하면 '이놈!' 하 고 야단칠 거야. 알았지? 자, 울지 말고 일어나서 엄마한테 사과해. '엄마, 잘못했습니다. 다음부턴 엄마 말씀 잘 듣겠습니다.' 라고 말 하고 와. 어서, 허허…… 아빠 말도 안 들으면 아빠 화낸다. 자, 옳 지, 어서!"

이렇게 해서 기어코 겉으로만 하는 사과를 하게 했었다. 하늬 아 버지의 기분에 따라 했던 이런 말들은 하늬에게 어떤 도움이 되었 을까. 하늬 어머니는 하늬에게 했던 언행이 부끄러웠다. 그러나 오 늘처럼 남편이 도와준다면 무엇이든 다 잘할 수 있을 것 같다.

희망이 참으로 큰 기쁨이라는 것을 하늬 어머니는 새삼스럽게 깨달았다.

다음은 열심히 노력하지만 실제 상황에 부딪히면 옛 습관대로 행동한 후 한 박자 늦게 배운 것들이 생각나고, 생각은 나지만 무슨 말을 해야 할지 모르는 경우다.

    고등학교 2학년인 재훈이는 요즘 과외 선생님을 집으로 모셔서 공부하고 있습니다. 반대하는 남편을 우여곡절 끝에 겨우 설득했습니다. 그런데 지난주에는 아들이 예습을 하지 않아서 선생님께 주의를 들었습니다. 저는 혼자 알고 있으려다가 재훈이가 엄마 말보다는 아빠에게 따끔하게 주의를 들어야 효과가 있을 것 같아 남편에게 일렀습니다. 남편은 감정을 절제하며 차근차근 말했습니다. 비싼 과외비 내고 공부하는데 예습의 효과가 어떤 것인지 경제적인 손익에 대한 설명도 하면서 다짐을 받았습니다.

    그러나 그 다음 주 재훈이는 선생님 오시는 날이 내일인데도 예습하는 모습을 볼 수가 없었습니다. 저는 남편과 아들의 격전이 예상되어서 조마조마했습니다. 다음날 새벽 책상에 앉아 공부하는 아들을 보며 '그래, 그러면 그렇지, 지금이라도 잊지 않고 공부하다니.' 저는 아들이 대견했습니다. 그런데 등 뒤에서 남편의 조소 섞인 냉랭한 목소리가 들렸습니다.

    "쳇! 해가 서쪽에서 뜨겠네."

    대답 없는 아들의 뒷모습을 보니 슬며시 힘이 빠지는 것 같았습니다. 저는 참을 수가 없었습니다.

    "당신은 공부하는 애한테 꼭 그렇게 말해야 해요? 열심히 해서 아빠도 기분 좋다고 한마디 해 주면 안 돼요? 당신, 돈 많이 든다고 억울해 하는 거 알아요. 그렇더라도 애쓰는 아들에게 빈정거려서야 되겠어요. 그렇게 해야 당신 속이 시원하시겠어요?"

이렇게 왕창 남편에게 화풀이를 하고 나니까 그 순간은 시원했었는데 결국은 후회스럽더라고요. 이번엔 대답 없는 남편의 어깨에서 힘이 쏘옥 빠져나가는 것 같았습니다.

남편과 저는 입을 다물었습니다. 대화가 계속되면 될수록 분위기는 악화될 뿐 좋아질 수 없다는 사실을 알기 때문입니다. 위와 같은 상황에서 제가 뭐라고 말하면 남편과 아들에게 도움이 될 수 있겠습니까.

이런 경우 수강자들과 함께 역할극을 하면서 도움이 될 수 있는 대화를 찾는다.

"쳇! 해가 서쪽에서 뜨겠네."

재훈이 어머니가 남편 곁으로 다가가서 아들도 들을 수 있도록 부드럽게 "여보! 당신 말씀은 그렇게 하시지만 재훈이가 열심히 하는 모습을 보니까 기분 좋아서 하시는 말씀이죠!"라고 했다면 어떻게 됐을까. 이 말을 듣는 남편과 아들의 느낌은 또 어떨까.

그리고 재훈이 아버지가 아들에게 "재훈아, 힘들지, 아빠는 네가 이렇게 이른 시간에 열심히 하는 모습을 보니까 든든하구나" 했다면 재훈이는 어땠을까.

자녀는 가정에서 부모와 나누는 대화를 통해서 성장한다. 우리는 '무엇'을 말할 것인가도 중요하지만 같은 내용을 '어떻게' 표현할 것인가가 더 중요할 때가 많다.

20여 년의 응어리가 한순간에

　얼마 전까지만 해도 저는 아이들의 성적 문제만큼은 관대하고 너그럽게 생각하는 엄마라고 자부했어요. 다른 집에서 성적 문제로 부모와 자녀 간에 갈등이 있다고 해도 저와는 전혀 무관한 이웃집 얘기로만 생각했어요. 그런데 그게 그렇지 않더라고요. 며칠 전 큰아이가 산수경시대회에서 완전 낙제점수를 받아 왔어요. 시험 치고 온 날, 오늘 시험은 망쳤다고 했었지만 설마 했어요. 아이가 머뭇거리며 내미는 시험지를 받아든 순간 갑자기 보이는 게 없더라고요.
　"아예 공부를 집어치워라. 네 아빠랑 햄버거나 날라. 내일부터 학교 갈 필요도 없어. 학원도 갈 필요 없고 학습지도 하지 마! 처음부터 너에 대한 희망은 버렸어야 했어. 물건 같으면 당장 내다 버리고 말 텐데 ……."
　계속해서 나오는 말들을 고스란히 겁 없이 쏟아 냈어요. 초등학교 5학년인 큰아이는 지금까지 반에서 3등 아래로 떨어져 본 적이 없었어요. 그런데 어찌된 일인지 신학기가 되면서 자꾸 성적이 떨어져요. 낙제점수를 받은 7명의 아이들 틈에 끼어서 계속 벌 서고 있었대요. 아마 우리 아이가 꼴찌였을 거예요. 말도 안 돼요. 낙제점수를 받아서 벌을 서고 있는 아들을 상상하면 견딜 수가 없어요.

　대부분의 부모들에게 있어 내 아이가 꼴찌라는 사실을 받아들이는 것은 결코 쉬운 일이 아니다. 잘하는 것은 내 아이 몫이고 못하는 것은 누군지는 모르지만 분명 내 아이 몫은 아니기를 바란다. 그 바람이 깨어지면 부모는 절제하는 힘을 잃고 무서운 말들을 함부로 하게 된다.
　"지금 마음을 털어놓고 난 후의 기분은 어떠신가요?"
　"물론 저도 괴롭죠. 저도 어렸을 때 어머니에게 그런 말을 들었어요. '서 푼짜리 사기단지면 당장 박살을 내버릴 텐데, 에이그.' 전 자멸감을 느끼면서 어머니의 사랑도 의심했어요. 내가 엄마가 되면 제 아이에게만은 절대 그러지 않을 거라고 다짐을 했는데 결국 저도 별수 없는 평범한 엄마였어요. 제가 애써서 바꾼 말은 '서 푼짜리 사기단지'에서 '물건'이었을 뿐이에요. 제 감정 다스리기가 정말 어려워요. 이제 제가 아이에게 뭐라고 해야 하는지요?"
　그 어머니의 말을 듣고 있던 다른 어머니도 그와 비슷한 질문을 했다.
　"저도 연락 없이 늦게 들어온 아들에게 더 무서운 말을 거침없이 했어요. 저는 괭이를 들고 아들과 함께 집 밖으로 나갔습니다. 그리고 아들에게 땅을 파라고 했어요. '네가 들어갈 구덩이를 네가 파.

말을 안 듣고 네 멋대로 하면 엄마가 너를 이길 수 있을 때 너를 파묻어야 하니까. 지금 해야 돼. 빨리 땅을 파!' 그러니까 아들이 싹싹 빌더라고요. 그 후로 말을 잘 들었는데 요즘 조금씩 반항할 기미가 보이네요. 이제 보니 제가 크게 잘못한 것 같아요. 전 아이에게 뭐라고 해야 하죠?"

그 어머니에게도 말을 하고 난 후의 기분을 물었다.

"갑자기 제 옆집에 살던 아줌마가 기억 나네요. 그때 초등학교 6학년이던 딸이 옆집에서 돈을 훔쳤다고 빈 드럼통에 집어넣고 뚜껑을 닫아 밤을 새우게 하더라고요. 아이가 소리 지르고 울어도 소용이 없었어요. 나중에 아이가 지쳐서 힘없이 흐느끼던 소리를 늘 잊을 수가 없었어요. 그 후에도 그 아이는 여러 번 물건을 훔쳤고, 그에 따른 그 아줌마의 무서운 행동들이 제 무의식 속에 숨어들었는지도 모르겠다는 생각이 드네요. 지금 이런 말들을 하고 나니까 제가 정말 너무했었구나 하는 분별력이 생겨요. 제가 아이에게 어떻게 해야 하죠?"

이는 많은 수강자들이 한두 차례씩 겪는 난제다. 이러한 문제들을 어떻게 풀어야 할지 다음의 사례를 통해 함께 생각한다.

저는 딸만 넷입니다. 큰딸은 결혼해서 아이가 둘이에요. 가끔 집에 오면 지나간 얘기를 하면서 저를 매우 가슴 아프게 합니다. 옛날에 수돗물이 없을 때, 우리 동네에서는 샘물을 길어다 큰 독에 채워놓고 먹었어요. 어느 날 큰아이에게 물을 떠오라고 했더니 와장창 독을 깼어요. 저는 달려가 앞뒤 사정 이야기를 들을 여유도 없이 때

리고 야단쳤죠. 자기가 잘못해서 그 비싼 독을 깼으면 매 맞고 야단
맞는 일은 당연한 거 아닌가요. 전 늘 그렇게 생각했거든요. 이 교
육을 받기 전까지는요.

딸은 억울하다고 항변을 했어요. 물을 뜨려고 항아리 뚜껑을 열
었더니 물은 독의 바닥에 조금 남아 있었대요. 작은 키에 엄마 말씀
을 잘 듣는 아이가 되려고 머리를 물독에 들이밀고 폴짝폴짝 뛰면
서 물을 뜨려고 하다가 온몸이 거꾸로 물독에 빠졌대요. 얼굴이 물
속에 거꾸로 처박혀서 숨이 막히자 있는 힘을 다해 바둥대다가 항
아리가 구르면서 깨졌다는 거예요. 죽을 뻔했던 순간을 아찔해하며
겁에 질려 있는데 엄마는 다짜고짜 부잡스럽게 촐랑대다 그 비싼

항아리를 깼다면서 때렸다는 거예요. 전 다 잊어버렸는데요.

거기다가 그날 저녁까지 굶겼다나요……. 그 말이 나올 때마다 저와 큰딸은 번번이 싸우게 됐어요. 딸은 가끔 친정에 와서 동생들이랑 한가하게 지나간 얘기를 하면서도 틈만 나면 빈정거리듯 그 얘기를 꺼내곤 했어요.

딸 엄마는 옛날에 나를 참 많이 구박했지. 항아리 깼을 때 때리고 야단치며 저녁까지 굶기고. 항아리 비싸다는 얘기만 하면서 말이야. 그때 항아리가 깨지지 말고 차라리 내가 항아리에 처박힌 채 죽었어야 했는데 뭐가 아쉬워서 그렇게 살려고 발버둥쳤는지 모르겠어.

어머니 뭐 그리 좋은 얘기라고 너는 맨날 지나간 얘기를 꺼내서 내 속을 뒤집어놓니. 넌 원래 부산스러워서 다른 것도 잘 깼어.

딸 초등학교 4학년이 그 작은 손으로 그 큰 항아리 밑바닥에 남은 물을 떠오라고 시킨 엄마는 잘한 거고요.

어머니 그럼, 네가 안 하면 누가 하겠니. 엄만 널 시키고 싶어 시켰니? 줄줄이 애들이 딸린 걸 어떡해. 널 시킬 수밖에. 그렇지만 네 동생들은 다 너보다 조심스러웠어.

딸 알았어요. 동생들 보랴, 엄마 심부름하랴, 맨날 나만 시키더니, 엄마는 언제나 똑같이 사람 답답하게만 하더라.

어머니 그래, 난 무식해서 그래. 대학에서 많이 배웠다고 무식한 어미에게 옛날 얘기 들춰내서 잘잘못 따져 어쩌자는 거냐. 너도 이 어미 입장 되어 봐라. 그리고 그때 그 독이 얼마짜리인데. 다 그만둬!

결국 그 말이 나오면 서로의 기분이 엉망이 되어 싸움으로 끝납니다. 그러던 것을 이제야 비로소 깨달았습니다. 그동안 내 딸이 얼마나 답답하고 괴로웠는가를요. 지난주에 집에 온 딸에게 어렵게 말을 꺼냈습니다.

어머니 얘, 어미야, 네게 할 말이 있는데 …….
딸 무슨 일인데요, 엄마?
어머니 네가 어렸을 때 그 물독 깬 얘기 말이다. 이제야 네 맘을 헤아리게 되어서 …….
딸 웬일이세요, 엄마가 그런 생각을 다 하고?
어머니 요즘 내가 교육을 받고 있는데 어느 분의 말처럼 알아야 뉘우치고 깨달아야 회개한다더니 이제야 알았어. 알고 나니 뉘우치게 되고 네 마음을 이해하게 되는구나.
사실은 네가 그 얘기를 할 때 늘 마음속으로는 생각했단다. 그날 운이 좋게 항아리가 깨졌으니 다행이지, 깨지지 않았다면 어떻게 됐을까. 생각만 해도 아찔해, 소름이 끼치고. 그리고 오늘처럼 당당하게 살 수 없지. 그 항아리 깨진 일이 얼마나 고마운지. 그러면서도 그런 내 마음은 표현하지 못하고 그 얘기가 나오면 내가 더 짜증내고 서운해 하고, 말도 안 되는 내 말만 밀어붙이고.
네 상처가 얼마나 컸는데 잊을 수 있겠니. 그런데도 어미라는 사람은 더 답답하게만 하다니. 어미야, 정말 미안하다 용서받고 싶다는 말을 할 염치도 없구나. 그때 행여라도 네가 어떻게 되었다면 이 어미도 이대로는 못 살았을 게다.

제 딸은 조용히 흐느끼고 있었습니다. 저는 조심스럽게 다가가 딸의 등을 토닥거렸습니다.

"엄마, 그 말을 왜 이제야 해요. 왜 이제야? 전 엄마의 이런 말을 얼마나 듣고 싶었는데요. 초등학교 4학년이었던 그때부터 오늘까지 20여 년 동안 얼마나 외롭고 힘들었는데요. 엄마가 친엄마가 아니라는 상상을, 집을 나가고 그리고 죽어 버릴 거라는 상상을 날마다 했는데 ……."

"미안하다 …… 미안하다."

딸은 제 가슴에 묻혀 계속 울었습니다. 피는 물보다 진하다고 했던가요. 딸은 저를 껴안으며 말했습니다.

"죄송해요, 엄마. 저도 그동안 엄마를 괴롭혔어요. 생활이 어렵고 힘든데 딸만 넷 낳아 키운 엄마의 심정, 이제 제가 딸만 둘 낳아 키워 보니까 알겠어요. 그러면서도 불쑥불쑥 심술이 났어요. 엄마, 이런 말 해 줘서 고마워요. 정말 고마워요, 엄마 …… 엄마, 오래오래 사셔야 해요."

그날 큰딸은 동생들에게 고생을 많이 하신 어머니께 잘해 드리라고 특별히 부탁하고 가더군요. 전 고백 성사를 잘 한 후의 날아갈 것 같은 충만한 기쁨, 바로 그런 기쁨을 느꼈습니다.

20여 년 동안 묻혀 곪아 썩은 상처도 이렇게 치유될 수 있음을 보여 주는 사례였다. 다음은 또 다른 사례다.

　월요일 시험을 보고 온 재현이가 현관문을 들어서자마자 "오늘 시험은 죽쒔어, 에이. 완전히 망쳤어." 하며 맥빠진 모습으로 수선스럽게 들어왔습니다. 저는 가슴이 철렁했어요. 지난 토요일까지 시험을 잘 치렀거든요. 이제 월요일과 화요일의 시험만 잘 치르면 이번 성적은 아주 좋은 결과를 기대해도 되겠구나 했었거든요. 그런데 토요일 오후에도 어정어정 시간을 보내더니 일요일에도 놀더라고요. 잔소리하지 말고 믿어 주자, 힘들었지만 기다렸어요.

　참다가도 가끔은 "재현아, 시험 준비는?" 하면 "알았어요. 할게요" 하는 이런 대화로 나를 달래며 힘든 걸 참았는데 결과는 시험 망쳤다는 얘기였습니다. 저는 철렁 내려앉은 가슴을 달래며 감정의 홍수에 차 있는 아들의 마음을 읽어 주려 했지만 도저히 그럴 기분이 아니었어요. 오히려 '그럴 줄 알았다. 실컷 놀아 제치더니. 다 된 밥에 늘 마무리가 그 모양이지. 그래 가지고는 서울에 있는 대학을 …….'

　이렇게 하고 싶은 많은 말들을 참기가 곤혹스러웠어요.

　저는 억지로 제 감정을 누르고 물었어요.

　"얼마나 못 보았길래. 20점?"

　"아니."

　"30점?"

　"아니."

　"40점? 50점? 60점? 70점?"

"아니, 중간 76점."

조금은 안심이 되면서도 '조금만 더 노력했으면 한 단계는 더 올라갔을 텐데.' 하는 아쉬움과 불만으로 입을 다물고 아들을 빤히 쳐다보았어요.

말대꾸 대신 부드럽지 않은 눈빛으로 점심을 차려 주고 나서 "그래도 생각보다 잘했네." 빈정대듯 말을 던졌어요. 아무래도 분이 풀리지 않았어요. 아니 풀 수가 없었어요. '엄마는 너를 위해 좋은 엄마 되려고 교육도 받고 너의 자존심도 상하지 않게 하려고 노력하는데 오늘 시험을 망치다니!'

저는 재현이에게 일그러진 제 모습을 들키지 않으려고 피하다가 얼핏 아들을 보니 밥상 위에 밥알을 흘렸더라고요.

"너는! 왜 그렇게 밥을 질질 흘리면서 먹니?"

짜증스럽고 날카롭게 눈까지 흘기면서 속에 있는 제 감정을 터뜨렸어요. 아들은 힘없이 수저를 놓고 제 방으로 들어가더라고요. 쫓아가며 소리 지르고 싶은 감정을 참았어요. 그러면서 자신을 돌아봤어요. 성적이 뭔지, 시험과 성적에 질질 끌려 아이를 압박하고 짓누르는 제가 참 한심했어요.

본인도 애쓰는 것 같은데, 답답한지 방을 들락거리면서도 오늘 못 받은 점수를 내일 시험에서 만회해 보려는 노력이 보이지 않더라고요. 그러다가 저녁 때가 다 되어 아차 싶었습니다. 평소에 아이가 말하던 대로 시험 망친 기분을 도와주지는 못할망정 스트레스만 주다니 지금이라도 도와주자. 저는 아들 방으로 들어가 힘없이 앉아 있는 아들의 어깨를 끌어안으며 말했습니다.

"재현아, 네가 오늘 시험을 망쳐서 기분이 엉망이 되어 왔는데 엄마까지 오히려 짜증만 내서 미안하다. 격려 한마디 못해 주고. 아까 기분이 많이 상했지?"

"…… 괜찮아요. 토요일, 일요일에 엄마 말씀을 듣는 건데."

"미안해. 엄마도 잘하려고 하는데 생각처럼 잘 안 된단다."

"아니에요. 엄마, 저 열심히 할게요."

그런 일이 있은 후 밤 12시쯤 재현이 방으로 들어가 어깨를 쓸어 주었습니다.

"엄마, 내일은 가장 어려운 과학시험인데 집중해서 공부하니까 아까는 시간이 오래 걸려서 풀어도 모르겠던 문제를 이제는 알겠어요."

"그래, 그 말을 들으니 엄마도 신이 나는구나. 시간이 늦었는데 괜찮겠니?"

"괜찮아요. 제 걱정하지 마시고 엄마 먼저 주무세요."

재현이는 보통 때는 밤 10시도 넘기기를 힘들어 하는데 그날은 기적같이 새벽 2시가 넘을 때까지 공부를 했습니다. 다음날 재현이가 가장 어렵다던 과학시험에서 중학교 들어간 이래 최고로 좋은 성적을 받아 왔습니다. 결국 아이의 마음을 헤아려 잘 도와주기만 하면 변화가 온다는 것을 알게 되었습니다.

아직도 배운 대로 실제 상황에 적용하기에는 어설프고 서툴지만 열심히 계속하겠습니다. 포기만 하지 않으면 실수하더라도 성장한다는 말을 믿고 실천하겠습니다.

정호네 집 행복 만들기

　정호는 초등학교 4학년이고 동생 정빈이는 2학년이다. 둘은 잠시만 떨어져도 서로 궁금해 하고 찾기도 하지만, 또 아차 하면 뒤엉켜 싸우기도 잘한다. 중학교 교사인 어머니는 형이 욕심이 많고 양보할 줄도 몰라서 항상 동생과 다툰다면서 걱정이 많다.

　그날은 퇴근이 늦어져서 집에 오는 길에 제과점에 들러 아이들이 좋아하는 빵을 사왔다.

　"와아! 내가 좋아하는 빵이네. 그러잖아도 언제부터 먹고 싶었는데, 야, 맛있겠다."

　어느새 정빈이의 입은 빵으로 가득하다.

　"난 벌써 이를 닦았는데, …… 난 내일 먹을래. 정빈아, 너 내 몫 남겨놓고 먹어. 알았지? 그럼 난 졸려서 잔다."

　초저녁 잠이 많은 정호는 눈을 비비며 자기 방으로 들어간다. 정호 어머니가 옷을 갈아입고 나와 보니 정빈이는 그새 빵을 하나만 남기고 다 먹어 버렸다. 정호 어머니는 정빈이에게 무슨 말이라도 해야 될 것 같았으나 적절한 말이 떠오르지도 않고 또 귀찮기도 해서 그냥 모르는 척 넘어갔다.

다음날 아침에 하나밖에 안 남은 빵을 본 정호는 볼멘소리로 투덜댔다.

"어? 빵이 다 어디 갔어? 하나밖에 없잖아. 정빈이 혼자 다 먹고 겨우 한 개를 남겨?"

정호는 화가 났지만 투정을 부려도 이미 동생의 뱃속에 들어간 빵이 도로 나올 리 없으므로 꾹 참고 하나 남은 빵을 한입 베어 물었다. 언제 왔는지 정빈이가 살며시 형에게 다가와 말했다.

"형, 나도 …… 좀 줘."

"야! 너는 어제 혼자 다 먹고 겨우 하나 남겼으면서 또 달라고? 안 돼!"

정호는 동생을 한 대 쥐어박고 싶었지만, 엄마한테 들키면 동생하고 또 싸운다고 혼날 것 같아 꾹 참았다.

"그래도 …… 형, 나 쪼금만!"

"안 돼, 안 된다니까!"

그러자 정빈이는 아침식사와 출근을 위해 부지런히 준비하는 어머니에게 쪼르르 달려가서 팔에 매달리며 졸랐다.

"엄마, 나 저 빵 먹고 싶어. 엄마가 형한테 나 좀 주라고 해."

정빈이에게 그런 부탁을 받은 사람이 만일 당신이라면 당신은 정호에게 또는 정빈이에게 이 일이 해결되도록 어떻게 말하겠는가.

정호 어머니는 그때의 느낌과 경험을 이렇게 말했다.

제가 이 교육을 받지 않았다면 큰 소리로 말했을 거예요.

어머니 야! 너는 형이면서 동생이랑 나눠 먹을 줄도 모르니? 어서 동생 좀 나눠 줘!

그러면 정호도 따라 대꾸했을 거예요.

정호 싫어요. 쟤는 어제 많이, 아니 다 먹었잖아요.
어머니 그래도 그렇지, 어제 먹은 게 입에 붙어 있니. 네가 형이니까 동생 사랑하는 맘으로 나눠 줘야지.
정호 엄만 맨날 정빈이 편만 들고 …… 싫어요.
어머니 그래도 정빈이가 다 먹지 않고 네 몫을 남겼잖아.
정호 다 먹고 겨우 하나 남겼는데요.
어머니 누가 너더러 어제 그냥 자래? 이 녀석이, 좋게 말할 때 말 좀 들어, 꼬박꼬박 대꾸하지 말고!
정호 엄만 맨날 나만 가지고 그래. 정빈이 편만 들고. 지난번에 정빈이 없을 때는 정빈이 몫을 남기라고 뺏어 놓고.
어머니 넌 말론 안 돼. 이리 내놔!

예전 같으면 이렇게 정호에게서 빵을 빼앗아 크고 작게 나누어서 큰 것은 형에게 작은 것은 동생에게 나누어 주었을 거예요. 그러면 어떤 날은 그걸 먹으면서 동생을 흘겨보는 표정이 험악해요. 또어떤 날은 아주 토라져서 '안 먹어, 안 먹어!' 하고 휙 돌아서요. 그러면 저는 작은아들과 나눠 먹으면서 '사내 녀석이 그만한 일로 삐치기는, 자, 우리끼리 먹자. 맛있다. 정말 맛있네' 하며 먹어요. 빵을 먹는 제 맘도 편치 않지만 동생을 아끼는 형으로 정호를 키우고 싶은 욕심에서 그러지요. '네가 먹지 않으면 결국 너만 손해 보는 거야. 사이좋게 나눠 먹어야 손해를 줄일 수 있어. 오늘 그걸 가르쳐 주려고 그러는 거야. 너도 이담에 아빠 되면 오늘 이러는 엄마 맘을 이해하게 될 거야. 엄마도 할머니에게 배운 방법이야.'

저는 정호가 후회를 많이 해서 두 번 다시 이런 문제를 일으키지 않게 하려고 보란 듯이 빵을 아주 맛있게 먹어 보였을 것입니다. 저는 어떤 경우에도 형은 동생에게 양보해야 한다고 생각했거든요.

저도 제 부모님께 그렇게 배웠으니까요. 오빠와 여동생들 사이에서 어머니는 저에게 오빠는 오빠니까 양보하고 동생들은 어리니까 양보하라는 거예요. 저는 쌓이는 불만에 대해 '이건 아니다, 이건 아니다' 버거워하면서도 제 작은 힘으로 부모님을 이해시킬 수가 없었어요. 어쩌다가 계속 얘기를 하면 그것은 나를 누르는 힘이 되어 결국 제게 되돌아왔습니다.

저는 정호에게 하루빨리, 형은 동생에게 무조건 양보해야 한다는 생각을 심어 주려고 애썼지만 초등학교 4학년이 되도록 잘 되지는 않고 막막하기만 해서 고민이었습니다.

정호는 정빈이와 어머니가 자기가 먹을 빵을 맛있게 나누어 먹을 때 무슨 생각을 했을까.

'그래, 좋아. 잘 먹어. 엄마도 소용 없어, 나는 늘 혼자였으니까.

누구 내 편 들어 주는 사람 있었나. 나도 이제부턴 정빈이 없을 때 하나도 안 남기고 다 먹어치울 거야. 정빈이 너는 말이야 애들한테 맞을 때만 형 찾지? 흥, 이제 도와주나 봐라.'

정호 어머니는 정호에게 이런 마음의 상처를 주면서 동생을 아끼는 형이 되길 바랄 수 있겠는가.

다른 어머니는 말한다.

"저 같으면요, 동생인 정빈이에게 말할 거예요. '정빈아, 너는 어제 많이 먹었잖아. 그렇게 욕심 부리면 안 돼. 너는 형보다 몇 배 많이 먹었잖아. 형에게 빵 달란 말 하지 말고. 자, 빨리 밥 먹고 학교 가야지. 다음에 엄마가 많이 사다 줄게.'

아이가 만약 '그래도 엄마, 나는 저 빵이 먹고 싶어' 라고 하면 '엄마한테 혼나기 전에, 좋게 말할 때 엄마 말 들어, 떼쓰지 말고!' 했을 거예요. 그런 방법이 좋은 방법 아닌가요."

이런 경우 엄마한테 혼날까 봐 더 조르지 못하는 정빈이 마음은 어떨까.

'어제 많이 먹은 건 나도 알아. 그러니까 나도 조심스럽게 조금만 달라고 했던 거야. 그래도 안 주다니. 오늘 나 안 주고 다 먹기만 해 봐. 다음에 형이 없거나 잠잘 땐 하나도 남기지 않고 다 먹어 버릴 거야.' 정빈이 또한 자신의 행동에 대한 반성보다는 형과 어머니에 대한 불만이 쌓일 것이다.

또 다른 어머니는 말한다.

"저는요, 처음부터 공평하게 나눠 주어요. 그러면 서로 불평이 없더라고요."

그런 방법도 있다. 그러나 문제의 해결사인 어머니가 없을 때 누가 나누어 주겠는가. 그런 경우 때때로 어머니가 나타날 때까지 해결을 못하거나 싸움판이 벌어지기도 한다. 누군가 하나 더 가졌다면 온통 법석을 피울 때도 있다. 아니면 누군가가 소리친다. '손 대지 마. 엄마 올 때까지 누구도 손 대면 안 돼!'

그러나 언제까지 부모가 자녀들의 문제를 해결해 줄 수는 없다. 유서나 유언 없이 부모님이 돌아가시면 그땐 누가 유산을 공정하게 불평 없도록 나누겠는가.

정호 어머니는 그 해결 방법을 다음과 같이 들려 주었다.

전 그때 난감했어요. 무슨 말을 누구에게 해야 할지 모르겠더라고요. 배운 대로 빵을 먹고 싶어하는 정빈이에게 '네가 저 빵을 먹고 싶어하는구나!' '그래, 먹고 싶어. 엄마가 형한테 나 좀 주라고 해.' '그래, 그런데 엄마는 어제 하나도 먹지 않고 오늘도 하나 남은 빵을 먹는 형에게 나누어 주라는 말을 하기가 참 난처해.' '그래도 얘기해 줘, 나 먹고 싶어.' 이렇게 나오면 제가 감당할 수 없을 것 같았어요.

문제의 열쇠는 빵을 가진 정호에게 있다고 생각하고 저는 정빈이에게 "그래" 가볍게 한마디 하고 정호를 쳐다보며 말했습니다.

어머니 정호야, 빵은 네가 가진 것 하나밖에 없는데 정빈이가 빵이 먹고 싶다니까 지금 사러 갈 수도 없고 엄마는 어떻게 해야 할지 참 난처해. 정호야, 어떡하지?

저는 속으로 '이런 어려운 상황을 해결할 사람은 너밖에 없는데, 난 네 도움이 필요해. 그러나 선택은 네가 하는 거야' 하는 마음으로 말했습니다.

정호는 의아한 듯(평소의 어머니 모습이 아니니까) 멈칫 놀라더니, 한입 베어 물고 남은 빵을 한 번 쳐다보고 또 동생 한 번 쳐다보고 그리고 저를 보더라고요. 정호는 잠시 눈을 감고 생각하더니 "자, 정빈아, 너 먹어." 하며 빵을 통째로 다 주는 것이었습니다.

'어머나!' 저는 놀라움으로 가슴이 벅차오르더라고요. 아니, 그것은 감동이었습니다. '이럴 수가, 우리 정호가 이럴 수가.' 평소에 정호는 그런 아이가 아니었습니다. 제가 애간장 다 떼어 내고 꾸중 반 칭찬 반으로 살살 달래면 빵의 한 귀퉁이를 조금 떼어 주던 아이였거든요. 그러던 정호가 이렇게 바뀌다니. 처음엔 믿기지 않았으나 차츰 감정을 가다듬고 다음 할 말을 생각했어요. 사실 얼른 제 머릿속에 떠오르는 말은 '어이고 내 새끼, 우리 정호, 최고네 최고. 역시 우리 집 장남이 최고야 최고' 하고 싶었어요. 그런데 그런 말은 아닌 것 같더라고요..

여기서도 잠시 생각해 본다. 정호 어머니가 호들갑을 떨며 '어이고 내 새끼, 내 새끼 …….' 했다면 그 말을 듣는 정빈이의 기분은 어떨까.

'빵은 내가 받았지만 그 대신 엄마는 형만 좋아하잖아. 빵 하나 주고 형은 엄마 사랑 독차지하고, 그럼 난 뭐야. 빵이랑 엄마를 바꿨잖아.'

이런 생각이 들면 어렵게 받아든 빵 맛이 휙 날아가 버릴 수도 있다. 환하던 기분이 어줍잖고 찜찜하고 떨떠름하다. 이렇게 되면 자신을 도와준 어머니와 빵을 몽땅 양보한 형의 고마움이 어쩐지 허전해질 수 있다.

정호 어머니가 다시 말을 이었다.

저는 다시 감정을 정리하며 말했습니다.

어머니 정호야, 고맙다. 네가 굉장히 먹고 싶었을 텐데 난처한 엄마를 도와줘서 정말 고맙다. (* 정호야, 너는 어제 하나도 안 먹고 오늘도 굉장히 먹고 싶었을 텐데 동생에게 몽땅 양보하다니! 고맙다. 정호야! 엄마를 도와줘서 정말 고마워!)

정호 괜찮아요.

정호는 의젓하게 대답하더라고요. 옆에 있던 정빈이가 얼른 형 가까이로 가서 "형!" 하며 어깨동무를 하는 거예요. 정빈이는 빵을 형의 입에 대면서 "형, 형도 먹어!" 했습니다.

"괜찮아."

"형, 형은 어제도 안 먹었잖아. 자,(둘로 나누어서) 형이 큰 거 먹어!"

"고맙다, 정빈아."

둘은 빵을 사이좋게 나누어 먹었습니다.

전 콧날이 시큰했어요. 형제가 서로 아끼는 모습이 얼마나 사랑스럽고 아름다운지요. 저는 이런 기쁨을 아이들에게 표현하고 싶었습니다.

어머니 얘들아, 너희들이 사이좋게 나누어 먹는 걸 보니까 엄마는 너무너무 행복해, 고마워!

그 말을 듣자 정빈이는 얼른 형을 껴안으며 "엄마, 우리 그림 어때요?" 하는 것이었습니다. 저는 대답 대신 두 아들을 가슴에 가득 안았습니다. 두 아들의 표정이 함박꽃처럼 환하게 피었습니다. 저희 집에 행복이 가득했습니다.

그리고 그날 저녁부터 아이들의 싸움이 줄어들었습니다. 뭔가 소곤거리고 "그래, 좋아, 먼저 해, 가져도 돼. 하고 싶은 대로 해, 괜찮아, 따봉." 이런 낱말들을 많이 사용했습니다.

저는 그동안 형제의 우애에 대하여 이론적으로 '형제는 사이좋게 지내야 한다. 서로 도와주어라, 사랑하고 양보해야 한다'라고 설명하고 훈계하고 설득하고 충고를 많이 해 왔습니다. 그러나 실제로 어떤 사건이 생겼을 때 해결할 수 있도록 도와주는 것이 형제 간의 우애를 돈독히 하는 확실한 방법이라는 걸 체험했습니다.

정호와 정빈이가 빵 사건을 통하여 관계가 개선된 이유는 무엇일까. 정호는 어머니에게 인격적인 대우를 받았고 괜찮은 아이로 인정도 받았다. 그러니 인정받은 만큼 품위를 지켜야 한다. 동생이 형에게 부탁하면, '그럼 도와주고말고, 빌려 주고말고, 가르쳐 주고말고.' 얼마든지 베풀 수 있다. 또 정빈이는 어떤가. 오늘 아침 형에게 큰 은혜를 입었다. '어젯밤에 내가 다 먹고 하나만 남겼는데 그것까지도 몽땅 양보하다니! 너무너무 고마운 형. 나도 형을 위해 뭐든지 해 줄 수 있어. 빌려 주고말고. 형이 가져도 좋아. 심부름도 해 주고말고!' 둘은 서로를 위해 무엇인가를 해 주는 것이 즐겁다.

이런 느낌이기에 정호는 정빈이에게 아침에 남아 있는 하나뿐인 빵을 통째로 몽땅 주었어도 하나도 아깝지 않다. 오히려 흡족하다. 사랑한다는 것은 내가 가진 모든 것을 기쁘게 줄 수 있는 것이다. 그들이 어떻게 서로 사랑하지 않을 수 있겠는가.

정호 어머니는 다음과 같이 말을 맺었다.

"그날 아침, 사실은 짧은 시간이었지만 알찬 시간이었습니다. 저는 그때 한마디 말하기 전에 몇 수 앞을 내다보며 바둑돌 하나하나를 두어 나가듯 수를 읽어 가며 말했습니다. 제가 인내하고 노력한 만큼 큰 결실을 보았습니다. 지난 방학 동안 투자했던 시간에 대해서 이번 사건을 해결한 것 하나만으로도 충분한 보상을 받았다고 생각됩니다. 행복한 가정으로 가꾸기 위해 앞으로 힘껏 노력하겠습니다."

정호 어머니 얼굴에 가득한 행복이 함께한 우리 모두에게 따뜻하게 전해져 왔다.

결혼서약은 어디 가고

모든 부부들은 결혼식 때 다음과 같은 약속을 주례자와 하객들 앞에서 엄숙히 선서한다.

"나는 당신을 내 아내(남편)로 맞아들여 즐거울 때나 괴로울 때나 성하거나 병들거나 일생 당신을 사랑하고 존경하며 신의를 지키기로 약속합니다."

그러나 부부가 함께 살아가다 보면 이 맹세는 얼마나 쉽게 또 자주 무너지곤 하는지. 그것은 큰 사건에서가 아니라 아주 작고 하찮은 일에서 시작된다.

어느 중년 부인은 말한다.

"어느 날 남편과 함께 길을 가다가 라일락 향기가 너무 좋아서 한마디 했어요. '여보, 라일락 향기가 참 좋죠?' 남편의 대답은 '그게 좋긴 뭐가 좋으냐?' 였어요. 그때의 실망이란 말로 할 수 없었어요. 뭔가 와르르 무너져 내리는 듯한 기분이라고 할까요. 설령 라일락 향기가 좋지 않았다고 하더라도 '그래, 그 향기가 그렇게 좋아?'라고 한마디만 했어도 저는 행복했을 거예요. 이제는 결혼했다고 그렇게 마구 말해도 되는 건가요?"

30대 후반의 민수 어머니는 어느 날 저녁 식탁에서 있었던 일을 털어놓았다.

우리 집 두 아이는 유난히 몸이 마르고 키도 작은 편입니다. 건강하고 체격도 우람한 남편은 바쁜 회사일 때문에 가정 일은 좀 등한시하는 편이고요. 그날은 모처럼 남편과 함께 식사를 하게 되었어요. 초등학교 2학년인 작은아들 민수가 "엄마, 나 김치 좀 작게 썰어 줘!" 하고 속삭이듯 내게 부탁을 했어요. 그런데 갑자기 남편이 큰소리로 나무라는 거예요. "사내 녀석이 김치도 그냥 못 먹고 밥 먹는 게 그게 뭐야! 그러니까 체격이 그 모양이지!" 아들을 흘겨보며 내지르는 남편의 고함소리에 저는 한참 동안 얼떨떨했어요.

'어쩌다 한번 저녁식사 같이 하면서 소리를 지르긴, 왜 질러요?' 소리 치고 싶은 분노를 참느라 숨이 막힐 지경이었습니다. 그런데 거기에 시어머니까지 한마디 더 거드시는 거예요. "작은집 민철이는 민수보다 한 살 아랜데도 아무거나 잘 먹으니까 체격이 크지. 너희들은 그 꼴에 잘 먹지도 않으니 맨날 그 모양이지." 저는 더 이상 치솟아 오르는 감정을 억누를 수가 없었어요.

결국 내 감정은 남편과 아이들에게로 향했어요. "당신 언제부터 애들에게 관심을 가졌다고 그러는 거예요. 그리고 또 넌 왜 아무거나 잘 먹지 않고 바보처럼 그러고 있어?" 식사가 어떻게 끝났는지 다들 엉망이었어요. 평소 작고 왜소한 나를 못마땅해 하는 시댁 식구들 때문에 늘 편한 마음이 아니었거든요. 그럴 때면 정말 내가 왜 결혼을 했나 후회도 많이 했답니다. 그때 머릿속에 떠올랐던 것은 결혼식 때 했던 서약이었어요. 결혼서약을 누가 먼저 지키지 않게 됐는지 알 수가 없더라고요.

배우자에 대한 이런 불평은 아내의 몫만은 아닌가 보다. 결혼한 지 3개월 되었다는 신혼의 한 남편도 말했다.

"결혼하고 새살림을 시작한 지 5일 만의 일입니다. 저녁식사가 끝나고 저는 아내에게 '나 물 좀 줘!' 했어요. 그러자 아내는 귀찮다는 듯 물이 든 컵을 제 앞에 '탁!' 소리가 나게 놓더라고요. 물이 사방으로 튈 정도로요. 그 순간 하객들 앞에서 선서했던 사랑과 존경, 신의 이 모두가 다 흩어져 버리는 느낌이었어요. 3개월이 지난 지금도 그 일이 불쾌한 채로 남아 지워지지 않아요. 아무리 시대가 변했다 해도 남편이 아내에게 물 좀 달라고 하면 안 되는 건가요?"

다음은 부부간의 갈등을 어떻게 풀어 나갔는지에 대한 이야기를 들려준다.

제 남편은 평소에 조금만 잘못되는 일이 있어도 "여편네가 무슨……" 하는 말을 잘 씁니다. 저는 그 소리에 자존심도 상하고 업신여김을 당하는 것 같아 듣기 싫었어요. 지난 일요일 약수터에서의 일입니다. 사람들이 물을 받기 위해서 길게 줄을 섰습니다. 저도 딸과 함께 남편 옆에 서서 기다렸어요. 그런데 갑자기 비가 왔습니다.

저는 아이가 비 맞는 게 안쓰러워 남편에게 말했습니다.

아내   여보, 선주가 몸이 약한데, 비 때문에 안 되겠어요. 저는
선주 데리고 차에 가 있을게요.
남편   저 여편네가 아이 핑계 대고 쏙 빠져 버리네.

'여편네라니, 당신 어쩜 말을 그렇게 하세요?' 하고 대꾸하고 싶
었지만 참았습니다. 그러나 줄지어 서 있던 사람들이 남편의 큰 소
리를 듣고 나를 어떻게 볼까 생각하니 창피해서 고개를 들 수가 없
었습니다. 더욱이 줄지어 서 있던 사람들이 인사는 나누지 않았지
만 동네에서 자주 스치는 사람들이라 그들에게 보인 내 꼴이 한심
했습니다.
저는 차에 앉아서 들끓는 가슴을 쓸어 내렸고, 집에 와서도 참고
있다가 저녁식사가 끝나자 남편에게 차분히 그 얘기를 꺼냈습니다.

아내   여보, 새벽에 약수터에서 당신이 큰 소리로 '여편네가' 하
는 말을 들었을 때 얼마나 창피했는지 몰라요. 집에서 여편네
대접 받고 사는 걸 동네 사람들에게 광고한 것 같아서 다시 그
사람들 만날까 봐 고개 들고 동네 다니기가 부끄러워요.
남편   내가? 언제? …… 모르겠는데.
선주   아빠가 아침에 그랬어요. 저도 들었어요.
남편   내가 그랬나. …… 앞으로는 조심할게.

남편은 얼굴이 빨개지면서 미안해 했습니다. 그 후로 한 달이 넘은 지금까지 그 말을 다시는 듣지 못했습니다. 확실히 그 말의 효과가 있었나 봅니다. 왜냐하면 결혼해서 듣기 시작한 그 말을 12년이 넘도록 계속 들었으니까요. 듣기 싫다고 제발 그 말을 쓰지 말라고 했었지만 그때마다 말로는 안 그러겠다고 하면서도 고쳐지지는 않았으니까요. 사실 제가 한 말은 그렇게 어려운 말은 아니었지만 제 감정을 다스리고 차분히 정리한 다음 말했기 때문에 효과가 난 것이 아닌가 하는 생각이 들었어요.

다음은 형진이 어머니의 체험담이다.

지독한 감기로 한 열흘 아프고 나서는 입맛이 되살아나지 않아서 제대로 먹지 못하고 있을 때였습니다. 그날은 남편이 저녁을 맛있게 먹는 모습을 보자 갑자기 수육이 먹고 싶더라고요.

^{아내} 여보! 나 수육 먹고 싶은데, 당신 수육 좀 사 주실래요?
^{남편} 사 먹어. 가서 사 먹고 와!

별 생각 없이 남편이 툭 내뱉은 이 말에 저는 섭섭하다 못해 기가 막혀 이런 생각이 들더라고요. '도대체 이 사람이 내 남편이란 말인가. 병들거나 성하거나 괴로울 때나 즐거울 때나 일생 사랑하고 존경하며 신의를 지키기로 약속한 바로 그 남편이란 말인가.'
저는 말없이 거실로 나와 텔레비전을 켰어요. '쳇, 누가 나가서

수육 사 먹을 줄 모르나.' 아무래도 화가 가라앉지 않더라고요. 신혼 초에는 내가 옆에 있기만 해도 행복하다더니 …… 텔레비전에서 흘러나오는 소리가 하나도 들리지 않고 속만 부글부글 끓었습니다. 20분 정도 지났나 봅니다. 남편이 다가와 말을 걸었어요.

"여보, 당신 밥 먹고 봐. 텔레비전을 보려면 편안하게 누워서 보든가. 자, 이거 등에 받치고 봐!"

남편은 쿠션을 등에 받쳐 주며 대답 없는 내 옆에서 어색한 듯 머뭇거렸습니다.

'흥, 누가 밥 못 먹고 죽을까 봐? 남이야 텔레비전을 누워서 보든 서서 보든 무슨 상관이야?' 저는 속으로만 대꾸했습니다. 밖으로 나오려는 말을 꼭꼭 누르다 보니 요즘 받고 있는 교육이 생각났어요. 감정이 부글부글 끓을 때는 배운 것이 다 어디로 사라져 버리는지 전혀 생각이 나지 않다가, 감정이 조금이라도 누그러져 숨구멍이 트일 만하면 고개를 쓰윽 내밀더라고요.

만일 예전에 이런 일이 있었다면 입을 꾹 다물고 며칠씩 말을 하지 않든가, 말을 한다고 해도 이렇게 공격적으로 퍼부었을 거예요.

'여보! 어떻게 그렇게 말할 수가 있어요. 사 먹으라니요? 누군 사 먹을 줄 몰라서 안 사 먹는 줄 알아요? 아니, 혼자 나가면 안 된다고 할 땐 언제고 지금은 혼자 가라니, 그렇게 무심할 수가 있어요? 자기 아내가 아파서 밥을 먹는지 마는지 관심이나 있어요? 벼르고 별러서 그것 좀 사 달랬더니 나가서 혼자 사 먹으라고요, 당신 아플 때 제가 그렇게 무심하던가요?' 라고 줄줄 엮었을 겁니다.

그러나 이제 저는 배운 것을 활용하여 서로 기분 상하지 않게 말할 수 있었습니다. 제가 화난 원인들을 정리한 후 제 옆에서 한참을 머뭇거리며 서 있던 남편에게 제 속마음을 표현했습니다.

"여보! 혼자 가서 사 먹으라는 당신 말을 들으니까 너무 섭섭하고 서러웠어요. 아직은 빈혈 때문에 어지러워서 혼자 어디 나갈 자신도 없고, 혼자 나가서 수육을 먹는 처량한 신세가 되고 싶지도 않았어요. 저는 식구들에게 비실비실하는 모습을 보이는 게 미안해서, 먹고 싶은 것을 먹고 나면 입맛을 되찾아 기운을 차릴 수 있을 것 같아 당신께 말했던 거예요. 당신이랑 같이 가면 든든하고 더 맛있을 것 같기도 해서 ……."

이 말을 하면서 저는 제 설움에 눈물이 나오려는 걸 가까스로 참았습니다.

"지금이라도 가자."

"지금은 가고 싶지 않아요."

남편은 다른 때와 다르게 진심으로 미안해 하는 것 같았습니다. 다음날 남편은 퇴근길에 동네 앞이니 빨리 나오라고 전화를 했습니다. 얼른 준비하고 나갔어요. 남편은 수육을 맛있게 하는 집을 알아 놓았다며 저를 그 집으로 안내했습니다.

남편 어제는 미안했어. 맛있게 많이 먹어. 어제는 회사에서 복잡한 일이 있었는데 그것 때문에 그랬나 봐.

아내 당신 사정도 모르고 죄송해요. 역시 남편이 최고예요.

남편 그럼, 남편이 최고지. 그걸 말이라고 하나.

맛있게 먹고 돌아오는 차 안에서 남편은 다정하게 내 손을 잡았습니다. 아마도 예전처럼 내가 공격적이었다면 다음날 수육은커녕 '미안하다. 내가 무심했다' 라는 말조차 못 들었을지도 모릅니다. 내가 달라져야 상대방이 달라진다는 평범한 진리를 깨닫는 기회가 되었습니다.

뒤이어 발표한 수진이 어머니도 남편에게 까다롭게 굴고 투정을 자주 하던 자신이 부끄럽다며 변화되는 자신의 행동에 대해 이야기했다.

분주하게 뒤치다꺼리해서 세 아이들을 학교로 보내고 나면 남편이 일어날 때까지 한 시간 정도 여유가 있습니다. 그 시간은 잠으로 보낼 때도 있지만 대부분은 하루 일을 계획하며 휴식을 취합니다. 그날도 할 일을 생각하다가 '그렇지, 오늘은 남편이 좋아하는 음식을 만들어 그동안 순한 남편을 괴롭힌 잘못을 보상해야지' 하고 결심한 저는 식사 중에 남편에게 말을 건넸습니다.

아내 여보, 당신 뭐 잡숫고 싶은 것 없어요? 오늘 시장 가는데 당신 좋아하는 것 사 올게요.
남편 …….
아내 대답해 봐요. 뭐 먹고 싶은 것 없어요? (*당신 뭐 드시고 싶은지 궁금해요.)
남편 내가 원한다면 뭐든 다 할 수 있는 것 같네. (빈정거리는 말투로) 당신이 할 수 있는 게 뭔데?

아내 (갑자기 기가 꺾이고 심사가 뒤틀리지만 꾹 참고) 그래도 내가 할 수 있는 것이면 해 볼게요. 물론 내가 못하는 것이면 할 수 없지만.(* 글쎄요. 당신이 원하는 걸 다 할 순 없지만 당신이 원하는 게 있다면 정성껏 만들게요.)

남편 ……

아내 ……

남편 내가 해 달라고 한 것을 언제 해 준 적이 있어야지.

아내 언제? 언제 뭐 해 달라고 그랬어요?(* 그래요, 할 말이 없네요. 그동안 당신에게 잘못한 일들 후회하면서 요즘 잘해 보려고요.)

남편 확실히 기억나진 않지만 옛날에 내가 부탁했던 것 같아. 당신은 당신 맘에 안 들고 못하면 한마디로 거절하고 무시했어. 그래서 그 다음부턴 일체 그런 얘기 안 하려고 했지. 옛날에는 더러 먹고 싶은 것도 있었는데, 이제 다 잊어버렸어.

아내 ……

'옛날에 내가 뭐 어쨌기에, 또 옛날 얘기 시작하시네. 제발 좀 지난 얘긴 잊고 삽시다. 누군 할 말이 없는 줄 알아요?' 하고 대들고 싶었지만 입을 다물었습니다.(* 당신의 말을 들으니까 부끄럽네요. 죄송해요. 언제든지 드시고 싶은 것 생각날 때 얘기해 주시면 정성껏 만들게요.)

남편은 제가 대답이 없자 어색한 분위기에 쫓기듯 출근을 서둘렀습니다. 제가 하고 싶은 대로 했던 말들이 남편 마음에 상처가 되어 곪고 있음을 다시 한 번 느꼈습니다. 그리고 곰곰이 생각해 보니 안동식 식혜, 걸쭉한 토란국과 기지떡(증편)을 해 보라는 남편의 말을 화내며 무시했던 기억들이 떠올랐습니다. '더 이상 상처를 만들지 말아야지' 하고 결심하니 모든 것이 참을 만했습니다. 예전 같으면 이만한 대화에서도 제 속을 썩이면서 입 다물고 냉전에 들어갔을 텐데 출근하는 남편에게 다시 말을 걸었습니다.

아내 여보 제 말들이 …… 정말 미안해요.(*여보, 그동안 제 말 때문에 당신 맘 많이 상했었죠. 죄송해요.)
남편 언제 어느 때 또 변할지. 상황이나 기분에 따라 당신은 언제나 변하니까 뭐!
아내 (승강기를 같이 탄 후 남편의 팔장을 끼고) 그래요, 제가 그랬어요. 미안해요.(*그래요, 그랬었죠. 이제는 제 기분 따라 행동하지 않고 당신 기분에 맞추려고요. 그동안 미안했어요.)
남편 당신은 다른 사람들에겐 다 잘해. 밖에서 당신 좋다는 소리 많이 들어. 나만 나쁜 사람 만들어 놓고, 뭐 할 말이 있노!
아내 그래요, 할 말이 없네요. 미안해요, 여보. 다녀오세요.

제 말이 어딘가 어색하고 모자란 듯했지만 남편의 경쾌한 뒷모습을 보며 저도 후련하고 기뻤습니다. 남편에게 '미안하다, 잘못했다'는 말을 그것도 무더기로 한 것은 20년 가까이 살면서 처음이었거든요.

우리 부부 사이에 보이지 않는 갈등의 원인이 제게 있었다는 것을 알고 또 방법도 배웠지만 신념처럼 굳어진 자신의 틀을 깨는 일이 그렇게 쉽지만은 않았어요. 사회적으로 인정받는 남편이지만 그이에게 제 잘못을 말하는 것은 제가 모자라고 어리석다는 것을 인정하는 것 같아 자존심이 상했어요. 그러나 그 틀을 깨고 나니 편안하고 후련해요.

전 이제부터 그이의 침묵 속에 감춰진 응어리들이 다 나올 때까지 커다란 쓰레기통을 받쳐 들고 기다릴 겁니다. 그러면 언젠가는 놓쳐 버렸던 사랑과 존경과 신의를 되찾을 수 있을 테니까요.

수진이 어머니 얘기를 들으면서 우리는 모두 자신을 되돌아보게 된다. '그 신념처럼 굳어져 버린 자신의 틀을 깨기 위해 나 자신은 얼마나 노력하고 있는가'를.

선생님이 너무너무 좋아요

유치원에 다니는 승철이는 키가 작고 주의가 산만한 편이지만 주먹이 세어 싸움을 잘한다. 어떤 아이와 싸워도 이기는 쪽은 늘 승철이다. 그의 작은 주먹은 몸집이 크고 힘이 센 아이도 단 한 방에 쓰러뜨린다. 승철이의 싸움 실력은 유치원과 동네에서 소문이 자자하다. 골목이나 놀이터, 화장실이나 교실 어디에서나 큰 소리가 나는 싸움엔 거의 승철이의 야무진 목소리가 섞여 있다. 승철이는 좀체 우는 일이 없다. 상대방이 큰 소리로 울면 울수록 승철이는 빛나는 눈으로 상대를 노려보며 씩씩거린다. 아마도 이 유치원에 승철이만 들어오지 않았다면 훨씬 조용했을 거다.

담임인 유 선생에게는 승철이가 가장 큰 근심거리이며 골칫거리였다. 원생들 중 누군가가 코피가 터졌다, 얼굴에 멍이 들었다, 상처가 났다 하면 대개는 승철이의 주먹 때문이었다. 유 선생이 이 교육을 시작하면서 맨 먼저 떠오른 것은 승철이었다. 과연 승철이를 변화시킬 수 있을까?

그러나 한 번 두 번 배우면서 유 선생은 승철이에게 미안한 마음이 들기 시작했다. '또 때렸어? 왜 친구를 때려, 사이좋게 놀아야지.', '또 싸우면 선생님도 널 미워할 거야.' 등등. 승철이의 행동을 변화시키려고 했던 자신의 언행이 결국 승철이를 더욱 싸움꾼으로 만드는 역할을 했다는 것을 깨달았기 때문이다. 이제야 유 선생은 두 주먹을 불끈 쥔 채 눈물 한 번 보이지 않고 노려보는 그 눈빛에 숨겨진 승철이의 마음을 조금은 알 수 있을 것 같았다.

그날도 와자지껄 소란스러운 아이들 사이를 헤집고 들어가더니 승철이는 '아무나 덤비기만 해 봐라!' 라는 듯이 두 주먹을 불끈 쥐고 서 있고 상대방 아이는 쓰러진 채 울고 있었다. 유 선생은 넘어진 아이를 달래고 아직 분이 풀리지 않은 승철이 옆으로 다가갔다.

순간 같은 상황에서 일어났던 예전의 대화 장면이 떠올랐다.

유 선생님 너 또 때리고 싸웠어? 도대체 어쩌려고 그래, 왜 그랬어?

승철 저 자식이 내가 놀려고 갖다 논 장난감을 아무 말도 없이 가져가잖아요.

유 선생님 그럼 때리지 말고 말로 해야지. 그리고 서로 양보하며 놀아야지, 왜 맨날 때리고 그래. 앞으로 또 네가 친구를 때리면 선생님도 널 때릴 거야. 알았어?

이런 식으로 이야기가 진행되면 승철이는 입을 꾹 다물고는 계속 씩씩거렸던 것이다. 그러나 오늘은 자신의 감정을 가다듬고 그동안 배운 대로 해보려고 마음을 고쳐먹었다.

유 선생님 승철아, 몹시 화나는 일이 있었구나.

승철 예. 저 자식이 내가 놀려고 갖다 논 장난감을 아무 말도 없이 가져가잖아요.

유 선생님 아, 그래서 승철이가 참을 수 없었구나.

승철 예, 안 때리려고 했는데 나도 모르게 주먹이 나갔어요.

유 선생님 그래, 승철이는 때릴 생각이 아니었는데 주먹이 그냥 나갔단 말이지.

승철 예. …… 다신 안 때릴 거예요.

유 선생님 승철이가 그렇게 말하니까 선생님이 이제 안심이 되네. 선생님은 승철이가 친구들이랑 싸울까 봐, 그게 가장 큰 걱정이거든.

승철 알았어요, 선생님. 다신 안 싸울게요.

유 선생은 승철이를 안아 주며 고맙다는 말과 함께 등을 토닥거려 주었다. 갑자기 팽팽하던 승철이의 기세가 쏘옥 빠져 버리고 평범하게 말 잘 듣는 순한 모습으로 돌아와 있었다

어린이들은 정말 단순한가 보다. 승철이는 그 다음날부터 유 선생 가까이에서 맴돌았다. 선생님과 눈이 마주치면 생긋 웃으며 선생님의 치맛자락에도 매달렸다. 그러던 어느 날 수업이 끝나자 승철이는 불쑥 이런 말을 했다.

"선생님, 집에 안 가고 유치원에서 선생님이랑 같이 살면 안 돼요?"

유 선생은 황당했다. 그러나 침착하게 말했다.

"승철이가 집에 가기 싫구나."

"네, 엄마 아빠는 저를 미워하고 동생만 예뻐해요. 나만 야단치고 때려요. 엄마 아빠가 미워요. …… 선생님이랑 살면 안 돼요?"

말이 없던 승철이가 웬일인가. 유 선생은 깜짝 놀랐다. 아마도 생각 없이 그냥 말했더라면 '아냐, 네가 잘못 알고 있어. 엄마 아빠가 널 얼마나 사랑하시는데. 동생은 아직 어리고 너는 형이니까 그래. 네가 잘못 알고 있는 거야.' 하고 승철이를 갑갑하게 하는 말들만 줄줄이 했을 것이다. 그러나 그날은 달랐다. 유 선생은 승철이의 마음을 읽어 주려고 승철이의 눈을 마주 보며 말했다.

유 선생님 승철아, 그동안 엄마 아빠에게 서운한 일이 많았구나.

승철 네, 나는 집에 가기 싫어요. 나는 아빠가 무서워요.

유 선생님 저런! 승철이가 그동안 굉장히 외롭고 힘들었겠네.

승철 네.

유 선생님 승철이가 아빠에게 맞을 때 많이 무서웠구나.

승철 아빠는 힘이 세요. 그리고 …… 맨날 …… 나만 때려요.

울먹이던 승철이가 흐느끼기 시작했다. 유 선생은 안고 있는 승철이의 등을 부드럽게 다독거렸다. 말이 없이 늘 분노에 차 있던 승철이가, 두 주먹을 불끈 쥐고 씩씩거리던 승철이가, 이 어린아이가 쌓인 게 얼마나 많았을까. 유 선생은 마음이 아팠다. 승철이 울음소리가 잦아들자 유 선생은 말을 이었다.

유 선생님 승철이가 집에서 서운하고, 유치원에서도 선생님이 야단치고, 벌도 서게 하고, 때리기도 하고 얼마나 외로웠을까.
승철 …… 유치원에서는 내가 애들을 많이 때렸으니까요.
유 선생님 그래? 승철아, 선생님을 이해해 줘서 고마워. 그리고 승철이에게 야단을 많이 쳐서 미안해.
승철 괜찮아요. 지금은 야단치지 않는데 …….

승철이 얼굴에 환한 빛이 가득했다.

유 선생님 그런데 승철아, 네가 집에 가고 싶지 않다니까 선생님은 걱정이 돼. 왜냐하면 선생님은 시간이 끝나면 집에 가야 하고, 또 승철이가 집에 가지 않으면 승철이 엄마 아빠가 '왜 우리 승철이 집에 보내지 않아요?' 하시면 선생님이 난처하거든.
승철 그럼 좀 늦게 가도 돼요? 엄마한테 늦는다고 말하고요.
유 선생님 그래, 선생님이 승철이랑 놀 수 있는 시간까지만.
승철 알았어요.
유 선생님 그런데 승철아, 선생님이 궁금한 일이 있어. 승철이 엄마 아빠가 왜 승철이만 미워하실까?
승철 음 …… 그건요. 내가 동생을 잘 때려요. …… 주먹이 그냥 나가요.

유 선생님 저런, 선생님이 승철이의 주먹을 꼭 쥐고 있어야겠네.

승철 헤헤헤, 선생님 이젠 동생 때리지 않을게요.

유 선생님 승철아, 고맙다. 승철이가 좋은 형이 된다니까 선생님
은 굉장히 기뻐.

승철 알았어요.

유 선생님 약속.

유 선생과 승철이는 새끼손가락을 걸고 엄지손가락으로 도장까
지 찍었다.

승철이의 어디에 그런 다정함이 숨어 있었을까. 유 선생은 신기
하기만 했다. 사납고 거칠고 심술궂은 아이로만 여겼는데, 역시 사
람은 모두 선하게 태어나는구나 하는 생각이 들었다.

그날 이후로 승철이와 유 선생은 더욱 친해졌다. 승철이는 가끔
유 선생에게 매달리거나 선생님의 손을 잡은 아이들을 보면 때리거
나, 치고 도망가는 일이 있었지만 금방 잘못했다고 사과했다. 만들
기 작업을 할 때 멀리 있는 승철이와 눈이 마주치면 유 선생은 승철
이에게 눈짓으로 "다 했니?" 하고 묻는다. 승철이가 고개를 저으면
또 "어서 해." 하는 눈짓을 보낸다. 그러면 승철이는 싱긋 웃으며
고개를 끄덕인다. 때로는 한쪽 얼굴이 간지러워서 쳐다보면 승철이
가 빤히 쳐다보고 있다. "어서 해." 하고 사인을 보내면 싱긋 웃는
다. 요즘 통통하게 살이 오르고 순한 모습으로 변해 가는 승철이를
보며 유 선생은 표현할 수 없는 기쁨으로 충만하다. 이제야 뭔가 선

생님 역할을 잘할 수 있을 것 같다.

그날도 유 선생은 아이들의 귀가를 돕기 위해 버스로 향하고 있었다. 어디서 나타났는지 승철이가 작은 국화꽃 몇 송이를 가지고 와서 "선생님 가지세요" 하며 얼른 주고 갔다. 버스에서 아이들이 꽃을 달라고 졸라서 유 선생은 꽃을 나누어 주었다. 뒤늦게 뛰어온 승철이도 탔다. 유 선생과 아이들 그리고 승철이는 즐겁게 인사를 하며 헤어졌다.

교무실로 돌아와 얼마나 지났을까. 요란한 벨소리와 함께 여기 저기 어머니들에게서 전화가 왔다. 승철이가 버스에서 국화꽃을 가지고 있는 아이들에게 어디서 났느냐고 묻고 유 선생에게서 받았다는 말을 듣자마자 꽃을 가진 아이들은 다 때렸다는 내용이었다. 유 선생은 막막하고 아득했다. 승철이를 비난하는 어머니들의 격앙된 목소리가 귓가에 쟁쟁하게 들리지만 자신을 정리해 보았다.

'그렇구나! 승철이가 내게 준 정성스런 국화꽃을 아무 생각 없이 아이들에게 나누어 주었구나. 그래, 나는 그동안 이처럼 다른 아이들에게도 많은 상처를 남겼겠지. 승철이가 며칠 전 친구들과 싸웠을 때도 내가 생각하며 말하지 않았다면 전과 똑같은 잘못을 저질렀을 게다. 화가 난 승철이를 더 화나게 만드는 말 대신 마음을 읽어 주는 말을 했을 때 승철이는 편안해 하며 속마음을 털어놓지 않았던가. 오늘도 내게 준 꽃을 다른 친구들에게 나눠 준 것을 승철이가 보았을 때 얼마나 서운했을까. 승철이의 마음을 읽지 못한 내 탓이 아닌가.'

유 선생은 다음날을 기다렸다.

다음날 유 선생이 승철이를 찾았을 때 승철이는 운동장 구석을 맴돌고 있었다. 고개를 깊이 떨구고 힘없이 땅만 보고 걷고 있었다. 유 선생은 조용히 승철이에게 다가가 작디작은 승철이의 손을 잡고 승철이의 키만큼 내려앉았다.

"승철아, 미안해. 선생님이 잘못했어. 어제는 선생님한테 많이 섭섭했지? 선생님 가지라고 준 꽃을 친구들에게 다 나눠 줘서."

유 선생은 대답이 없는 승철이의 턱을 양손으로 조심스럽게 받쳐 올렸다. 승철이 눈에 이슬이 맺혔다. 두 번째 보는 눈물이었다.

"미안해, 승철아. 네 마음을 헤아려 주지 못해서."

승철이는 굵은 눈물을 뚝뚝 떨어뜨리며 고개를 가로저었다.

"안 때리려고 …… 했는데, 그냥 주먹이 나갔어요. 정말 다시는 안 때릴 거예요."

승철이는 울먹이며 가까스로 말을 이었다.

"그래. 고맙다, 승철아."

유 선생은 승철이를 꼬옥 껴안아 주었다. 승철이도 조심스럽게 매달리며 한참을 머뭇거리다가 소곤거렸다.

"선생님, 전 선생님을 사랑해요. 선생님이 너무너무 좋아요."

유 선생의 눈에도 이슬이 맺혔다. 지금까지 그렇게 메마르고 당차기만 하던 승철이가 눈물을 흘리며 사랑한다고 말하다니.

유 선생은 지금까지의 일들을 정리해 보았다. 이번에도 승철이의 마음을 읽어 주지 않고 잘못된 것을 알고 고개를 푹 숙인 승철이에게 '너 이리 와. 너 또 때렸어, 또! 넌 할 수 없어, 넌 말로 통하는 아이가 아니야, 너도 맞아야 해!' 하며 일방적으로 선생님의 입장만 얘기했다면 어떤 결과가 나왔을까? 선생님의 강요에 의해 다음에는 아이들을 때리지 않겠다고 약속은 하겠지. 그러나 마음에서 우러나온 약속을 했을까? 선생님이 좀 이해를 해 주는 것 같더니 역시 그렇구나 하고 답답해 하며 외로워했을 승철이. 어쩌면 더 심하게 말문을 닫고 굳어져 버렸을지도 모른다. 유 선생은 부모·자녀와의 대화방법 훈련을 받은 것이 유치원 교사로서, 더 나아가 한 인간으로서 중요한 발전의 계기가 되었다는 생각이 들었다.

이제 유 선생은 승철이와 잘 지낸다. 다른 원생들도 더욱 사랑스럽다. 아직도 승철이는 유 선생과 가까이 있거나 손을 잡은 아이들을 보면 어디서든 나타나서 훼방을 놓거나 가끔 때리기도 하지만 유 선생과 눈이 마주치면 싱긋 웃고 달아난다. 유 선생과 승철이는 느낌으로 통하고 눈빛으로 대화한다. 그리고 때때로 기회가 되면 "선생님, 전 선생님을 사랑해요. 전 선생님이 너무너무 좋아요"라는 말을 잊지 않는다.

사람이 어린 시절을 돌아보며 행복해질 수 있다면 얼마나 아름다운 일일까. 승철이가 어른이 되어 유치원 시절을 되돌아볼 때 유 선생님 모습이 아주 큰 기쁨이 되어 되살아날 것이다. '그날 난 감격했어. 마음속 깊이 느끼던 감격, 그것은 사랑을 알게 된 기쁨이었지. 이 세상에서 그토록 나를 이해해 주신 분이 또 있었을까? 동생만 사랑하던 아버지도 어머니도 그 누구도 그러지 못했는데 …… 늘 원통하고 분하고 억울하기만 했는데 내 마음을 그토록 자상하게 알아주시다니. 그날은 꿈만 같았어. 오늘의 나 자신의 모습은 어떤가. 유 선생님께 부끄럽지 않게 열심히 살아야지' 하고. 어른이 된 승철이는 건강한 삶을 향해 힘차게 전진하게 될 것이라 믿는다. 이처럼 한 선생님의 모습은 아이들에게 엄청나게 큰 자리를 차지한다.

다음은 초등학교 5학년 담임인 박 선생님의 사례이다.

쉬는 시간이 끝나고 막 공부를 시작하려는데 보윤이가 울고 있었다. 새학기가 시작된 지 며칠 되지 않아서 아직 반 아이들을 잘 모른다. 그러나 보윤이는 금방 알 수 있었다. 보윤이는 첫날부터 소란스럽고 주의가 산만했다. 울고 있는 보윤이를 봤을 때 '그러면 그렇지. 그렇게도 부산을 떨더니' 하는 생각이 들었다. 그러나 1년 전 방학 때 배운 대화방법을 생각하며 보윤이를 불렀다.

박 선생님 선생님은 보윤이가 왜 우는지 궁금한데?
보윤 백성수가 때렸어요.
박 선생님 음, 그래서 아팠구나.
보윤 눈이 아파요.
박 선생님 눈을 맞아서 더 많이 아팠구나.
보윤 저번에 눈을 다친 적이 있거든요.

보윤이는 더욱 크게 소리 내며 운다. 성수도 앞으로 불렀다.

박 선생님 성수는 왜 보윤이를 때렸을까?
성수 보윤이가 먼저 때렸어요!

박 선생님 그래서 성수도 보윤이를 때린 거구나. 보윤이는 왜 성수를 때렸는데?

보윤 나를 놀리면 때리겠다고 했어요. 그런데 얘가 놀리잖아요.

성수 나는 놀린 게 아니에요. 그냥 말했을 뿐이에요.

박 선생님 아, 성수는 놀린 게 아닌데 보윤이는 놀린 것으로 알았구나. 그럼 어떡하나. 보윤이는 지금도 많이 아픈 것 같은데.

보윤 아니에요. 괜찮아요.

박 선생님 다행이구나. 그런데 어떻게 이 싸움을 끝내면 좋을까?

그 아이들에게 해 준 말은 이 물음 하나였다. 그러나 상황은 즉시 달라졌다.

성수 내가 잘못했어요.

보윤 나도 잘못했어요.

박 선생님 그래, 너희들이 양보하고 사과하는 모습을 보니까 선생님도 안심이 되고 흐뭇해.

두 아이와 얘기하는 동안 교실은 숨소리조차 들리지 않을 정도로 조용했고, 그 가운데 반 아이들은 세 사람을 지켜보고 있어서 뿌듯한 기분이었다고 박 선생님은 말하면서 다음의 고충을 털어놓았다.

학생들은 새로운 선생님의 교육방법에 대해 신기해 하며 관심을 갖는다. 그러나 너무 힘들다. 속이 썩어 내리는 기분이다. 때로는 교실도 시끄럽고 숙제를 해오지 않는 아이도 있다. 항상 웃는 얼굴로 야단도 치지 않고 때리지도 않으니 날 우습게 여기는 것 같다.

그러나 순간순간 기쁨이 있다. 다정한 눈빛이 있다. 나를 힘들게 하던 보윤이도 정감 어린 표정이다. 아직은 어려운 상대지만 태진이에게도 믿음을 주자. 나를 노려보는 듯 야멸치고 당돌한 민경이가 자꾸 걸린다. 모두모두 사랑스럽게 여겨져야 할 텐데, 그래 좀더 노력하자. 머지않아 공부할 땐 열심히 하고 놀 땐 신나게 놀고 숙제는 한 사람도 빠짐없이 해 오고, 아무도 날 우습게 보지 않을 그날을 위해. "엄마, 우리 선생님은 달라." 학부형에게서 듣는 학생들의 말로 나를 위로하며 기다리자.

나도 박 선생님께 다음의 말을 덧붙이고 싶다. 늘 노력하시는 박 선생님 반 학생들이 이 다음에 어른이 되었을 때, 그들은 "옛날 초등학교 5학년 때 선생님은 다르셨어. 늘 희망을 주시고 따뜻하셨지. 그리고 우리들이 자발적으로 공부할 수 있게 하셨어. 스스로 잘못을 뉘우치게 하시고, 화내지 않고도 제자를 사랑하는 방법을 아셨던 분이셨어"라는 말을 하게 될 것이라고. 그리고 박 선생님은 그 말을 듣게 될 것이라고.

삼수생, 우리 집 작은아들

해마다 대학입시는 우리들 곁을 찾아온다. 입시의 주인공들은 바뀌지만, 그 시험은 입시생을 둔 모든 부모들의 가슴을 조이게 하고 불안에 떨게 하며 감격케 하기도 하고 또 가슴 아프게도 한다.

올해도 대학입시를 치르고 나면 아리고 시린 가슴을 보듬어 안아야 할 순한 양들이 얼마나 많을까.

죄 없이 죄인이 되는 부모와 자녀들. 오늘도 그들의 아픔을 생각하게 된다. 올해 대학입시를 치른 우리 집 이야기가 내년을 기다리며 다시 시작할 수험생과 그 부모들에게 용기와 위로가 되기를 바라면서 조심스럽지만 나누고 싶다.

부모 · 자녀와의 대화방법 강사인 내가 삼수를 하고 있는 아들에게 과연 효과적인 부모였는지는 의문이다. 돌이켜보면 작은아들이 고3이었을 때 이 시기가 얼마나 중요한 때인지를 아는지 모르는지 나는 분간하기가 어려웠다. 본인의 생각은 알 수 없지만 아들의 모습은 내가 생각했던 고3 수험생과는 너무나 달랐다.

텔레비전을 보고, 소설책을 읽고, 잠자는 시간과 어물어물 어정쩡하게 보내 버리는 시간들. 전과 달라진 게 별로 없었다. 학교에서의 방과후 자율학습도 자주 빠지고 아침 등교시간도 아슬아슬했다. 달라진 게 있다면 연극이나 영화를 보러 극장 가는 일이 줄어든 것뿐이었다. 나는 있는 듯 없는 듯 조용히 지켜보는 것이 수험생 부모로서의 적절한 역할이라 생각하고 간섭하지 않으려고 매순간 참견하고 싶은 자신과의 싸움을 계속했다 '기다리자, 눈에 불을 켜고 열심히 하는 날이 오겠지. 기다리자.' 그렇게 고3을 보낸 아들의 이름은 대학교 합격자 명단에서 찾아볼 수 없었다. 아들은 내게 다그쳐 물었다.

"정말이에요? 정말 떨어진 거예요?"

절망의 어두운 빛이 얼굴에 가득했다. '어떻게 되겠지. 그래도 설마 떨어질 리야.' 막연했던 기대가 깨어지고 있었다. 나는 앙칼지게 대답해 주고 싶었다. '그럼, 정말이고말고. 엄마가 지금 거짓말이나 농담할 여유가 있는 줄 아니? 봐라! 당연한 결과지. 그렇게 놀고도 붙을 줄 알았어? 고3을 제멋대로 보내고 합격은 무슨 합격이야, 네가 합격하면 밤낮없이 열심히 한 학생들은 억울해서 어떡하냐.' 몇 초 사이에 줄줄이 떠오르는 말들을 엉거주춤 집어넣고 아들을 다시 보았다. 겁먹은 사슴마냥 물빛에 잠긴 눈망울, 아들은 처음 만나는 좌절에 대처할 준비가 되어 있지 않았다.

'오! 내 아들, 웅덩이에 빠져 허우적대는 아들에게 더 깊이 빠지도록 밀어 넣는 말만 떠오르다니.' 부끄러웠다. 나는 아들을 끌어

안으며 나지막한 목소리로 말했다.

"그래, 사실이야. 여러 번 확인했어, 여러 번. 그런데 …… 그런데. 엄마 아빠는 언제나 너를 사랑해."

다른 말을 더 할 수도 없었고, 할 필요도 없었다. 불합격의 좌절에 젖어 초라해진 아들은 방에서 꼼짝하지 않았다.

다음날 점심때가 다 되어 일어난 아들은 내게 다가와 말했다.

"어머니, 죄송합니다. 아버지께도요. 특히 어머니께는 저 때문에 강의하시기 어렵게 만들어서 면목이 없어요."

"그래? 뭐가 강의하기 어려워?"

아들의 말 속에 들어 있는 마음을 이해하면서도 그동안 입시 준비에 소홀했던 불만이 질문으로 변해 튀어나왔다.

"대학입시에 떨어진 아들을 둔 어머니께서 부모교육에 대해 강의하시면 수강자들이 당신 아들이나 잘 챙기라고 할까 봐서요."

그 말을 듣자 콧날이 시큰했다. 내 욕심에 닿지 않는다고 겉으로는 이해하는 듯 대하면서 안으로는 앙금으로 쌓아 두었다가 기회만 있으면 토해 내는 심술스러움이 창피했다. 그러한 나를 위해 걱정하고 있는 아들을 보기가 민망스러웠다.

"고맙다, 정말 고마워. 지금 가장 큰 괴로움을 겪는 네가 엄마 입장을 염려하다니. 이런 효자를 둔 엄마인데 엄마는 자신 있게 강의할 수 있어. 엄마는 네가 자랑스러워. 가장 힘든 네가 이 엄마를 걱정해 줘서 정말 고마워."

"열심히 하겠습니다."

아들을 껴안은 두 팔에 힘이 솟구쳤다.

재수생활이 시작되었다. 굳은 각오로 시작한 재수생활이었지만 여전히 내 눈에 비친 아들의 모습은 한가로웠다. 급한 일이 없고 계획도 세우지 않는 것 같고 초조해 보이지도 않으며 느긋했다. 그렇지만 가끔은 책상 위에 펼쳐진 일기에서 아들의 고뇌를 볼 수 있었다. "나는 견딜 만하다. 그러나 부모님과 나를 아끼는 모든 분들께 실망을 드리다니, 견딜 수 없다. 자신을 이겨야 한다. 나와의 투쟁이다. 독한 마음을 갖자."

그러나 그러한 고뇌와 각오는 일기장에서만 나타났다 사라지는지 학원에서 일찍 돌아온 날은 오후 5시가 되기 전부터 잠을 자기 시작해서 저녁 9시나 10시까지 잔다. 여기 어정 저기 어정 꾸물댄

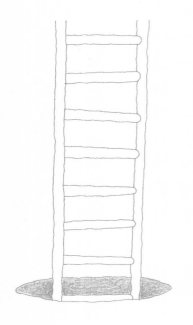

다. 안방에만 있는 텔레비전을 내 옆에 앉아 열심히 보다가 문득 내게 "이런 제가 불안하시죠?" 하고 묻는다. 속으로는 하고 싶은 말이 한없이 나오지만 자신을 추스르며 말한다.

"그래, 불안해. 그런데 네가 '불안하시죠?' 하는 말을 들으니까 불안이 사라져. 늘 엄마 마음을 헤아려줘서 고마워."

아들은 머쓱해 하며 미소 띤 얼굴로 일어선다. 신기하게도 이런 대화를 나누고 나면 편안해진다. 나는 다짐한다. '진실로 아들을 믿자. 희망을 갖자. 나름대로 생각과 계획이 있을 거야. 저렇게 여유로울 수 있고 짜증 내지 않으니 얼마나 좋은가. 부모에게 기쁨을 가득가득 안겨 주는 아이인데, 공부하는 것만 빼면 모든 면에서 기발하고 재치 있고 자상하고 사려 깊은 ……. 그래, 그런 아들을 믿자.' 우리는 좋은 사이가 되려고 서로 노력했다. 그러다 보면 가끔이지만 새벽 2시나 3시에도 아들 방의 문틈으로 불빛이 새어 나왔다.

드디어 재수생활을 평가받는 입학시험이 끝나고 합격자 발표가 있었다. 그렇지만 거기에도 아들의 이름은 없었다. 다행스럽게 후기 분할모집의 합격자 명단에는 아들의 이름이 있었다. 아들은 진정으로 원하던 학교는 아니었지만 그런 대로 해볼 만하다고 하면서도 망설이는 것 같았다.

다음날 아들은 1년 더 도전해 보겠다고 했다. 나는 잘못 들었나 싶었다. 그렇게 힘든 길을 다시 걷겠다고 하다니. 가족회의를 했다. 본인을 제외한 남편과 큰아이와 나는 다닐 것을 권유했다.

그러나 최종 결정은 본인이 하기로 했다. 하룻밤 생각할 여유를 달라고 했다. 그날 밤 남편과 나는 아들의 어떠한 결정도 받아들일 준비를 했다. 훗날 "그때 내 뜻대로 하도록 한 번 더 기회를 주셨더라면" 하고 후회한다면 부모가 무엇으로 보상할 수 있겠는가. 다음날 아들은 당당하게 말했다.

"한 번 더 해 보겠습니다."

나는 아들을 우러러보았다.

"멋있어, 우리 아들 정말 대단해. 내 아들이지만 난 너를 존경해. 눈앞에 보이는 평탄한 길을 선택할 수도 있는데 금방 걸어온 가시밭길을 다시 걷겠다니, 틀림없이 해낼 거야."

나는 삼수하겠다는 아들이 대단해 보였다. 다행히 군 입대 문제는 초등학교를 일곱 살에 입학했기 때문에 여유가 있었다.

그렇게 또 삼수생활이 시작되었다. 처음엔 긴장감으로 팽팽하더니 다시 느슨해졌다. 내 교육관이 흔들리기 시작했다. 외형적인 제재보다는 내면적인 자기 통제가 더 중요하다고 믿으며 어릴 때부터 자율에 맡겨 왔던 게 잘못인가. 초등학교 때부터 '열심히 노는 것이 배우는 것'이라고 놀게 한 것이 잘못인가. '숙제는 스스로 하도록 간섭하지 말고 기다리자'라고 아이에게 맡긴 게 잘못인가. 어릴 때부터 시간표를 짜서 그 계획 안에 몰아넣었어야 하는 것을 그대로 둔 것이 아닌가. 끈질기게 책상 앞에 앉는 습관을 길러 주기 위해 닦달했어야 하는 것을 그대로 둔 것은 아닌가. 오전 수업만 있는 매주 수요일이면 삼총사가 사총사가 되고 사총사가 오총사가 되어 몰려 다니며 동네 떡볶이 집, 오뎅 국물을 많이 주는 집, 만화가게, 오락실, 학교 운동장을 전전하던 날들을 통제했어야 했던 건 아닌가.

간섭하고 싶은 그 많은 순간들을 '관심'은 갖되 '간섭'하지 말자고 자제하며 아이에게 주었던 자유로움을 '관심'이라는 이름으로 구속했어야 했던 건 아닌가. 추억을 많이 만들 수 있도록 도와주려던 나의 의도는 대학입시 앞에서 허망한 물거품이 되는 것인가. 아기가 걸음마를 시작할 때 넘어지는 실수를 통해서 바르게 걷는 법을 배울 수 있다고 믿던 것들은 나의 교만이었던가.

그러나 아들의 어린 시절의 일화들은 나를 미소 짓게 하고 흐뭇하게 한다. 작은아들이 초등학교 5학년 때였던가. 나는 아들에게 부탁했다.

"부탁이 있는데 네 또래 아이들과 놀면 안 될까?"

아들은 엄마가 참 한심스럽다는 듯이 큰 소리로 말했다.

"제 또래 아이들이 노는 아이가 어디 있어요. 다들 공부하는데. 전 노는 게 아녜요. 놀아 주는 거죠."

넓은 골목길에서 달리기, 눈싸움, 다방구, 차렷, 경례, 뛰엇! 동네 어린아이들에게 있어 아들은 골목대장이었다. 여름엔 밤 10시가 넘도록 골목을 왁자지껄 부산스럽게 했다. 아이들이 많이 뛰놀던 우리 집 앞 골목길은 항상 시끌벅적했다. 이웃들에게 사과도 많이 했다. 어느 여름밤 아들은 말했다.

"엄마, 한번 보실래요?"

2층 거실에서 길 쪽으로 난 창문을 열고 골목을 향해 소리쳤다

"꼬-오-끼오! 꼬-오-끼오!" 잠시 후 "꼬끼오, 꼬끼오!" 하며 아이들이 골목으로 모여들며 웅성거렸다. '꼬끼오'는 '놀자'라는 말의 암호라고 했다. 아들은 한 번 더 "꼬오끼이오오!" 하며 소리치고 골목으로 달려 나갔다. 초등학교 3학년 때 시작된 놀이가 중학교 때까지 이어졌다.

중학교 1학년이 끝날 무렵의 어느 날 창 밖에서 "꼬끼오!" 소리가 들리자 아들은 창문을 열고 조용하면서도 힘있게 "웨에끼오!" 하고 대답했다. 재잘대던 아이들이 힘없이 흩어졌다. '웨끼오'는 '안 논다'의 암호라고 했다. 그날 아들은 내게 말했다.

"이젠 그만 놀아야겠어요. 그동안 지겨울 정도로 놀았어요."

나는 안심했다. 그동안 아들은 집에 오면 놀아야 하니까 숙제는 쉬는 시간에 하고 공부는 수업시간에 열심히 들으면서 외우면 된다

고 했다. 이제 그 놀던 시간들이 공부하는 시간으로 바뀌려나 하고 기대했다. 그러나 아들은 자전거를 타고 8차선 도로를 달려 올림픽 공원으로 또 학교 운동장으로 공을 들고 달렸다. 교과서 대신 소설 책을 읽었다. 그래도 나는 아들이 맘에 들었다. 몸도 마음도 건강하다고 생각했었다.

언젠가 호텔과 백화점이 함께 붙은 건물 정원의 제과점에서 아이스크림을 먹으며 아들은 말했다.

"아빠, 이 건물 다 합쳐서 모두 얼마예요?"

"그래? 이 건물 값이 몽땅 얼마냐구?"

"네. 제가 이 건물을 다 사려구요. 제가 이 건물을 몽땅 다 사면 제가 이 건물의 주인이 되거든요. 그러면 엄마 아빠는 주인의 부모님이 되시니까 두 분이 오실 때 모두 대접을 잘 해 드릴 거 아니에요."

"와아!! 그렇겠네. 그래. 그 날을 기다릴게."

그 날 우리는 이미 큰 부자가 된 것 같았다. 또 어느 날인가 이런 말도 했다.

"엄마, 세계 대통령은 없어요?"

"글쎄, 왜?"

"저는 이 담에 세계 대통령이 될 거예요."

"그래? 세계 대통령? 글쎄, 아마도 미국 대통령이 되면 세계 대통령이나 같지 않을까? 아직까지 미국은 세계에서 가장 힘이 센 나라니까."

"그럼 미국 대통령은 미국 사람만 되는 거예요?"

"글쎄, 미국은 이민을 받는 나라니까 이민을 간 사람이 정말로 훌륭하면 미국 대통령이 될 수 있을지도 몰라."

"그럼 제가 미국 가서 훌륭하게 돼서 미국 대통령이 되어야겠네요."

"와아!! 그럼 엄마는 미국 대통령 엄마가 되겠네."

나는 초등학생인 어린 아들과 얘기를 나누면서 '어떻게 이런 생각을 할까? 꿈이 큰 아이구나' 하는 생각을 했었다. 그리고 흐뭇했다.

또 언젠가는 이런 말도 했다.

"엄마, 저는 이 다음에 큰 집을 사서 엄마, 아빠, 그리고 형이랑 함께 살 거예요. 저는 엄마, 아빠, 형이 참 좋아요."

나는 온 가족을 생각하는 아들이 기특하고 든든했다. 스케일이 크고 야망이 있고, 따뜻하고 그리고 빛나는 눈, 아직은 미미하지만 아들을 무엇인가 해 낼 것이라는 기대감으로 우리를 설레게 했다. 아들은 늘 우리에게 희망을 주었다.

그런데 대학입학을 위해 삼수하는 아들을 보며 나의 가치관이 모호해지기 시작했다.

아들은 내게 비밀도 털어놓았었다. 초등학교 3학년 때였던가.

"엄마, 이건 비밀인데요."

"오, 비밀을 지키라고?"

"예, 엄마. 엄마는 비밀을 지키시니까. 나아 …… 우리 반에, 내가 …… 좋아하는 …… 여자애가 있는데, 그런데 가끔 걔를 쳐다보면 걔도 나를 쳐다보고 있어요. 그럴 때 눈이 마주치면 내가 윙크

해도 될까요?"

"글쎄 …… 윙크? 윙크는 좀 그렇네. 여자는 남자가 공부나 운동
이나 글짓기를 잘해서 상을 받거나, 선생님의 질문에 아무도 대답
하지 못할 때 근사하게 대답하면 ……."

"알았어요. 엄마, 결국 공부 잘하라 이거죠?"

"그래, 얘기가 그렇게 되네."

"알았어요."

또 어느 날 아들은 말했다.

"엄마, 엄마가 우리 선생님 만나면 창피할 일이 생겼어요. 내가
오늘 산수 숙제를 까맣게 잊었어요. 그런데 며칠 전에 냈던 숙제랑
비슷한 문제였어요. 선생님이 자세히 안 보시면 모르실 것 같아서
지난번 숙제를 펼쳐 놨거든요. 선생님께선 제가 숙제 안 해 온 줄
아시는 것 같았는데 그때는 그냥 넘어갔어요. 그런데 검사가 다 끝
나고 저 보고 '청소 끝나면 나 좀 보자!' 하시더라고요. 들켰구나
하고는 청소 끝나고 선생님께 갔더니 '난 너에게 실망했다. 어떻게
네가 거짓말을 해?' 하셔서 '잘못했습니다, 선생님. 이제부턴 거짓
말하지 않겠습니다.' 하고 사과했어요. 선생님께서는 '널 믿어도
되겠지?' 라고 하셔서 '예!' 하고 큰 소리로 대답했어요. 엄마, 창피
하시죠?"

"네가 신사답게 사과해서 덜 창피한데. 지금 네 마음은 어때?"

"가슴 두근거리고 조마조마하는 것보다 숙제는 꼭 해가야겠다,
그리고 내가 그런 놈이 아니란 걸 보여 드려야겠다. 그런 마음이에
요."

"좋아, 넌 아주 멋있는 신사야."

난 아들을 힘껏 안아 주었다. 문제를 일으켰다는 생각보다 오히려 사랑스러움이 더 컸다. 그럴 때도 선생님께 거짓말을 했다고 때려 주어야 했을까. 이제는 다 성장한 두 아들의 어린 날들을 회상하노라면 고향에 돌아온 듯 정답고 향기롭다.

삼수를 하면서도 별로 달라지지 않은 아들이지만 또다시 믿고 희망을 갖고 멀리서 지켜보도록 애썼다. 그러는 동안 아들은 2년 후배들과 수학능력시험을 보며 결심을 굳혔는지 본고사를 앞두고 새벽까지 문틈으로 불빛이 새어 나오는 날이 많아졌다.

드디어 본고사가 끝나고 다음날 면접이 있었다. 아들은 아침 7시 30분에 집을 나서면 학교까지 충분하다고 했지만 남편과 나는 여유롭게 7시에 출발하라고 했다. 전철역까지 태워다 주마고 했던 나는 7시부터 자동차 시동을 걸어 놓고 기다렸다. "알겠습니다"라고 대답했던 아들은 7시 10분인데도 잠옷 차림으로 어물쩡거린다. 속이 탄다.

"차에서 기다릴게."

"예."

그때부터 차에서 기다렸다. 7시 28분. 아들이 문을 열었다.

"많이 기다리셨죠. 죄송합니다."

"그래."

시험장에 가는 아들을 편하게 보내려고 애썼다. 겉으로 아들에게 보인 '평화'는 내면의 '전쟁'의 결과였다.

"주님께서 너와 함께해 주시기를 기도할게."

"고맙습니다, 다녀오겠습니다."

전철역에 내려 준 시간이 7시 34분이었다. 나는 돌아오는 차 안에서 깨달았다. 오늘 아침에 내면의 전쟁을 치른 사람은 나와 남편이 아니라 수험생인 아들이라는 것을. 아들은 자신의 계획을 깨뜨리는 부모님의 말씀을 거역하지 않으려고 얼마나 힘들었을까. 30분에 출발해도 넘치도록 여유로운 것을, 지금까지 본인의 일을 본인의 계획에 따라 다 알아서 하는 것을 부모가 자기 생각대로 하지 않는다고 괴롭고 힘들다며 불평을 하다니. 나는 아들의 수준에 미치지 못하고 있었다.

드디어 삼수의 결과가 발표되던 날. 떨리는 내 귀에 수화기를 통해 들려온 소리. "합격입니다! 축하합니다!" 나는 소리쳤다. "오, 하느님! 감사합니다." 거기에는 우리를 사랑하시는 하느님이 계셨다. 실패에 좌절하지 않고 끝까지 해낸 작은아들이 있었다. 그리고 작은아들의 등 뒤에서 힘이 되어 준 남편과 큰아들도 거기에 있었다. 그날 밤 8년째 남편과 함께 드리는 묵주의 기도는 감사 기도로 목이 메었다.

"재신아, 〈생활성서〉에 삼수생인 네 얘기를 쓰려는데……."

"아이고! 어머님, 아니되옵니다. 저 장가 못 가옵니다."

이 농담을 웃으면서 듣기 위해 2년의 아픈 세월을 더 기다려야만 했다.

이웃의 마음을 헤아려 주는 표현

약사인 저는 20년 가까이 약국을 경영해 오면서 보람을 느낄 때도 있었지만 그만두고 싶을 때도 한두 번이 아니었어요. 처음엔 손님과 언짢은 일이 생기면 자존심도 상하고 창피해서 화장실에 들어가 많이 울었어요. 그동안 힘들여 공부한 게 억울하기도 하고 좁은 공간에 갇혀 꼼짝 못한 채 약 파는 일이 한심하기도 해서요. 그러다가 타성이 생기고 완전히 몸에 배어, 그러면 그러려니 저러면 저러려니 그냥 묻혀 살아왔지요. 그런데 요즈음은 새로운 생활로 바뀐 듯해요. 며칠 전이었어요. 아침에 약국 문을 열자마자 기다렸다는 듯이 규호 어머니가 들어오면서 언성부터 높였어요.

"아니! 무슨 약이 그렇게 독해요? 우리 시어머님이 어제 여기서 지어 온 약 드시고 밤새 토하고 위가 뒤틀려서 한잠도 못 주무셨어요. 아프다고 펄펄 뛰셨다고요. 그리고 약은 또 왜 그렇게 비싸요?"

시어머니로 인해 잠 못 잔 분풀이라도 하듯 날카롭게 쏘아붙이며 따지더라고요. 약값 비싼 것까지도 약사 탓으로 돌리면서요. 그만한 일쯤 이젠 이력이 붙긴 했지만 화가 나요. 예전 같으면 이랬을 거예요.

'약을 식전에 드셨어요, 식후에 드셨어요? 공복에 드시면 그래요. 제가 그만큼 말씀드렸는데 약사 말을 우습게 알고 안 지키면 그럴 수밖에 없어요. 규호 할머니께 여쭤 보세요. 식후에 약을 드셨는지요. 그리고 약값이 비싼 건 제약회사에 알아보시고요.'

이렇게 되받아 쏘아붙이면서 따졌을 텐데, 이젠 말하는 법에 대해서 배우고 있으니 달라져야죠. 규호 할머니는 호르몬 계통의 약을 드셔요. 그 약은 식후에 먹어야 하기 때문에 할머니께도 단단히 말씀드렸거든요. 저는 침착하게 배운 대로 하려고 애썼어요.

'그러니까 지금 규호 어머니가 화가 나셨구나. 규호 어머니의 흥분된 감정부터 진정시켜 보자' 하고 규호 어머니의 마음을 읽어 드리는 말을 찾았어요.

약사 아, 그러세요. 규호 할머니께서 어젯밤에 고생 많이 하셨군요. 규호 어머니도 간호하시느라 잠을 설치고 힘드셨겠네요. 더욱이 비싼 약을 드셨는데 더 좋아지지는 않고 오히려 괴로워하셨으니 정말 답답하셨겠어요.

규호 어머니 그래요. 저희 어머님은 편찮으실 땐 잠시도 옆 사람을 가만두지 않으세요.

약사 그러셨군요. 제가 규호 할머니께 전화를 해도 될까요?

규호 어머니 그러시죠.

저는 다이얼을 돌리고 규호 할머니와 통화를 했어요.

약사 네, 여기 약국인데요. 규호 할머니께서 어젯밤 약 드시고 많이 고생하셨다면서요?

규호 할머니 (짜증스런 목소리로 퉁명스럽게) 그 약 먹고 위가 뒤틀려서 혼났어요. 숨도 못 쉬게 아팠어요. 토했는데, 얼마나 토했는지 노란 쓸개 물까지 다 넘어왔다고요.

약사 아, 굉장히 고생하셨군요. 그런데 그 약은 식사 후 속이 든든하실 때 드시면 별 탈이 없는데요. 제가 어제 충분히 말씀드린 것 같은데요?

규호 할머니 (김빠진 목소리로) 아, 어제 낮에 찹쌀떡을 두어 개 먹어서 저녁 때 속이 든든하길래 괜찮을 것 같아 그냥 먹었는데…….

약사 네에, 그게 결정적인 요인이네요. 떡은 먹고 나서 2시간이면 속이 완전히 비어요.

규호 할머니 떡을 먹어서 속이 든든한 것 같던데, 아 참, 며칠 전에 얘기하던 영양제 8만 원이라고 했죠. 그거 준비해 두면 언제 들를게요.

규호 할머니는 며칠 전에 영양제를 산다고 하다가 비싸다며 그만두라고 했었는데 미안했나 봐요. 그렇게 얘기가 마무리되어 규호 어머니와 할머니 그리고 저도 편안해지는 것을 느꼈어요. 다른 때처럼 잘잘못을 따졌더라면 설령 제가 이긴 것같이 느끼더라도 상대방 기분을 상하게 했으니 찜찜하고 마음이 편치 않았을 텐데요. 규호 할머니는 그 후에 약속대로 영양제를 사 가셨고, 또 여행 중에 피부병이 생겼다면서 지방에서 시외전화까지 하셨어요. 저녁때쯤 서울에 도착하면 들를 테니 연구해 두라고요. 그러면서 당신은 이웃에 좋은 약사님이 있어서 행복하다고 하시더라고요. 그 말을 듣는 저도 기분이 좋았어요. 나이가 들어도 배워 가며 그 배운 것을 실천하면 이렇게 기쁜 것이구나 하고 교육학자들이 말하는 평생교육의 의미를 깨닫고 있습니다.

이어서 같은 약사인 근영이 어머니도 자랑하고 싶은 사례가 있다면서 다음의 대화를 적어 왔다. 40대 남자 손님과 나누었던 대화 내용인데 그대로 옮겨 본다.

손님 매맞고 부은 곳에 바르는 약 좀 주십시오.
약사 부은 곳에 상처는 없나요?
손님 없습니다. 고등학교 2학년인 아들을 때려 팔에 자국이 났습니다.
약사 (손님의 마음을 읽어 드려야지.) 마음이 아프시겠군요.
손님 네, 처음 매를 들었습니다.
약사 (한 번 더 마음을 헤아려 주면서) 몹시 참기 어려운 상황이었나 봐요. 때리고 나서도 괴롭고요.
손님 네, 가슴이 아픕니다.
약사 (내 마음을 전달해야 할 때인가 보다.) 학생이 행복하다는 생각이 드네요. 이렇게 아버지가 마음 아파하시니 말이에요. 약 바를 때 하실 일 말씀드려도 될까요?

손님 뭔데요?

약사 (질문에는 정보를 제공해야지.) 예, 약을 손수 발라 주시면서 아버지의 아픈 마음을 솔직하게 전하시고, 아버지가 감정을 잘 다스리지 못하고 때린 데 대해 미안하다고 사과하시고 다음에 이런 일이 있을 때 조심하겠노라고 얘기하시면 이번 사건으로 아드님과 더욱 좋아지는 계기가 될 수도 있을 겁니다.

손님 예, 정말 그럴 것 같네요. 한번 해 보겠습니다. 좋은 말씀 잘 듣고 갑니다. 고맙습니다.

약사 안녕히 가세요.

다 듣고 나자 수강자들은 박수로 칭찬을 대신했다. 근영이 어머니는 다음의 말을 덧붙였다.

어두운 표정으로 약국에 들어섰던 그 아버지가 환한 모습으로 바뀌어 약국을 나서는 것을 보면서 생각했습니다. 예전 같았으면 그런 경우 전 아버지 편을 들었어요. '아유, 요즘 애들 정말 큰일 났어요. 부모도 우습게 알고 제멋대로예요. 그런 자식 약은 뭐 하러 사다 주세요. 아플 만큼 아파야 정신차린다고요'라고 했을 거예요. 그러면 손님 표정도 어두운 그대로 변하지 않았을 거예요. 그리고 그 40대 아버지와 얘기할 때 처음에는 깨어 있는 마음으로 생각하며 대화로써 손님의 마음을 읽으려고 했어요. 그런데 말하다 보니까 찡한 느낌이 머리에서 가슴으로 내려오더라고요. 그 아버지의 아픈 마음이 제 가슴에 와 닿아요. 그리고 자국이 날 정도로 맞은 학생의 마음도 전해 오고요. 저는 냉정하고 이성적이어서 딱딱하고 날카롭다는 말을 가끔 듣는데 이런 방법으로 말하다 보면 감정이 촉촉하게 흐르는 정감 있는 사람으로 변할 것 같아요. 좀더 일찍 배웠더라면 더 좋은 약사, 더 좋은 엄마, 아내 그리고 이웃이 될 수 있었을 텐데 아쉬워요. 그러나 행복을 만드는 구체적인 방법을 알게 되어 정말 기뻐요. 지금부터라도 열심히 행복을 만들어서 많은 사람들에게 나누어 주도록 노력하겠습니다.

수강자들은 다시 한 번 박수를 치며 정감 넘치는 사랑의 약사를 위해 격려했다.

재상이 어머니도 연극공연장에서 겪었던 사례를 발표했다.

고등학교에 다니는 아들을 둔 그녀는 요즘의 청소년을 이해하기 위해 청소년 부모들을 위한 연극을 보러 갔다. 뒷좌석에는 다섯 살 정도인 남자 아이가 앉아 있었고, 아이 어머니는 그 옆좌석에 앉아 있었다. 아이는 가끔 재상이 어머니의 의자를 발로 툭툭 찼다. 기분이 좋은 건 아니었지만 어린아이가 그럴 수 있지 하며 참으려고 했다. 한 번, 두 번, 시간이 지날수록 그 횟수가 잦아졌다. 불쾌하지만 이제나저제나 그 아이의 어머니가 어떻게 자제하도록 하겠지 하며 기다렸다. 더 이상 기다릴 수 없다고 생각하는데 그 아이의 어머니가 말했다.

"차지 마! 시끄러워! 차지 말라니까!"

당신 아이가 다른 사람에게 피해를 끼치고 있음을 이제야 알아차렸나 보다. 늦긴 했지만 속이 시원했다. 재상이 어머니가 하고 싶은 말을 그대로 그 어머니가 얘기해 주었기에 더욱 시원했다. 그런데 아이는 또 찬다. 어머니의 말을 알아 들었는지 말았는지 효과가 전혀 없다. 아이의 어머니는 좀더 큰 소리로 힘주어 말했다.

"차지 말라고 했잖아! 그러니까 안 데려온다고 했지. 또 차기만 해 봐라. 이 짜아식이."

그래도 여전히 찬다. 재상이 어머니도 결심했다. 한 번만 더 차 봐라. 눈을 크게 뜨고 뒤돌아보며 엄포를 놓아야지. '얘! 차지 마! 또 차면 아줌마가 이놈! 하고 화낸다. 그래도 또 차면 순경 아저씨 부를 거야!' 하고. 이런 생각을 하는 재상이 어머니를 아는지 모르는지 아이는 의자를 또 찬다. 아이의 어머니도 지쳐 버렸는지 가만히 있다. 참는 데도 한계가 있지. 이 조그만 녀석이. 아차, 가만있자. 다르게 말하는 방법이 있는데? 그래. 그걸 내가 배웠는데 이럴 땐 어떻게 하더라. 그렇지, 내가 화가 나니까 내 상태를 알려야지. 그렇지만 아이의 마음부터 먼저 헤아려 주자. 재상이 어머니는 말을 정리했다.

뒤돌아보며 부드럽게 "얘, 너는 저 연극 보는 게 지루하고 답답하지? 그런데 네가 아줌마 앉은 의자를 발로 차니까 그 소리 때문에 그리고 또 아줌마 몸이 흔들려서 연극을 잘 볼 수가 없으니까 짜증이 나"라고 말하고 돌아앉았다. 신기하게도 아이는 더 이상 차지 않고 차분히 앉아 있다. 재상이 어머니는 15분쯤 후에 고맙다는 자신의 마음을 표현했다.

"얘, 네가 아줌마 의자를 차지 않고 잘 도와줘서 이젠 연극을 잘 볼 수 있게 됐어, 고마워!"

아이는 수줍은 듯 빙긋이 웃는다. 그 후 연극이 끝날 때까지 아이 일은 잊어버릴 정도로 30~40분을 가만히 앉아 있었다. 연극이 끝나자 아이의 어머니가 말했다.

"아주머니, 우리 아이에게 그렇게 좋은 말로 얘기해 줘서 정말 고마워요."

재상이 어머니도 자신의 말을 잘 따라 준 아이가 사랑스러워 부드럽게 머리를 쓰다듬어 주었다. 말 잘 듣는 아이가 되는 것도 말 잘 안 듣는 아이가 되는 것도 모두 주위의 어른 탓이라는 것을 이해하게 된 좋은 기회였다고 재상이 어머니는 말한다.

다음은 직장에서 있었던 박 과장의 체험담이다.

저는 후배 직원 50~60명을 통솔해야 하는데 많은 여자 직원들과 함께 있다 보면 좋은 일 궂은 일이 수없이 많이 일어나요. 근무 중에 남편 자랑하고 시댁과 아이들 얘기하느라 직무를 소홀히 하는 사람, 상사의 말을 그릇되게 전하거나 늘 부정적으로 해석하는 사람, 의논할 일이 있을 때 자기 주장만 내세우는 사람, 고정적으로 지각, 조퇴, 외출이 잦은 사람, 5분 전부터 준비하고 마치는 종이 땡 하자마자 퇴근하는 사람 등 갈등을 일으키는 문제가 한두 가지가 아니에요. 특히 갑자기 조퇴하겠다고 하거나 별일도 아닌데 외출하겠다는 직원을 보면 더욱 이해할 수 없어요. 한꺼번에 세 사람 이상 공백이 생기면 일에 차질이 생기기 때문에 세 사람 이상은 조퇴나 외출을 시킬 수가 없어요. 그날은 제가 오후 2시부터 교육을 받아야 하고 며칠 전부터 조퇴를 신청한 사람이 세 사람이나 되어서 도저히 외출이나 조퇴를 시킬 수 없는 상황이었습니다.

그런데 한 직원이 오전 10시쯤 오더니 "과장님, 오늘 오후 1시 반부터 3시 반까지 외출을 해야겠는데요" 하는 거예요. 말을 듣는 순간 울컥 화가 치밀었어요. 늘 하던 익숙한 말이 나오려는 것을 꾹 누르고 상대방의 마음을 헤아리며 우선 말부터 잘 들어 주자 하고 마음을 정리했어요.

박 과장 갑자기 외출할 일이 생겼나 보죠?

직원 네, 과장님. 아침에 출근할 때까지도 남편은 아무 말이 없더니 회사에 출근하고 생각이 났대요. 시댁 친척 결혼식에 저하고 꼭 같이 참석하라는 시어머님 말씀이요. 그래서 같이 가야 한다고 남편이 전화를 했어요.

박 과장 갑자기 그런 전화 받고 저한테 말하기가 어려우셨겠네요.

직원 네, 과장님. 제가 자주 지각하고 조퇴해서 더 면목이 없어요.

박 과장 그래요, 오늘 안 가시면 입장이 난처하시겠네요. 그런데 어떡하나. 오늘 오후에 조퇴하실 분들은 미리 얘기하신 분들이고 저도 2시부터 교육이 있어서 대신 해 드릴 수도 없고 정말 난처한데. 무슨 좋은 수가 없을까. 앞으로 한두 시간 연구

해 봅시다. 기대하긴 어렵지만 점심시간에 다시 한 번 얘기할
까요?

직원 알았습니다. 과장님, 죄송해요.

그렇게 말했었는데 점심시간에 제게 오지 않더라고요. 제가 갔
더니 그 직원이 이미 해결이 되었다는 거예요.

직원 과장님, 얘기가 잘 되었어요. 남편에게도 시어머님께도
요. 제 사정을 있는 그대로 말씀드렸어요. 그 대신 이번 주말
에 시어머님 모시고 그 댁을 방문하기로 했어요. 과장님, 고
맙습니다.

박 과장 어? 고마운 사람은 난데.

직원 과장님께서 제 말을 나무라지 않고 잘 들어 주시니까 제
마음이 편안해서 남편과 시어머님께 얘기가 잘 되었어요. 전
과장님께 거절당하리라 생각했었거든요. 과장님, 정말 고맙습
니다.

박 과장 그 말을 들으니 저도 기분이 좋은데요. 사실 그렇게 얘기
할 때 힘들긴 했지만요.

이렇게 얘기가 잘 되리라고는 상상도 못했어요. 요즘 이 교육을
받으면서 내가 그동안 좋은 직장 선배가 되지 못했구나 하는 후회
를 많이 합니다. 제 지난날을 생각하며 후배 직원들을 따뜻이 도와
주어야 하는데 타성에 젖어 소리지르고 야단치고 나무라기만 했어

요. 어려운 일이 있을 때 그 사정을 헤아려 잘 들어 주기만 해도 되는 것을. 직장 생활하랴, 아내 역할, 며느리 역할, 엄마 역할하랴, 우리 직장 여성들이 얼마나 힘든데 선배인 제가 말 한마디 따뜻하게 못하다니, 앞으로 잘해 보겠습니다.

수강자들의 격려의 박수가 감격으로 이어져 가슴을 울렸다. 이웃을 이해하며 서로 돕는 삶은 얼마나 아름다운가!

생선찌개와 밥통 사건

　그날은 바람이 불었습니다. 그 바람은 43년을 살아온 내 두 뺨에 흐르는 눈물을 정겹게 다독거려 주고 있었지만 내 마음 안에서는 싸늘한 바람이 거세게 소용돌이치고 있었습니다. 이 세상에 혼자 버려진 느낌이었습니다. 세상에 어쩌면 그렇게 냉정할 수가 있을까요. 부모 형제를 떠나 16년을 함께 살아왔는데, 아무 소용이 없었습니다. 내 곁에는 아무도 없었습니다. 그런 일들이 당시에는 엄청나게 커 보여서 삶을 좌우하는 일처럼 느껴지지만 한참 지난 후에 되돌아보면 별일이 아닐 때도 있습니다. 그러나 그 사건만은 달랐습니다.

　작년 여름 휴가철이었습니다. 형제처럼 가깝게 지내는 이웃의 두 가족들과 서울에서 2시간 정도 거리에 있는 곳에서 2박 3일을 함께 보내기로 했습니다. 음식은 세 집에서 나누어 맡았습니다. 저는 음식 만드는 일에 늘 자신이 없고 불안합니다.

다른 부인들은 음식을 아주 쉽게 척척 하는데도 맛깔스럽고 보기 좋게 만들어서 거의 전문가 수준인 데 비해 저는 느리고 서툴고 원시적입니다.

결혼 초에는 남편의 불만이 컸지만 지금은 포기했는지 길들여졌는지 건강식이라는 전문가들의 말을 들어서인지 그나마 적응이 되었습니다. 그래도 저는 음식 만드는 것에 대해서는 부담이 됩니다. 그러나 다행히 제 생선찌개 솜씨는 인정을 받습니다. 그때도 생선찌개는 제가 맡기로 했습니다. 두 가족들과 10시경에 목적지에서 만나기로 했기 때문에 우리는 가는 길이 막힐까 봐 저녁 8시쯤 출발했습니다. 저는 생선의 신선도를 높이기 위해서 그날 새벽에 노량진 수산시장에서 생선을 사 오고 야채와 양념을 준비해서 냉장고에 차곡차곡 넣어놓았습니다. 늘 그래 왔듯이 그날도 출발 직전에 얼음상자에 옮겨 넣고 차에 실으려고 했습니다. 남편이 옆에서 "모두들 당신 찌개 솜씨에 깜짝 놀랄 거야. 정말 맛있겠다" 하며 흐뭇해 했습니다. 출발시간이 가까워지자 남편은 아이들과 짐을 차에 실었습니다. 저는 집안을 재점검하면서 남편에게 부탁했습니다.

"여보! 얼음상자에 찌개 준비한 것 넣어서 같이 실어 주실래요?"

"알았어."

집안 뒷정리를 마치고 나와 보니 현관에 수북히 쌓아 놓았던 짐들이 차에 옮겨져 깨끗했습니다.

우리는 들뜬 기분으로 신나게 달렸습니다. 그런데 저는 웬일인지 뭔가 빠진 것 같은 허전함을 떨쳐 버릴 수가 없었습니다.

"여보! 그 생선찌개 준비한 얼음상자 잘 실었어요?"

"그럼, 걱정 마!"

"여보! 아무래도 불안해요. 우리 차를 세워서 점검하고 가요."

"아, 됐다니까. 내가 잘 챙겨서 실었어."

"만일 찌개감이 빠졌으면 어떡해요."

"빠지긴, 없으면 다시 와서 가져가야지."

우리는 농담반 진담반 서로 확인까지 했습니다. 약속 시간보다 10분쯤 일찍 도착한 우리는 주차장에서 기다리다가 다들 도착하자 우리가 묵을 방으로 짐을 나르기 시작했습니다. 저는 얼음상자를 드는 순간 가슴이 덜컥 내려앉았습니다. 묵직해야 할 상자가 가뿐 했습니다. 얼른 열어 본 상자 안은 얼음 주머니만 들어 있고 텅 비어 있었습니다.

"아니? 생선이랑 야채는요?"

"왜? 당신이 그 상자만 실으라고 했잖아?"

"아니? 언제 상자만 실으라고 했어요. 준비한 거 넣어서 실으라고 했지. 차에 싣기 직전에 생선 넣는 거 당신도 알잖아요. 그리고 들어보면 몰라요?"

"아니! 당신이 다 준비했다고 했잖아."

"준비 다 했다고 했지 상자에 넣었다고는 안 했잖아요."

"아니? 이 사람이 미리미리 챙기라고 했더니, 알았어. 내가 가서 가져오면 되잖아!"

서로 '아니, 아니!' 하는 말싸움으로는 안 되겠는지 남편은 자동차 트렁크에서 남은 물건을 거칠게 내려놓고는 운전석에 앉아 문을 꽝 닫았습니다.

"아니, 이 밤중에 어딜 가요?"

"어딘 어디야, 집이지. 비켜! 맨날 꾸물거리면서 아침부터 준비 다 했다고 하더니!"

"박 형, 내려와요. 됐어요. 생선찌개는 내일 낚시해서 요리해 먹읍시다. 내려와요!"

"찬호 아버지, 우리가 반찬 충분히 준비했어요. 넉넉해요. 이 밤중에 어딜 가요."

함께 간 부부들이 필사적으로 말렸지만 남편은 시동을 걸면서 끌어내리려는 저와 동료들을 밀치고 안에서 문을 잠가 버렸습니다. 저는 두 팔을 벌려 자동차 앞에서 막았습니다. 자동차는 부우웅 부우웅 요란한 소리를 내며 앞으로 휘익 움직이기 시작했고, 제 몸은 휘청 균형을 잃었습니다. 재빠르게 옆에서 끌어당기지 않았으면 저는 아마 차에 깔렸을지도 모르겠습니다.

남편은 두 집 부부와 당황하여 쳐다보는 나와 아이들을 남겨 놓고 우리들 사이로 당당하게 빠져나가는 거예요. 허망하더라고요. 모두들 한동안 멍하니 서 있었습니다.

저는 모두에게 죄인이 된 기분이라 할 말이 없었습니다. 남편은 아마 제가 이런 꼴이 되기를 기대했을지도 모르겠습니다.

"자, 자, 모두들 들어가자. 오늘은 피곤할 테니 일찍 쉬자. 찬호 아버지는 무사히 잘 다녀올 겁니다. 들어가시죠."

"죄송해요. 모두들 먼저 들어가세요. 전 좀 있다가 들어갈게요."

모두 안으로 들어갔습니다. 큰아들이 엉거주춤 제 옆에 섰습니다.

"들어가요, 어머니."

"동생 데리고 들어가고, 다른 동생들도 잘 돌봐 줘. 엄마는 밖에 좀 있을게."

"알았어요."

고개를 떨구고 어깨가 축 처진 채 동생을 데리고 들어가는 아들을 보자 갑자기 펑펑 울고 싶었습니다. 아들이 안으로 들어가긴 했지만 거의가 저보다 나이가 아래인 동생들 앞에서 부모로 인해 미안해 하고 기가 죽고 거기다가 형으로서의 권위마저 떨어져 버린 것을 생각하면 우리 가족을 이렇게 비참하게 만든 남편에 대한 원망과 미움이 더욱 커졌습니다. 남편에 대한 불만은 꼬리를 물고 이어졌습니다.

옛날 갓 결혼해서 한 달 정도 시댁에 있을 때였습니

다. 우연히 (어쩌면 내가 듣기를 바라고 말씀하셨는지도 모르지만) 시어머님께서 큰동서에게 하시던 말씀을 듣게 되었습니다.

"저 자식이 정신이 나갔지. 우리가 얘기하던 집에 장가들었으면 지 편하고 우리 편할 긴데, 엉뚱한 데 정신 팔려서 저 고생하고 우리 고생시키지, 쯧쯧쯧……'.

행동이 느리다고 터놓고 하시던 면박들. 시동생들, 시댁 식구들에게서 받았던 설움들은 왜 세월이 흘러도 잊혀지지 않는지. 그 언어들의 억양, 음정, 음색까지도 또렷이 살아서 남편에게 서운한 일이 있을 때마다 튀어나와 제 속을 후벼 놓는지요. 다른 집 남편들은 아내가 그런 실수를 해도 "괜찮아, 됐어. 반찬이 모자라면 내가 안 먹지" 하며 잘도 감싸주는데. 나는, 나는 이게 뭐란 말인가. 나는 뭐가 잘못되었단 말인가. 이런저런 생각이 이어지다가 갑자기 총알택시 생각이 났습니다.

이 밤중에 왕복 4시간을 총알처럼 달릴 텐데, 거기다가 화까지 났으니. 밤중엔 과속을 단속하는 경찰관도 보이지 않던데. 그럴 때는 왜 그렇게 끔찍한 교통사고의 장면만 심술스럽게 떠오르는지. 간이 콩알만 해져서 바늘방석에 앉은 기분으로 왔다갔다 4시간을 40년처럼 길게 기다렸습니다. 남편은 생각보다 조금 빨리 도착했습니다. 부부가 뭔지, 혼자서 속을 끓였지만 남편이 탄 차가 보이자 왜 그렇게 반가운지.

저는 달려가 차에서 내리는 남편에게 매달렸습니다. 남편도 저를 번쩍 안아 들어올렸습니다. 어느새 밖으로 나와 지켜보던 부부들이 손뼉을 치며 양손을 입에 넣어 휘이익 찢어지듯 휘파람을 불며 환호했습니다. 언제 나왔는지 큰아들도 저만큼에서 빙긋이 웃고 있었습니다. 그날 일은 일단 그렇게 잘 매듭지어졌습니다만 시간이 흐른 뒤에도 가끔 그날 일이 떠오르면 자존심이 상하고 억울하고 심통이 납니다. 그와 비슷한 일들은 크게 작게 또 일어납니다.

하긴 우리 부부는 성격이 정반대입니다. 남편은 정확하고 빈틈이 없어요. 정해진 시간에 출발해야 하고 준비물은 미리 메모지에 적으면서 ○, ×로 점검하는 등 아주 철저합니다. 저는 남편을 따라갈 수가 없어요. 나사가 둘이나 셋은 빠졌나 봐요. 제겐 그렇게 빈틈없이 준비하는 게 의미가 없어요. 시계가 없던 원시인들도 잘 살았고 과도가 없으면 입으로 껍질 벗겨 먹고, 젓가락이 빠졌으면 나뭇가지로 만들어서 사용하고, 생선찌개 없으면 라면 끓여 먹고, 그렇게 산다고 뭐 대단히 잘못된 거라도 있나요. 전 남편의 완벽한 성품에 숨이 막힐 지경입니다.

그렇지만 저도 남편의 성격에 맞추려고 무던히 노력합니다. 행사가 있을 때마다 초긴장 상태에서 애씁니다. 잘하다가 한두 개 빠지면 몇 번씩 얘기합니다. 도대체 여자가 챙길 줄 모른다, 남편 말을 우습게 안다, 꾸무럭거린다 등등 몇 년 전 얘기까지 들추어 냅니다. 그런 말 듣는 것이 정말 지겹습니다. 그러기에 남편이랑 나갈 일이 생기면 즐거운 게 아니라 괴롭습니다. 가슴이 두근거리고 조마조마합니다. 잘 챙겨야지, 꾸무럭거리지 말고 시간 맞춰야지. 이것저것 신경 쓰다 보면 차라리 집에 가만히 있는 편이 나아요. 이런 불만들을 안으로만 삭이다가 가끔 터놓고 투정을 하면 제 버릇을 고쳐 주려고 그랬다면서 되레 벌컥 화를 내거나 아니면 그냥 피해

버려요. 저는 상처를 치유하려다가 더 큰 상처를 입곤 합니다.

그런데 이 교육을 받으면서 제게 많은 문제가 있음을 발견하게 되었습니다. 지금까지는 저는 정상이고 남편만 문제가 있다고 생각했는데, 제게도 문제가 있다는 것을요. 저는 생선찌개 사건에 대해서 미리 적으며 연습해 두었다가 자연스럽게 말할 기회가 있어서 어느 날 말문을 열었습니다.

"여보! 그날 일은 잘 생각해 보니 제게 잘못이 많았어요. 제가 당신에게 생선을 냉장고에서 꺼내야 한다는 얘기도 안했고요. 당신은 동료들에게 맛있는 음식을 먹게 하고 싶고 또 제가 만든 음식이 맛있다는 것도 보여 주고 싶었을 텐데 …… 당신 마음 헤아리지 못해서 미안해요" 하고 말하면서 덧붙여서 그날 남편이 떠나서 돌아올 때까지 비참했던 느낌, 찬호의 자존심, 하마터면 차에 깔리지 않았을까 등등 제가 잘못한 일과 느낌만을 얘기했습니다.

"…… 그리고 제가 지나간 일에 대해서 투정할 때는 당신에게 이런 말을 듣고 싶어서예요. '그래, 당신이 얼마나 자존심이 상하고 괴로웠으면 아직도 잊지 못하고 마음에 남아 있겠어. 당신 맘 상하게 해서 미안해.' 저는 이런 말을 듣고 싶어요. 비록 마음에 없는 말이라 할지라도 …… 제 어떤 잘못도 당신에게만은 너그럽게 이해받고 또 용서받고 싶거든요."

제 말에 남편은 한참만에 입을 열었습니다.

"그래, 미안해. 나는 당신의 습관을 고쳐 주려고 했는데, 나도 당신이 지나간 일을 말할 때마다 짜증이 나. 그렇지만 나도 짜증 내고 피해 버리는 건 잘한 일은 아니지. …… 미안해, 이건 진심이야."

"오랜 체증이 반은 내려간 것 같아요. 고마워요. 당신은 대화방법을 배우지 않았는데도 잘하는 걸 보니 우등생이네요. 이렇게 너그러운 당신을 ……."

속이 많이 편해졌습니다. 이렇게 쉽게 이해될 수도 있는데 그동안 괴롭게 살았네요. 이제부터라도 조심스럽게 말하여, 저도 남편을 위해 주며 살아야겠다는 생각을 했습니다.

그런 일이 있은 후의 일입니다. 우리 아이들과 조카들을 데리고 실외 수영장에 갔던 날입니다. 수영장은 골프장 안에 있어서 구내식당도 있었지만 점심은 집에서 준비했습니다. 전날 밤 남편은 제게 말했습니다.

"여보! 재어 놓은 불고기며 과일이랑 음료수, 다른 건 다 내가 챙길 테니 당신은 아침에 밥만 챙겨서 차에 실어."

저는 남편의 말에 감격해 하며 다음날 아침 정성스럽게 밥을 밥통에 담아 보자기로 싸서 수영장에 가지고 갈 짐들 옆에 놓았습니다. 남편은 메모지에 적은 내용을 ×표 해 가며 점검하고는 아이들이랑 자동차에 싣고 있었습니다.

저는 출발하는 시간에 정확히 맞추려고 부지런히 뒷정리를 하면서 남편에게 말했습니다.

"여보! 그것도 실어 줘요."

"알았어."

저는 당연히 가져갈 물건들 옆에 놓았기 때문에 '그것'을 '밥통'으로 알아듣고 실었으려니 했습니다.

자리를 잡고 불고기를 구워서 반찬을 펴놓고 밥을 뜨려고 밥통을 찾았습니다.

"여보! 밥통은?"

"밥통이라니? 어젯밤에 밥은 당신이 챙기기로 했잖아."

"('아니? 아침에 차에 실어 달라고 했잖아요!' 하고 싶었으나) 그래요, 제가 챙긴다고 했는데, 아휴! 미안해요. 이 일을 어떡하지."

말은 조심스럽게 했지만 앞이 캄캄했습니다.

'이 일을 어쩌나. 또 왕복 3시간. 아니, 길이 막히면 몇 시간이 걸릴지도 모르는데 …… 이 일을 어쩌나' 가슴이 쿵쿵 뛰었습니다. 맥 빠지고 허망한 내 얼굴에 핏기가 싹 가셨을 겁니다. 아이들도 긴장해서 남편과 저를 번갈아 쳐다보았습니다. 남편은 저를 보았습니다. 얼굴이 화끈했습니다.

"가만 있자. 기다려 봐. 구내 식당에서 밥 좀 구해 볼게."

구세주가 따로 없었습니다. 남편이 바로 구세주였습니다. 위험한 순간은 넘겼지만 식당에 밥이 없으면 어쩌나, 또 실수를 하다니. 오오, 하느님! 도와 주세요! 잠시 후 "와아!" 아이들이 환호했습니다. 남편은 커다란 그릇에 하얀 밥을 가득 담아 들고 나타났습니다.

"여보, 고마워요. 그리고 정말 죄송해요."

"됐어, 당신 아침에 실으라는 거 밥통이었어? 난 그 옆에 있던 깔판인 줄 알았지. 말을 알아듣지 못해서 미안해. 자, 밥 먹자."

용서받는 기쁨, 그건 대단했습니다. 나를 이해해 주고 도와주고 감싸 주는 이 세상에 하나밖에 없는 사람, 내 전 생애를 바쳐도 아깝지 않을 사람. 하느님! 이 사람을 남편으로 짝 지어 주셔서 감사합니다. 전 그날을 영원히 잊지 못할 것입니다.

여기서 잠깐 생각해 본다.

이런 상황에서 찬호 아버지가 화만 냈다면 어떤 결과를 초래할까. 어머니 아버지가 티격태격 다투다가 '그래, 알았어. 다 내 잘못이야. 그러니까 어쩌란 말이야! 야, 짐 싸. 이렇게 엉망인데 수영은 무슨 얼어 죽을 수영이냐, 짐 다 싸! 내 말 안 들려!' 하는 아버지의 호통에 짐을 싸들고 집으로 돌아왔다면 어떻게 될까. 집안은 한동안 냉전 상태가 될 것이다. 아이들은 그 부모님에게 무엇을 배우며 어떻게 이해할까.

'우리 엄만 늘 엉망이었어. 밥통 하나 제대로 챙기지 못하고 만날 아버지에게 야단만 맞았어. 야단 맞을 짓을 했다고. 그리고 아버지, 물론 화가 나겠지. 그렇더라도 화만 내고 이래라 저래라 당신 맘대로 휘저으며 상황을 망쳐 놓을 뿐 해결책이 없으셨다고.'

이렇게 생각한다면 부모님을 신뢰하고 존경할 수 있겠는가. 그러나 오늘의 아버지는 얼마나 멋있는가. '우리 아버지는 막막하고 암담한 상황에서 빛나는 지혜로 어려움을 극복하는 방법을 찾으시더라고. 어머니를 이해하고 용서하고 감싸며, 서로를 위하신다고.' 찬호 형제와 사촌들이 찬호 부모님을 신뢰하고 존경하지 않을 수 있겠는가. 어려움을 지혜롭게 극복하는 방법을 배우지 않을 수 있겠는가. 사과를 따려면 사과나무를 심고 가꾸어야 한다. 찬호 어머니는 다음과 같이 말끝을 맺었다.

"예전 같으면 내가 잘했느니 네가 잘못했느니 티격태격 다투면서 온 가족의 기분을 엉망으로 만들었을 텐데, 실수를 했는데도 오히려 온 가족이 행복해졌으니 이게 무슨 기적입니까. 마음 하나 바꾸고 행동 한 번 바꾸어 배운 대로 말을 바꾸면 되는 것을, 새삼 삶의 비결을 터득한 것 같았습니다."

　지혜의 시인이라 불리는 칼릴 지브란은 이들 부부를 위해 다음과 같은 표현을 했나 보다.

　"내가 만약 햇빛과 따사로운 온기를 받아들이려 한다면 천둥과 번개 역시 받아들일 수 있어야만 합니다."

　상대방에게 이해받기를 용서받기를 원한다면 어떠한 고통이 수반되더라도 먼저 상대방을 이해하고 용서해야 하지 않겠는가.

찜찜한 오천 원, 기분 좋은 오천 원

준형이는 중학교 2학년이다. 초등학교 때는 우등생이었고 반장, 부반장을 지내기도 했다. 그러나 중학교에 들어가서는 학급 석차가 두 자릿수에서 빠져 나오지를 못하고 있다.

준형이 어머니는 그것이 안타까워 갈등이 심하지만 요즘 준형이의 달라지는 듯한 분위기에 희망을 걸고 있다. 학기말 고사를 앞두고 준형이는 어머니에게 이렇게 제안해 왔다.

준형　엄마! 이번 시험 잘 보면 특별 보너스 주실래요?

어머니　그럼, 시험 잘 보면 특별 보너스 주고말고!

준형　정말이죠?

어머니　(얼마나 잘하려고 저러나, 정말 잘할 자신이나 있는지……) 그럼 그럼, 주고말고.

학기말 시험이 끝나고 성적표를 받아 오던 날 준형이는 싱글거리며 어머니께 다가왔다.

준형 엄마, 저랑 약속한 거 잊지 않으셨죠?
어머니 뭘?
준형 왜, 학기말 시험 잘 보면 특별 보너스 주신다는.
어머니 그래, 그랬지.
준형 (등 뒤에 감췄던 성적표를 의기양양하게 활짝 펴 보이며) 자, 엄마! 얼마 주실 거예요?

두근거리는 가슴으로 준형이가 내미는 성적표를 받아 본 어머니는 놀라지 않을 수 없었다. 학급 석차가 두 자릿수에서 한 자릿수로 껑충 뛰어오른 것이었다. 준형이 어머니는 뛸 듯한 기분을 가라앉히고 나자 아들과의 약속이 생각나 얼마를 줄까 고민되기 시작했다. '5천 원? 만 원? 아니야 습관이 되면 안 되지. 더군다나 돈을 많이 받으면 자기가 아주 잘한 줄 알고 해이해져 버릴지도 몰라. 이럴 때일수록 냉정해야 돼. 잘했다는 내색도 크게 하지 말아야 돼. 이 기회에 바짝 조여 성적을 더 올려야 돼.' 어머니는 준형이에게 잘했다는 내색을 하지 않으려고 애쓰며 이렇게 말했다.

어머니 그래, 잘한 것 같은데, 얼마 줄까? 천 원?
준형 (그 순간 환하던 얼굴이 찡그려진다.) 에잇, 엄마는 …….
어머니 (아차, 내가 너무했나?) 그럼 얼마, 2천 원?

준형   엄마는! 정말!

어머니   (그럼 3천 원이라 할까? 아냐, 얘가 많이 화나면 안 되지.) 그럼 얼마? 5천 원?

준형   (잠시 머뭇거리다가) …… 알았어요.

준형이 어머니는 한 달 용돈 7천 원인 아들에게 5천 원씩이나 주었는데도 찜찜하다. 그동안 배운 것들을 마음에 두지 않았다면 이때다 하고 '그러니까 봐라. 열심히 하니까 되지? 앞으로 단단히 정신 차리고 열심히 해야지.' 하고 말하면서 일장 훈계를 하고 돈을 주었을 텐데, 오늘은 그 부분을 깨끗이 생략하고 돈만 주었는데 잘한 일일까? 준형이는 왜 5천 원이나 받고도 기뻐하거나 고마워하지 않는지 준형이 어머니는 궁금하다. 무엇이 잘못된 것일까? 이런 경우 역할극을 하면서 궁금증을 풀고 효과적인 대화를 찾아낸다. 준형이 어머니는 준형이 입장이 되고, 다른 수강자는 준형이 어머니 역을 맡는다.

준형   (성적표를 자랑스럽게 내밀며) 엄마! 얼마 주실 거예요?

어머니   그래, 얼마 줄까?

준형   알아서 주세요.

어머니   알아서 얼마? 말을 해!

준형   그냥 알아서 달라니까요.

어머니   그래도 말해 봐, 얼마가 필요한지.

준형   그만두세요.

준형이 역을 맡은 어머니는 이 대화 후의 기분을 다음과 같이 말한다.

"왠지 치사한 것 같고 가슴도 답답해서 돈을 받고 싶지 않아요. 기분도 그렇고요."

또 다른 대화를 시도해 본다.

준형 (성적표를 자랑스럽게 내밀며) 엄마! 얼마 주실 거예요?

어머니 어디? 꽤 잘한 것 같은데. 너 한 달 용돈이 7천 원이니까 얼마 줄까? 5천 원 줄까, 만 원 줄까?

준형 알아서 주세요.

어머니 그래, 5천 원 주면 되겠니?

준형 …… 알았어요.

이 대화 후에도 준형이 역을 맡은 어머니는 과히 좋은 기분은 아니라고 말한다. "기분이 나쁜 건 아닌데 그렇다고 좋은 것도 아니네요. 은근히 약이 오르고 돈을 받으면서도 치사한 느낌이네요." 또 다른 대화를 시도해 본다.

준형 (성적표를 자랑스럽게 내밀며) 엄마! 얼마 주실 거예요?

어머니 와아! 세상에 ! 우리 아들, 정말

잘했구나. 대단한데. 이렇게 대단한 우리 아들 얼마 줄까? 백
만 원?

준형 예에? (활짝 웃는다.)

어머니 그럼 5십만 원?

준형 아뇨.

어머니 그럼 십만 원?

준형 아 — 아니오.

어머니 그럼 만 원? 5천 원?

준형 으 — 응. (기쁨 가득한 표정으로 생각하다) 5천 원만 주세요.

어머니 그래, 그럼 만 원이다.

준형 아뇨. 됐어요. 엄마 돈 없으신데, 5천 원이면 돼요.

어머니 (아들을 껴안으며) 우리 아들 정말 멋있구나! 그만큼 성적
올리기도 하늘의 별을 따는 것만큼 어려운 일인데 게다가 엄마
생각까지 이렇게 깊게 하다니 정말 고맙다.

준형 엄마!

이제서야 준형이 역을 맡은 어머니는 자신의 감정을 이렇게 털
어놓는다. "기분이 좋아요. 뿌듯하고요. 착한 아들이 되고 싶고요.
무엇이든 열심히 하고 싶다는 의욕이 생길 것 같네요."

같은 5천 원을 받지만 어떻게 받느냐에 따라 돈의 값어치가 달라
진다. 천 원씩 자존심 상하며 힘들게 얻어 낸 5천 원과 백만 원을
받을 수 있었지만 본인이 선택하여 5천 원만 받는 것은 다를 것이
다. 만일 전자의 5천 원을 받은 후 다음 시험에서 성적이 껑충 뛰었

다면 준형이의 느낌은 어떨까. '성적이 이렇게 올라 봐야 그래, 잘한 것 같은데 얼마 줄까. 천 원, 2천 원, 정도겠지.' 그러나 후자의 경우 다음 번 성적이 올랐을 경우 준형이는 지난 번 기뻐하시던 어머니의 표정을 떠올리며 '그래, 엄마가 오늘도 대단히 기뻐하시겠지. 백만 원을 주고 싶을 정도로. 그렇지만 어머니가 곤란하시니까 오늘은 돈 얘기는 하지 말자. 더 열심히 해서 장학금을 받고 엄마를 기쁘게 해 드려야지.' 하는 생각이 들지 않을까. 물론 예상대로 자녀의 대답이 나오지 않을 때도 많다. 그러나 실제로 대화해 보면 부모가 상상했던 것보다 훨씬 자녀들이 순수하고 이해심이 깊다는 것을 알게 된다.

칭찬을 들으면 자녀가 해이해질까 봐 칭찬에 인색한 부모들을 위대한 교육자 돈 보스꼬 성인은 깨우쳐 준다.

"칭찬은 정원사가 나무에게 하듯이 소년들을 '꽃피게' 해 주는 효과가 있습니다"라고.

질문을 통한 또 다른 수강자의 해결 사례를 소개한다.

영호와 영주는 초등학교 5학년과 3학년 남매다. 오랜만에 만난 삼촌에게서 영호는 만 원, 영주는 5천 원을 받았다. "고맙습니다." 인사를 한 영호가 자기 방으로 들어간다. 이를 본 영주도 자기 방으로 들어간다. 다른 날 같으면 '엄마, 돈 맡길게요' 라고 할 텐데 오늘은 그럴 기색이 안 보인다. 삼촌이 돌아간 후에 어머니가 말한다.

어머니 얘들아, 돈 맡겨야지.

영호 싫어요. 엄마, 이제부턴 제 돈은 제가 관리할 거예요.

영주 엄마, 저도요.

어머니 (아니! 벌써부터 이럴 수가. 그리고 그 돈이 어떻게 저희들 돈이라고, 다 엄마 아빠 보고 주는 거지. 그래도 기다려 보자.) 그래, 알았어.

영호 어머니는 한 발짝 물러섰다. 그날 오후 영호는 무엇을 샀는지 거스름돈을 책상 위에 놓았다, 5천 원짜리와 천 원짜리 석 장, 동전 몇 개. 돈을 잘 챙기라고 당부하고 싶었지만 간섭하는 것 같아 그냥 지켜보기로 했다. 늦은 저녁에 "내 돈이다, 아니다" 하며 남매의 다투는 소리가 들렸다. 나중에 알았는데, 영호가 5천 원짜리를 잃어버렸는데 책상 밑에서 영주가 찾아 주었다고 했다.

영호 어머니는 그 후에도 몇 번 영호의 돈 찾는 소리를 들었으나 모르는 척했다.

그날은 영호가 친구들을 집으로 데리고 와서 놀고 있었는데 거실 구석에 영호가 흘린 듯한 돈이 놓여 있었다. 영호 어머니는 얼른 주워서 감췄다. 돈을 똑똑히 간수하라고 당장 야단치고 싶었지만 친구들도 있어서 영호 어머니는 참았다. 잠시 후 영호가 친구들이랑 왁자지껄 거실로 몰려와서는 두리번거리며 어머니에게 말했다.

영호 엄마, 여기 5천 원짜리랑 천 원짜리 두 장 못 봤어요?

어머니 아니, 못 봤는데. 왜? 또 돈 잃어버렸구나!

영호 응. 조금 전에 여기 어디서 떨어뜨린 것 같은데 이상하다?

(얼른 밖으로 나갔다가 힘없이 들어오며) 어? 참 이상하다. 정말 이

상한데 …….

영호 어머니는 속으로 뇌까린다. '너 정신 차려. 이상하긴. 봐라, 네가 그렇지. 만 원도 간수하지 못하면서 뭐 이제부터 돈이 생기면 자기가 관리할 거라고? 에이그, 어림없다. 이번에 톡톡히 혼이 나야 해.' 다음날 영호는 또 어머니께 물었다.

영호 엄마, 아무리 찾아도 없어요. 엄마, 내 돈 못 봤어요?
어머니 못 봤다니까 왜 엄마가 거짓말하는 것 같아? 엄만 못 봤다니까.
영호 그런데 엄마, 이상해요. 왜 엄만 내가 돈을 잃어버렸다는데 걱정하지도 않아요?
어머니 응? 왜, 왜 엄마가 걱정을 안 해. 엄만 마음속으로 얼마나 걱정을 하는데.
영호 그래요? 그런데도 정말 이상해요. 야단치지도 않고.
어머니 이상하긴. 그러니까 잘 챙기라고 했지. 돈 관리하는 일이 얼마나 어려운 일인데. 그리고 뭐 야단 안 치느냐고? 왜 엄마는 맨날 야단만 치는 사람이냐? (하고 싶은 말이야 끝이 없지만 이만 줄이자.)

비록 배운 대로 잘 활용하진 못했지만, 그래도 배운 덕택에 길게 늘어놓고 싶은 잔소리를 빨리 끝낼 수는 있었다. 그날 이후 며칠이 지났는데 돈 찾는 일을 포기했는지 영호는 말이 없다. 영호 어머니는 왠지 죄책감이 들었다. 그 녀석은 엄마가 돈 숨긴 사실을 알고 있을까, 모를까? 이제라도 돈을 돌려 줄까? 그러나 쑥스럽고 어색하다.

영호 방 어딘가에 살짝 떨어뜨려 놓을까. 아니면 집안 어딘가에 떨어뜨리고 '영호야, 우리 잃어버린 네 돈 찾아 보자.' 하며 돈 있는 곳으로 아들을 오게 해서 '어머! 돈이 여기 있었네.' 라고 말해 볼까. 이런저런 생각을 해보았지만 적절한 해결책을 찾지 못했다. 영호 어머니는 이런 경우 어떻게 해결해야 할지 우리들이 토론할 주제로 내놓았다.

어머니 입장에서 아들이 솔직하고 정직하기를 원한다면, 먼저 어머니가 영호에게 솔직해야 할 것이다. 수강자들은 영호의 입장을 더 잘 이해하기 위해 역할극을 했다.

어머니 영호야, 너 잃어버린 돈 못 찾았지? 사실은 엄마가 가지고 있었는데 미안해. 그렇지만 네가 맨날 돈을 여기저기 흘리고 다니니까 말이야, 그날도 친구들도 있는데 잃어버리면 어떡할 뻔했어. 엄마가 돈을 숨긴 건 네가 버릇이 될까 봐 그런 거야. 다음부터는 돈을 잘 챙겨. 돈을 관리할 자신이 없으면 엄마에게 맡기든가. 자, 7천 원 여기 있다.

이와 같은 대화에서 대화에 방해되는 말투는 걸러 내야 한다. 여러 번의 역할극을 통해 효과적인 대화를 찾아 그대로 연습한다. 영호 어머니는 배운 대로 실행할 것을 약속하였다.

다음은 이를 실행에 옮긴 영호 어머니의 체험 보고다.

어머니 영호야, 엄마가 너랑 얘기하고 싶은데 괜찮아?

영호 응. 엄마, 무슨 얘긴데요?

어머니 이렇게 얘기하려니까 부끄럽고 창피한데. 사실은 엄마가 네게 거짓말을 했어. 네가 잃어버린 돈, 7천 원 여기 있어.

영호 어? 엄마! (영호는 순간 좋아하더니 곧 어리벙벙한 듯 묘한 표정이 된다.)

어머니 영호야, 미안해. 돈을 못 찾아서 많이 걱정했지.(영호는 말이 없다. 아니 못하는 것 같다.) 엄마는 그날 네 돈이 거실에 떨어져 있는 것을 보자 화가 나서 참을 수가 없었어. 저 돈을 잃어버리면 어쩌나, 친구들이 와 있는데 돈을 잃어버린다면 친구들을 의심하게 되고 복잡하고 난처해지겠구나. 그리고 왜 이 귀한 돈을 잘 간수하지 못할까 생각하며 야단치고 싶은 걸 참느라고 힘이 들었어. 언제 기회를 봐서 돌려줘야지 했는데 늦었구나. 미안해. 엄만 네게 거짓말쟁이가 됐는데. 정말 미안해.

영호 엄마, 저도 잘못했어요. 엄마가 조심하라고 했는데. 엄마 말을 안 들었으니까 죄송해요. 앞으로 돈이 생기면 맡길게요.

이때 영호는 제게 다가앉아 저를 달래려고 신경을 쓰더라고요. 저는 마음이 저렸지만 예상대로 되는구나 생각하니 신기하기도 했어요. 그런데 다음날 영호의 일기장을 보며 벌어진 입을 다물 수가 없었어요. 일기의 내용은 다음과 같았습니다.

오늘은 우리 엄마를 다시 찾은 날이다. 나는 며칠 동안 고민을 많이 했다. 우리 엄마가 도둑인가 아닌가 잘 몰랐기 때문이다. 엄마는 내 돈을 갖고 갔으면서도 절대로 안 가져갔다고 했다. 나는 5천 원짜리를 두 번이나 잃어버렸기 때문에 내 5천 원짜리 돈에 표시를 했다. 나만 알 수 있도록 오른쪽 끝에 색연필로 '수'라고 썼다. 그리고 엄마는 언제나 내가 돈을 5백 원만 잃어버렸다고 해도 나를 혼내는데 7천 원을 잃어버렸는데도 별로 화내지 않았기 때문에 이상하게 생각했다.

엄마 몰래 안방 침대 밑에 숨겨 놓은 엄마 가계부 사이에서 내 돈을 찾았다. 틀림없이 내가 빨간 색연필로 '수'라고 쓴 돈이 있었다. 그런데도 엄마는 아니라고 했다. 난 생각했다. 엄마는 도둑인가, 마귀할멈인가, 귀신인가. 밤에 잘 때 마귀할멈이 쫓아오는 꿈도 꾸었다. 엄마는 언제나 솔직했었는데, 난 뭐가 뭔지 잘 모르겠다. 무서웠다.

나는 잘 모르겠다. 왜 어른이 거짓말을 하는지, 어른이라 야단 맞지도 않을 텐데. 어쨌든 오늘부터 마음 놓고 잠잘 수가 있어서 좋다. 우리 엄마가 정직한 엄마, 나를 걱정하시고 사랑하시는 엄마라는 걸 알았기 때문이다.

이런 내용의 일기를 보며 전 아찔했어요. 제가 끝까지 거짓말을 했다면 어떻게 됐을까 하고요.

영호 어머니가 자신의 체험을 얘기하는 동안 얼이 빠진 듯 듣고 있던 수강자들을 보며 나는 다시 한 번 강조한다. "모든 인간 관계가 신뢰에서 비롯되듯이 부모 역할도 정직에서 시작되어야 합니다"라고.

시댁 식구, 어렵기만 한 것인가

김 선생은 오랫동안 응어리로 쌓였던 시아버님과의 관계 개선의 사례를 다음과 같이 발표했다.

우리는 다섯 식구다. 시아버님과 우리 아이들 남매 그리고 남편과 나. 우리는 별다른 일 없이 평온하고 단란하게 살아왔다. 그러나 언제부터인지 나는 문득문득 우리 집 안주인이 되고 싶을 때가 있다. 방학이 되어 아이들이 캠프라도 떠나고 나면 조용해진 집에서 청소를 마치고 여유롭게 커피도 마시고 싶고 안방이나 거실, 부엌 등 내 집 안 어디서나 다리를 쭉 뻗고 앉거나 눕고 싶기도 하다. 긴장된 직장생활에서 해방되어 평퍼짐하게 퍼져서 내가 하고 싶은 대로 뒹굴고도 싶다. 그러나 우리 집 구석구석은 시아버님의 그림자로 가득 채워져 있다. 우리 부부 방에도 수시로 들락거리신다. 때로는 혼자이고 싶어 문을 잠근다. 그러면 죄 짓는 것 같은 불편함이 나를 옥죈다.

시아버님은 직장생활 하는 나를 위해 세탁기도 돌려 주시고 집 안 청소며 이런저런 일들을 찾아 가며 곰살궂게 잘 도와주신다. 내가 결혼해서 지금까지, 늘 같은 시간에 일어나시고 같은 시간에 청소하시고 같은 시간에 같은 양의 식사를 그리고 같은 시간에 약을 챙겨 잡수신다. 늘 규칙적이고 깔끔하고 건강하시다. 여행을 권해 보지만 집에 계시는 것이 최고라며 여행 한 번 가신 적이 없으시다. 남들은 모두 나를 부러워한다. 물론 나도 동감이었다.

그런데 차츰 다람쥐 챗바퀴 도는 듯한 이 생활에 불만이 꿈틀대기 시작했다. 꽉 짜인 틀이 나를 무겁게 짓눌렀다. 때로는 이 답답함을 남편이나 시누이 또는 동서에게 털어놓고 싶었지만 그들은 나와는 너무나 먼 거리에 있는 것 같았고 (그들은 시아버님으로 인해 내가 행복하다고 했고 나도 그렇다고 인정해 왔으므로) 또 자존심이 허락하지 않았다. '참자, 묻어 두자. 나 하나 참으면 조용할걸.' 나는 자제했다.

그러다가 얼마 전 겨울방학 때, 아이들이 인천에 사는 작은아버지 댁에 2박 3일로 놀러 갈 계획을 세우고 있었다. 나는 '이때가 기회다' 하고 아버님께 말씀드렸다.

"아버님, 아이들과 바닷바람이나 쐬고 오시면 어떠실까요?"

"아이들이 가서 상수 어미(작은엄마)가 힘들 텐데 나까지 가서 어미 고생시키고 싶지 않다. 난 안 간다."

아버님은 한마디로 거절하셨다. 다음 말을 이을 엄두가 나지 않았다. 야속하다.

'아니? 난 뭐야. 함께 사는 나는 늘 고생시켜도 되고 어쩌다 한 번 있는 일인데 작은며느리 고생시키기는 미안하다고. 그 집 아이들이 방학 때마다 할아버지 뵈러 온다고 우리 집에서 며칠씩 머물다 가도 '애썼다, 피곤하지.' 내게 말 한마디 건네지 않으시면서. 내가 큰며느리라고 특별히 해 주신 게 있나. 난 도대체 뭐야, 뭐냐니깐.' 정말 내 신세가 한심스럽다. 처량하다. 깊게 쌓아 두었던 울분이 폭포처럼 쏟아진다. 교양이고 뭐고 보이는 게 없다. 며칠을 힘겹게 보냈다.

이번엔 할 수 없고 설날 집에 오는 동서를 불러 놓고 한바탕해야지. '동서, 난 정말 더 이상 못 참겠어. 동서도 시아버님 좀 모셔 봐. 왜 나만 모셔야 돼. 큰며느리라고 특별히 물려받은 거 없어. 왜 먼저 낳았다는 이유 하나만으로 형님만 부모님을 모셔야 해. 이제 돌아가며 모시기로 해. 나더러 자상하신 아버님이라 행복할 거라고 했지, 그 행복 우리 나눠 가져. 나는 결혼해서 오늘까지 단 하루도 해방된 날이 없었어. 동서도 오늘을 사는, 같은 사고를 지닌 신세댄데 이해하잖아. 그런데 어떻게 방학 때 한번 모셔갈 생각을 못해. 어떻게 그럴 수 있어……' 로 시작하면 동서가 시집올 때 해 온 예단에서부터 불만이 끝없이 쏟아진다. 전에는 수용할 수 있었던 섭섭한 작은 일들까지 되살아나 눈덩이처럼 한없이 불어난다.

나도 참 한심하고 유치한 사람이었다. 괜찮은 줄 알았더니 별수 없는 보통 여자였다. 얽혔던 감정들을 독백처럼 중얼거리며 감정의 홍수를 쏟아 놓고 나자 양심이 조금씩 드러나기 시작했다 '그렇지, 안 되지. 내가 싫은 일을 동서에게 쏟아 붓고 나면 그동안 쌓은 공

든 탑이 무너져 내리겠지. 그렇다, 배운 방법을 활용하자. 더 이상
불만을 모아 응어리로 만들지 말자. 동서에게 도움을 청하자. 내가
할 말을 생각해 보자.' 나는 그 생각들을 간추려 적어 보았다. 그리
고 적어 놓은 말들을 검토했다. 대화에 방해가 되는 말은 끼어 있지
않나, 동서와 아버님의 자존심이 상하지 않을까, 우리들의 관계가
깨어져 버리지 않을까. 내가 준비한 대로 말하면 두 분의 행동이 내
가 원하는 쪽으로 바뀌게 될까 등을 점검하여 문장을 다듬었다.

인내의 시간이 지나 설날이 되고 그날 저녁 기회가 왔다. 말하려
니 손끝이 떨리고 긴장되었지만 조심스럽게 말문을 열었다.

김 선생 동서에게 할 말이 있는데, …… 사실 이 말을 할까말까
많이 망설였어.

동서 형님! 저희가 뭐 많이 잘못한 일이라도 있나요?

김 선생 아니, 사실은 아버님에 대해서 얘기하고 싶은데, 나는
시집와서 지금까지 아버님과 떨어져서 산 적이 없어. 나도 때
로는 자유롭고 싶어. 답답해서 호흡곤란을 느낄 때도 있고 주
기적으로 편두통이 오기도 해. 앞으로 얼마나 더 심할지 모르
지만.

생각했던 말들을 단숨에 쏟아 놓자 동서는 얼른 내 맘을 헤아려
주었다.

동서 그러면 저희가 어떻게 하면 되나요, 형님?

김 선생 으응, 그렇다고 따로 살고 싶다는 뜻은 아니야. 방학 같은 때 자유롭고 싶어서 말이야. 나도 아주 평범한 사람인가 봐. 가끔은 친정식구들에게 식사 대접도 하고 싶고, 친구들을 불러 마음 푹 놓고 떠들고 싶기도 해. 그런데 아버님께서 계시니까 친정식구와 친구들이 우리 집은 어렵다고 오려고 하지 않아. 그래서 이번 봄방학에 그런 기회를 갖고 싶어서 의논하는 거야.

동서 전 형님이 아버님을 훌륭히 모시니까 어려움이 없는 줄 알았어요. 그리고 저는 형님처럼 잘 모실 수 없을 것 같아서 말을 못 했어요. 친구들을 통해서 아무리 시부모님이 좋아도 모시기가 어렵다고 들었는데. 형님, 이번 봄방학 동안 아버님을 저희 집에 모실게요. 그런데 제가 뭐라고 말씀드리고 모셔 갈까요?

김 선생 고마워, 동서. 동서가 그렇게 이해하고 도와준다니까 정말 고마워. 그런데 나는 아버님과의 좋은 관계를 계속 유지하고 싶어. 혹시 아버님께서 내 마음을 그대로 아시면 섭섭해 하시지 않을까 그게 걱정이야.

동서 알았어요. 제가 상수 아빠랑 의논하고 알아서 할게요.

김 선생 이해해 줘서 정말 고마워.

그 일로 동서와 나는 더욱 친해졌고 그날 밤은 친자매처럼 많은 얘기를 허물없이 나누었다. 나 혼자 원망하면서 끙끙 앓을 것이 아니라 나를 효과적으로 표현하는 것이 좋다는 것을 몸으로 느낄 수 있었다.

다음 날 설 세배를 마친 후, 동서가 우리 아이들에게 봄방학에 놀러 오라고 하면서 아버님께도 다음과 같이 지혜롭게 말했다.

"아버님! 윤식이와 윤정이가 저희 집에 왔을 때 아버님을 서로 저희 할아버지라고 우겼어요. 윤식이와 윤정이는 할아버지가 자기네들이랑 한집에 사시니까 자기네 할아버지라고 싸웠어요. 저희 애들은 아무 말도 못했어요. 아버님께서 이번 방학 때 저희 집에서 지내시면 우리 애들도 같은 자기네 할아버지라고 할 수 있게 될 것 같은데요."

"알았다. 봄방학엔 아이들이랑 같이 가마."

확실히 효과적이었다. 동서가 기분 상하지 않고 나와의 좋은 관계를 유지하면서 내가 원하는 방향으로 행동할 수 있었던 것은 배운 대로 실천해 보고자 한 나의 노력의 대가였다. 나는 오래 묵은 체증이 씻긴 듯 참으로 오랜만에 상쾌한 기분을 맛볼 수 있었다.

우리는 어떤 일로 상대방에게 화가 났을 때 '나 한 사람 참으면 되는 것을 ……' 하고 그냥 넘어갈 때가 있다. 그 순간은 순탄하게 잘 넘어가는 것 같지만 응어리로 남아 화가 났던 상대방과의 불편한 관계가 지속된다. 그러므로 김 선생처럼 직접 부딪쳐서 서로의 관계를 개선하도록 노력해야 한다.

그리고 또 생각해야 할 일이 있다. 앞의 상황에서 김 선생 동서의 '말'에는 그의 생각이 들어 있다. 평소 시아버님을 잘 모시는 형님에 대한 고마움, 미안함, 존경스러움 등의 감정이 있었기 때문에 쉽게 형님의 마음을 헤아리는 말을 할 수 있었다. 그러나 그렇게 좋은 감정이 있었다 하더라도 김 선생이 "동서, 동서는 왜 아버님 한번 모실 생각을 안 해. 왜 물려받은 것 없이 아버님은 나만 모셔야 해. 동서가 방학 때만이라도 한번쯤 모시겠다고 하면 안 돼!" 했다면 뭐라고 대답했을까. 설사 "알았어요, 방학 동안 제가 모실게요" 했다 하더라도 마음이 편안했을까. 그리고 그 집에 가신 시아버님을 대하는 동서의 태도는 어떠했을까. 결국 대화의 열쇠를 쥐고 있는 김 선생의 대화방법에 따라 여러 사람에게 각각 다른 영향을 끼

치게 되는 것이다. 그러나 모든 것을 좌우하는 것은 그 사람의 평소 생각에 달려 있다. 그러므로 우리가 평생 해야 할 과제는 생각을 정리하고 다듬는 일인지도 모른다.

　다음은 시댁과의 위험스런 관계에서 슬기롭게 대처하여 극복한 경철이 어머니의 사례다.

　나는 결혼해서 거의 8년을 막내 시동생과 함께 살았다. 같이 살 때는 친동생 못지않게 사이가 좋았다. 시동생은 가난해서 쪼들리는 살림에서도 잘 견뎠고 작은 일에도 고마워했다. 체격이 우람한 시

동생은 고등학교 다닐 때 여러 번 말썽을 부려 그때마다 쫓아다니며 수습을 했다. 시동생은 체육대학을 졸업한 후 지금은 직장에 다니면서 시어머님과 함께 살고 있다. 하지만 그 후 가끔 집안일로 식구들이 모이면 시동생은 불만이 많은 듯 도전적이었다. 그럴 때마다 묘한 배신감을 느꼈지만 언젠가 나를 이해할 때가 오겠지 하면서 수용하려 노력하고 있었다.

　얼마 전 집안일로 전화 통화 중이었는데 나와 의견이 맞지 않자 갑자기 "그 따위로 하면 당장 내려가 집에 불을 지르고 형 식구들

모조리 죽여 버릴 거야" 하는 것이었다. 나도 반사적으로 소리 질렀다. "미쳤니? 오기만 해 봐라. 나도 널 죽일 거야." 그리고 수화기를 내려놓았다. 계속 벨이 울렸지만 전화를 받지 않았다. 그날 밤을 뜬눈으로 새웠다. 우람한 체격의 시동생에 비해 약하디약한 남편은 시동생과 대결이 되지 않는다. 남편에게도 말하지 않았다. 나혼자 악몽에 시달렸다. 당장이라도 나오라고 소리 지르며 집에 불을 지른다고 흉기를 들고 달려들 것 같았다. 잠을 설치며 공포의 날들을 보낸 며칠 뒤가 추석이었다.

나는 나를 공포 속으로 몰아넣은 시동생과 그 발단의 원인이 되는 시어머님이 계신 시댁에 가야 할지 말아야 할지 판단 내리기가 쉽지 않았다. 내가 시댁엘 가면 싸움으로 명절을 망치게 될 것이 뻔하기 때문이다.

'아니, 어떻게 그럴 수가 있어요? 뭐, 우리 집에 불을 지르고 모조리 죽여 버린다고요? 마음대로 하세요. 죽이든 살리든. 은혜를 원수로 갚겠다니 이해할 수가 없어요. 왜요, 뭐가 그렇게 잘못됐어요. 학교에서 말썽 부려 정학이다, 퇴학이다 할 때 쫓아다니며 사정하고 학교 졸업하도록 도와준 죄예요? 없는 돈으로 바둥대며 대학 공부시킨 게 원수입니까? 도대체 우리 식구 모조리 죽일 만큼, 우리 집에 불을 지를 만큼 잘못한 게 뭐가 있나요?'

'대단하시네요. 형님이면 동생 돌봐 주는 건 당연하죠. 그래서 동생 돌봐 줬다고 어머님 편찮으신데도 전화로 병원 가라, 약 사 먹어라, 입으로만 생색 내는 그게 형수님이 할 일이에요?'

'아니, 병원 가는 일 누군 못해요? 그게 장남만 할 일이에요? 그래서 한 집에 사는 아들은 안 되고 전화만 하면 장남이기 때문에 경기도에서 서울로 집안일이고 아이들이고 다 내팽개치고 무조건 달려오라고요? 장남과 큰며느리만 손발이 달렸어요?'

결국 이런 식으로 시작하면 말싸움에서 몸싸움으로 명절이 엉망이 될 게 뻔했다. 그런데 다음 순간 생각해 보았다.

'어떻게 하면 싸움 없이 잘 해결될 수 있을까? 그렇다. 삼촌이 화가 난 것은 삼촌의 마음에 뭔가 풀리지 않은 응어리가 있기 때문이겠지. 삼촌이 화나서 말할 때 내가 먼저 삼촌의 마음을 헤아려 주어 감정의 홍수상태에서 빠져 나오게 한 후 나를 표현해야 하는 건데. 자, 이제라도 실천해 보자.'

나는 대화할 내용을 생각하며 추석 전날 남편보다 먼저 시댁에 가려고 전철을 탔다. 서울이 가까워 올수록 불안했다. 과연 이론대로 실제 상황에 적용할 수 있을 것인가. 오늘 나 한 사람이 화근 덩어리가 될지 평화의 사신이 될지 판가름이 난다. 대문이 보이자 가슴이 두근거리고 떨리기 시작했다. 현관을 막 들어서는데 삼촌이 딱 버티고 서 있었다. 당황했지만 여러 번 연습한 문장이 얼떨결에 곧 튀어나왔다.

경철이 어머니 삼촌! 그날은 굉장히 화가 많이 났었죠.

삼촌 예.(바람이 푹 빠지는 소리가 들리는 것 같았다.) 형수님도 화가 많이 나셨죠.

경철이 어머니 그래요. 그날부터 어제까지 잠도 못 자고 괴로웠어요. 오늘도 올까말까 많이 망설였어요. 그런데 삼촌이 그날 그런 말을 했지만 좋은 분이라는 걸 알기 때문에 오늘 올 용기가 났어요.

삼촌 죄송해요. 제 말이 지나쳤어요. 이렇게 와 주셔서 고맙습니다.

경철이 어머니 저도 삼촌 말을 들으니까 안심이 되고 역시 잘 왔다는 생각이 들어요. 삼촌 고마워요.

삼촌 그런데 형수님, 뭔가 많이 달라지신 것 같은데요.

경철이 어머니 그래요? 요즘 뭐 좀 교육받는 게 있어요.

삼촌 역시 그렇군요. 잘은 모르지만 형수님이 뭔가 배우신다니까 참 좋습니다.

우리가 그처럼 화기애애한 분위기의 명절을 보낸 건 처음인 듯싶다. 내가 아직 아이들과는 자상하게 배운 내용을 활용하지 못했지만 그날 그렇게 어마어마한 사건이 이렇듯 간단하고 쉽게 해결되다니 기적 같은 일이었다.

집에 오는데 시어머님께서 큰길까지 따라 나오시면서 "어미야, 고맙다. 네가 모든 일을 너그럽게 봐 주어서. 저 녀석이 새벽부터 너 오길 기다리며 씩씩거리더니 네가 조용조용히 얘기해 주어서 모든 일이 다 잘되었구나. 난 아까 '오! 주님, 감사합니다' 하고 기도했단다" 하셨다. 나는 속으로 '제가 너그러운 게 아니라 어머님께서 기도하신 덕택이고 아범이 배우게 해 준 덕택이에요'라고 말하며 저 자신이 대견스러웠고 역시 사람은 끊임없이 배워야 한다는 생각이 들었다.

나는 경철이 어머니의 얘기를 들으면서 어디선가 들은 말이 생각
난다. '사람들은 기대감에서 약속을 하고 공포감에서 약속을 지킨
다.' 어쩌면 우리의 배움도 그런 것이 아닐까. 배워서 열심히 노력하
면 잘할 수 있으리라는 기대감에서 배우기 시작하지만 실행의 단계
에서는 어색하고 두렵고 잘 될지 안 될지 실패에 대한 공포감으로
두근거린다. 그러므로 경철이 어머니처럼 인내와 용기로 배운 것을
실천하는 수강자를 만날 때 그들이 가족들에게 희망이듯이 나에게
도 보람이고 기쁨이다. 그들에게 감사와 찬사의 박수를 보낸다.

용서는 사랑의 절정입니다

저희 집에는 대학생인 아들이 둘 있습니다. 딱 꼬집어서 뭐라고 말할 수는 없지만 저는 아이들에게 불만이 많습니다. 저렇게 해서 어른이 되면 직장에 잘 적응할까, 남편 노릇 제대로 할 수 있을까 걱정이 됩니다. 글쎄요, 행동을 구체적으로 들추어 내기가 어렵습니다만 …… 예를 들면 어른 앞에서 고개를 숙일 줄 모르지요.

제가 얘기하면 공손하게 '네, 알았습니다, 아버지. 그렇게 하겠습니다.' 한다든가 '아버지 말씀 잘 생각해 보겠습니다' 하는 말은 들어 본 적이 없습니다. '제가 알아서 할게요. 그러니까 신경 쓰지 마세요' 하는 말투지요. 그런 말을 들으면 기분이 상합니다. 그러면 저는 '야! 너 말버릇이 그게 뭐야. 내가 네 친구야, 동생이야? 이래라 저래라 하게!' 하고 추궁하지요. 그러나 그렇게 얘기해도 조금도 나아지는 게 없고 오히려 애들이 나를 슬슬 피해 사이만 점점 멀어집니다.

전에는 아이들이 버릇없이 굴면 저도 맞서서 소리 지르고 힘으로 눌렀습니다. 그런데 요즘 와서는 생각이 달라졌습니다. 아이들에게 무시당하는 것 같고 아버지 노릇 제대로 못한 것 같고 죄책감이 듭니다. 나는 부모님께 그렇게 대하지 않았는데 뭐가 잘못되어서 그런지 아니면 세대가 바뀌어서 그런지 도대체 답답할 때가 많습니다.

그날은 회사에서 특별한 모임이 있었습니다. 그곳은 주차장 시설이 미흡해서 대중교통 수단을 이용해야 했습니다. 저는 운전을 잘하는 큰아들에게 부탁했습니다. 아들은 나를 태워다 주고 모임이 끝나는 밤 10시에 다시 오겠다고 약속을 했습니다. 그런데 모임이 10시 40분쯤 끝났습니다. 저는 아들이 기다릴 것을 생각하며 초조했습니다만 중간에 일어설 형편이 아니었습니다. 모임을 마치고 우르르 동료들과 나오는데 저만큼 아들의 모습이 보였습니다. 녀석은 나와 눈이 마주치자 급히 사람들을 헤치고 제 앞으로 달려와서는 버럭 소리를 지르는 것이었습니다.

"아버지! 지금이 10시예요, 10시, 도대체 약속을 어떻게 하신 거예요?"

순간 저는 아찔했습니다. '갑자기 이 녀석이 미쳤나.' 그 말만 입 안에서 맴돌 뿐 정신이 아득했습니다. 그 순간 '차라리 내가 공중 분해돼 버렸으면' 하는 기분이었습니다. 참으로 무슨 말을 어떻게 해야 할지 막막했습니다.

여기서 잠깐 동안 생각해 본다. 이 글을 읽고 있는 당신이 그 아버지의 입장이라면 무슨 말로, 어떤 행동으로 이 상황을 해결하겠는가. 어떤 모임의 강의 도중에 60여 명의 40대 아버지들에게 이와 같은 질문을 한 적이 있다. "그런 녀석은 반쯤 죽여 놔야지, 그냥 두나요." "반만 죽여요? 다 죽여야죠." 그들 중 몇몇이 농담처럼 말했지만 그 안에는 떨쳐 버릴 수 없는 권위적이고 감정적인 아버지들의 사고가 담겨 있었다. 그렇다면 그 버릇없는 아들을 반 죽이고 나면 다음엔 아버지가 원하는 대로 아들의 행동이 변화될 수 있을까.

그 아버지는 다음과 같이 말을 이었다.

제가 배운 것을 생각하지 않았다면 급하고 과격한 제 성격으로는 아들을 그냥 두지 않았을 겁니다. '이 자식이, 어디서? 너 이리 와.' 아들의 멱살을 거머쥐고 한쪽 구석이나 화장실 쪽으로 끌고 가서 '이 ××가 미쳤어, 미쳤지?' 하며 주먹을 휘두르고 발길질을 해댔을 겁니다. 그야말로 죽지 않을 정도로 제 분이 풀릴 때까지 두들겨 팼을 겁니다.

그런데 묘하게도 공부했던 내용들이 머릿속에 퍼뜩 스쳤습니다. '그렇지, 지금 이 아이가 감정의 홍수를 이루었지. 그래, 40분씩이나 기다리면서 초조한 감정이 자신을 통제할 수 없을 만큼 가득 찼겠지.' 생각이 여기에 미치자 저는 얼른 말했습니다.

"오래 기다리게 해서 미안하다. 화 많이 났지."

"친구랑 약속도 놓쳤잖아요. 길에서 만나기로 했는데!"

그래도 아들은 분이 풀리지 않는지 더욱 거칠게 말했습니다.

"그랬구나. 친구와의 약속까지 어기게 하다니. 정말 미안하다."

이 말을 듣자 꼿꼿하게 쳐들고 있던 아들은 고개를 푹 숙이면서 한쪽 벽 옆으로 붙어서 슬금슬금 앞서 나가는 것이었습니다. 터질 것 같이 부풀었던 고무풍선에 구멍 하나만 뚫으면 쪼그라드는 것처럼 아들은 바로 그런 모습이었습니다. 갑자기 호기심에 찬 구경거리에 넋이 나갔던 동료들이 내 어깨를 툭툭 쳤습니다.

동료들이 어깨를 친 의미는 무엇이었을까. 어깨를 친 동료들의 행동에서 느껴지는 몇 가지 의미를 생각해 본다.

첫 번째 의미

'당신, 사람들 앞에서는 참았지만 집에 가서 혼내 주라고. 그런 걸 그냥 두면 큰일 나. 요즘 애들 부모가 무르고 약해서 다 버리는 거라고. 집에 가면 잊지 말고 따끔하게 혼내 주고 다시는 그러지 않도록 다짐 받아야 해!'

두 번째 의미

'요즘 애들 다 그래, 당신 아들만 이런 게 아냐. 다 피장파장이야. 당신 창피해 하지 않아도 돼!'

세 번째 의미

'집에 가면 아들 반 죽이지 말고 그냥 봐 줘. 이왕 넘어간 일 그냥 봐 주라고. 잊어버려. 반 죽여 봐야 뭐 달라지는 게 없더라고!'

'야! 당신 대단하네. 어떻게 그렇게 인내롭게 대처하지. 당신 정말 존경스러워.'

등과 같이 자녀 문제로 갈등을 겪는 아버지들의 고민이 실려 있지 않았을까. 여기서 또 생각해 본다. 이제 아버지는 아들에게 어떻게 해야 할까. 아들의 잘못을 너그럽게 이해하고 용서해 주지만 함부로 할 수 없는 엄격한 분임을 깨닫게 하려면 어떻게 말해야 할까.

'오늘은 내가 약속을 못 지켰지만 그렇더라도 여러 사람 앞에서 그렇게 아버지 망신을 시켜? 요즘 대학생들 학교에서 그렇게 배웠냐. 그렇다면 대학 다닐 필요 있냐. 한 번만 더 그런 행동 해 봐라. 등록금이고 자동차 키고 아무것도 줄 수 없어. 명심해서 들어 둬!'

'오늘은 내가 참았지만 앞으로 두 번 다시 그런 행동하지 마라. 사람은 화나는 일이 있어도 참을 줄 알아야지. 너 그런 성격으로 사회생활 하려면 ……'

'오늘은 약속을 못 지켜서 미안하다. 다음부턴 그런 일 없을 거야. 다음에 혹시 그런 일이 있으면 한 10분 기다려 보고 내가 나타나지 않으면 네 볼일 봐. 내가 알아서 택시를 타든가 동료 차 얻어 타든가 알아서 할 테니까.'

위와 같은 대화 중 어느 것을 선택할 것인가. 아니면 다른 어떤 대화를 할 것인가. 아버지는 다시 말을 이었다.

어떤 의미로 동료들이 내 어깨를 쳤는지는 모르지만 어쨌든 무언의 격려가 고마웠습니다.
저는 운전하는 아들의 옆좌석에 앉았습니다.

아버지 친구랑 약속을 못 지켜서 어쩌지?
아들 괜찮아요. 내일이라도 만나서 사과하면 돼요.
아버지 나로 인해 신경 쓰게 해서 미안하다. 그런데 아까는 무척 당황했다. 동료들 앞에서, '제가 자식에게 이 정도의 대접을 받습니다. 제가 자식을 이렇게 키웠습니다' 하고 공개하는 것 같아서 쥐구멍이라도 있으면 들어가고 싶었단다.

여기까지 말하고 더 하고 싶은 말을 꾹 참았습니다.
아들은 잠시 뒤에 차분히 말했습니다.

아들 잘못했습니다, 아버지. 다음부턴 조심하겠습니다.

아들의 이 말은 그동안 쌓였던 녀석에 대한 감정들을 깨끗이 씻어 주었습니다. 자신의 잘못을 순순히 인정하는 아들에게서 저는 신선한 충격을 받았습니다. 아들이 금방 신사가 된 것 같았습니다. 그런 경우 제 아들은 기껏해야 '알았어요.' 정도였으니까요. 하긴 제 말도 '이래라저래라, 이렇게 해야 된다, 저렇게 하면 안 된다' 하고 훈계나 설득, 충고였으니까 그런 대답밖에 할 수 없었겠죠.

저도 편안한 기분으로 말했습니다.

_{아버지} 그래, 네 말을 들으니까 내 맘을 이해받은 것 같아 후련하구나. 고맙다.

그리고 현관으로 들어가면서 아들의 어깨를 힘껏 끌어안았습니다. 아들에 대한 애정이 진하게 느껴졌습니다. 그런 일이 있은 후 아들이 변했어요. 그 꼿꼿하던 아들의 목에서 힘이 빠졌습니다. 제가 말할 때면 '네, 아버지. 네, 알았습니다. 네, 그렇게 하지요. 네, 그러시네요. 그런데 이것은 이렇게 하면 어떨까요?' 하는 말투로 바뀌었습니다. 큰아들이 변하니까 작은아들도 보고 배우더군요.

저는 버릇없는 아들의 행동이 아이들이 잘못되어 그러려니 했는데 그게 아니더군요. 아이들을 달라지게 하려면 내가 먼저 달라져야 한다는 것을 깨달았습니다. 요즘 저는 새로운 힘이 솟고 살맛도 납니다. 건장한 아들들에게 대접받으니까 자신감이 생깁니다. 좀더 일찍 깨달았더라면 아주 근사한 아버지가 될 수 있었을 텐데 아쉽습니다. 그러나 지금이라도 알았으니 저는 정말 운이 좋은 사람입니다.

우리는 살아가면서 용서하라는 말을 수없이 하기도 하고 듣기도 한다. 그러나 실제로 '어떻게' 용서해야 하는지 구체적인 방법을 접할 기회가 드물다. 그 대학생의 아버지는 실제 상황에서 아들에게 용서하는 방법을 가르칠 가장 좋은 기회를 놓치지 않았다. 또한 기회를 얻게 된 자녀가 얼마나 쉽고 빠르게 배우고 변화되는가도 알게 되었다.

현대의 심리학자들은 용서할 줄 아는 능력과 용서를 받아들일 줄 아는 능력은 균형이 잘 잡힌 인격의 표시라고 말한다. 파스칼 또한 '사랑의 첫 효과는 존경심'이라고 일깨워 준다.

그렇게 중요한 용서는 가정에서만 이루어지는 것은 아니다. 또다른 사례를 어느 신자가 자랑한 신부님의 얘기를 통해 소개하고 싶다.

"저는 지난 주일, 미사 참례를 하면서 신부님께 큰 감명을 받았습니다. 배운 것을 아주 적절하게 사용하며 용서하시는 모습을 자랑하고 싶습니다. 별로 말이 없는 제 남편도 성당 문을 나오면서 '야! 신부님 멋있으시다. 정말 멋지셔!'를 연발하더라고요. 저도 그날 신부님을 업어 드리고 싶었습니다. 최고의 찬사를 보내고 싶었어요."

수강자에게서 들었지만 신부님께 당시의 상황을 설명해 주십사고 부탁드렸더니, 그때의 일을 다음과 같이 들려 주셨다.

10시 30분 교중미사였습니다. 주임신부님께서는 휴가 중이셨고 장년 성가대가 쉬고 반주자도 바뀌었습니다. 나는 반주자가 처음 반주하는 사람인지 아닌지 제대에서 멀리 떨어져 있었기 때문에 잘 볼 수 없었지요. 반주자는 미사가 시작되면서부터 틀리기 시작하더니 미사가 끝날 때까지 그야말로 엉망이었습니다. 그러니까 오르간을 잘못 치는 정도가 아니라, 반주가 나와야 할 때는 안 나오고 안 나와야 할 때는 큰 소리로 쾅 하고 튀어나왔습니다.

저는 미사가 끝날 때까지 마음이 흩어지고 불안한 상태에서 벗어날 수가 없었습니다. 짜증이 났어요. 제가 이 정도니 신자들은 어떨까 싶었습니다. 그러다가 영성체가 끝나고 공지사항을 얘기할 시간이 되자 갈등이 생겼습니다. 제가 배운 방법을 활용해서 신자들의 짜증스런 마음을 풀어 주어야 할지 말아야 할지 고민하면서 말이죠. '그냥 이대로 모르는 체 넘어가도 내가 욕먹을 일은 없다. 신자들이 불평을 한다면 반주자에게 할 것이지 내게 할 것은 아니다.' 더욱이 저 자신이 미사 중에 반주자에 대한 불만이 가득 차서 반주자를 도와주고 싶은 생각이 들지 않았습니다.

그런데 순간 "문제 있을 때가 가장 좋은 기회입니다. 나 자신이 성장할 수 있고 상대방을 성장시킬 수 있는 좋은 기회입니다" 하신 선생님의 말씀이 생각났습니다. 그렇게 생각하니 지금 반주자는 얼마나 불안해 하고 있을까, 또 신자들도 미사드리는 데 집중할 수 없어서 얼마나 짜증이 났을까 하는 생각이 들었습니다. 그러니 양쪽을 다 풀어 줄 수 있는 사람은 저밖에 없었습니다. 결국 미사 반주자의 실수도 내 책임이 아닌가. 저는 무슨 말인가 해야 했습니다. 그래서 할 말을 정리해 보았습니다.

"여러분, 오늘 미사 중에 반주로 인해서 신경이 많이 쓰이셨죠. 사실은 저도 힘이 들었습니다. 그런데 누구보다도 반주자가 가장 힘들고 떨렸을 것이라 생각됩니다. 미사가 끝난 뒤 신부님이나 수

녀님을 어떻게 대할까, 또 신자들의 항의 전화가 성당으로 많이 걸려 오면 어떡할까, 이런 생각을 하면 몹시 불안하리라고 여겨집니다. 오늘 미사 중에 짜증이 많이 나셨겠지만 오늘의 반주자를 위해 여러분이 격려의 박수를 보내 주신다면 반주자가 용기를 얻고 더욱 열심히 하리라 생각됩니다. 여러분은 어떻습니까."

신자들이 신나게 박수를 쳤습니다. 퇴장 성가가 우렁차게 들리고 그 성가에 가득 실린 흥분이 제 가슴에도 뿌듯하게 전해져 왔습니다. 그 순간 제 안에 쌓였던 반주자에 대한 원망이 사라지고 오히려 신자들의 마음을 하나로 모아 준 그 반주자가 고맙게 느껴지기까지 했습니다.

나는 그 신부님에 대한 얘기를 신자들에게서 가끔 듣게 된다.

"그때 고백소에서 신부님께 그렇게 너그러이 용서받지 못했다면 '하느님도 역시 답답하긴 내가 미워하는 시아버지 못지않아.' 하고 냉담하게 되었을 거예요. 그런데 신부님께선 시아버님을 미워하는 저를 용서해 주셔서 저를 하느님 자녀로 더 높이 끌어올려 주셨습니다. 시아버님을 미워하던 마음을 사랑하는 마음으로 바뀌게 해 주셨어요. 고백성사가 치유의 성사라는 참뜻을 깨닫게 해 주셨습니다."

성당에 가면 편안해지는 것은 나의 어떠한 잘못이라도 너그럽게 용서받을 수 있는 곳이기 때문이 아닐까?

돈 보스꼬 성인은 말한다.

"용서는 사랑의 절정입니다. 다만 사랑이 하나의 선물이라면 용서는 그 두 배의 선물이며 또한 구속(救贖)하는 은총입니다." 그리고

"용서는 절대로 화해될 수 없는 것 같은 것을 화해시킬 수 있는, 그 무엇인가 신적이며 기적적인 것입니다."

나는 어떤 부모이며 또 어떤 이웃인지 오늘도 곰곰이 생각하게 된다.

사소한 말 한마디의 위력

사랑해 사랑해 당신을 사랑해
이 생명 이 마음을 다 바치고 당신을 사랑해
그대 없이는 못 살아 나 혼자서는 못 살아
헤어져서는 못 살아 떠나가면 못 살아

　가수 패티 김이 부른 이 노래의 노랫말처럼 헤어져서는 못 살고 그대 없이는 못 살아서 잘살자고 약속하여 함께 사는 '남과 여'를 부부라고 하였던가. 자신이 가진 모든 것을 다 주고도 모자라 이 생명 이 마음을 다 바치는 사이라 했던가. 이해하고 용서하고 사랑하리라던 부부가 사소한 말 한마디로 그 굳은 약속이 흔들릴 때가 적지 않다. 어느 때는 그대의 한마디 말로 20~30년 함께 살아온 정분이 허망하게 느껴지기도 하고, 또 어느 때는 그대의 따스한 한마디로 삶이 빛나 보이기도 한다.

글쎄, 모처럼 남편과 마주 앉아 차를 마시고 있었어요. 금년에 대학에 들어간 딸이 엄마 아빠 결혼기념일이라며 선물로 사 온 찻잔으로요. 남편이 유심히 절 쳐다보더라고요. 은근한 남편의 눈빛이 옛날을 회상하는 것 같았어요. 저는 괜히 부끄럽고 민망해서 "왜 그렇게 봐요, 당신." 했더니 "으응, 당신 이제 보니 아주 폭삭 늙어 버렸어." 하는 거예요. 참 기가 막혀서, 황당하더라고요. 그야말로 모든 것이 폭삭 무너져 내리는 것 같았어요. 그러면서 묘한 심술이 생기더라고요.

　아내 그래요, 폭삭 늙었어요. 늙어 할망구가 됐다고요. 왜요, 왜? 처음 결혼할 때도 이렇게 늙었습디까. 누구 땜에, 누구 땜에 이렇게 폭삭 늙었는데요. 젊은 애들하고만 놀다가 어쩌다 마주 보니 밥맛없다 이거죠? 그렇게 말하는 당신은? 당신은 아직 청춘인 줄 알아요? 당신도 아주 할방구가 됐다고요, 할방구. 당신 주제 파악이나 해요. 남 타령 말고!
　남편 아니, 이 사람이 내가 언제 젊은 애들하고 놀아, 놀긴. 못하는 말이 없어. 그리고 할방구는 뭐야 할방구는?
　아내 내가 폭삭 늙어 할망구면 당신은 할방구지, 뭐긴 뭐예요?
　남편 내 참 이 사람, 무슨 말을 못하겠네. 엊그제 응아, 응아 하던 애들이 그래도 다 컸다고 엄마 아빠 결혼기념일을 기억하길래 감개무량해서, 그래서 젊었을 때 당신이랑 마주 앉아 차 마시던 생각하며 그동안 고생한 당신이 안쓰러워 한마디 했더니 말을 못하겠네, 말을. 그러게 아예 입 다물고 살아야 탈이 없지.

남편 말을 들으며 미안하기도 하고 허전하기도 하고 어쩔 줄 모르겠더군요. '폭삭 늙었다'라는 말이 제 자존심을 있는 대로 긁어 놓았나 봐요. 요즘 들어 다 큰 아이들은 저 혼자 잘나서 큰 줄 알고, 어쩌다 얼굴 쳐다보면 그동안 알뜰살림하느라 주름만 늘었고 이제 와서 얼굴에 꽤 신경을 쓰는데도 별 효과가 없더라고요. 그러잖아도 맥이 빠지는데 남편의 그 말이 도화선이 되었나 봐요. 그 일로 요즘 남편이랑 서먹서먹해요.

웃으며 재미있게 듣고 있던 수강자들도 발표가 끝나자 함께 숙연해진다. 어쩌면 앞으로 닥칠지도 모르는 자신의 모습이기 때문일까. 부부 사이를 무촌으로 정해 놓은 조상들의 깊은 뜻이 새삼 놀랍다. 가장 가까우면서도 돌아서면 남이 되는 사이. 어쩌면 너무 가까운 사이이기에 잘 허물어지는 게 아닌지. 이러한 태도를 경계하느라 삼강오륜에서도 부부간에 엄격히 지켜야 할 도리를 강조하지 않았는가.
앞에서의 대화를 다음과 같이 바꾸어 보면 어떻겠는가?

남편 자세히 보니 당신 아주 폭삭 늙어 버렸네.
아내 그래요? 당신 오랜만에 많이 변한 저를 보고 실망하셨군요.
남편 실망이 아니라 생생하던 당신이 뭐랄까, 세월이 사람을 많이 변화시키는구나, 또 내가 고생을 많이 시켰구나, 뭐 그런

거 말이야.

아내 그런 뜻이라면 이해가 되네요. 그런데 '폭삭 늙었다' 는 말을 듣는 순간 뭔가 제 삶이 폭삭 무너지는 듯 서글픈 느낌이 들었어요.

남편 그랬어? 그렇다면 내가 말을 잘못했네. 내 뜻은 당신이 아이들 키우느라 애썼고 또 젊은 시절을 속절없이 흘려 버리게 한 것 같아서 안타깝고 …… 뭐 그런 뜻이었어.

아내 당신 속마음을 아니까 위로가 되네요. 생각해 줘서 고마워요.

이렇게 대화가 이루어질 수도 있지만 그렇지 않을 때도 있다. 가령 폭삭 늙었다는 말에 서글프다는 아내의 말을 듣고 남편은 이렇게 나올 수도 있다.

"뭐가 그렇게 서글퍼, 서글프긴. 당신 그런 식으로 엉뚱하게 해석하면 말 못한다고. 차라리 입 다물고 말을 않는 게 낫지, 입 다물고 사는 게 제일이라니까."

그렇다면 다음과 같이 자신의 마음을 전하면 어떨까.

"제 말이 언짢으셨군요. 죄송해요. 그런데 제가 당신에게 섭섭한 마음을 전하지 않으면 혼자서 마음속으로 당신에게 화를 낼 것 같아 말을 했어요. 말을 하고 나니까 저는 풀리는데 당신을 언짢게 했네요. 저는 당신이 언젠가 주름이 많은 저를 보며 '당신 주름진 얼굴에 성장한 아이들의 모습과 우리 집이 이만하게 된 밑거름이 들어 있다고 생각되어 당신 주름이 매력으로 보여' 하는 말을 듣기를 기대하며 노력했거든요."

부부간의 대화 중에서도 특별히 다음과 같이 자녀 문제가 개입될 때 더욱 조심스러워진다.

대학교 입학시험을 치르고 온 세훈이네 집에서 있었던 일이다.

오후 6시 50분쯤 퇴근한 세훈이 아버지가 대입시험을 치르고 집에 와 있던 세훈이를 보자 물었다.

아버지 시험 잘 봤어?
세훈 잘 모르겠어요.
아버지 아니, 이 녀석이. 지가 본 시험을 지가 모르다니. 그게 말이 되는 소리야!

옆에서 듣던 세훈이 어머니는 남편의 거친 말투가 시험 때문에 예민해져 있는 아들에게 자극이 되는 것 같아 몹시 거슬렸다.

어머니 하루 종일 시험 보느라 지치고 기진맥진해서 들어온 애한테 시험 잘 봤냐고 물으면 어떡해요!

짜증 섞인 아내의 투정에 맥빠진 세훈이 아버지는 입을 굳게 다물고 방으로 들어가며 꽝 하고 문을 닫는다. 다른 날 같으면 세훈이 어머니는 얼른 남편의 뒤를 따라 들어가 이렇게 말했을 게다.

어머니 당신 하루 종일 힘든 아이에게 쓸데없는 말만 하고 도대체 화는 왜 내요?

아버지 쓸데없는 얘기라니, 아니 그럼 내가 화 안 나게 생겼어? 자기가 본 시험을 자기가 모르겠다니, 그게 말이나 돼? 그걸 말이라고 하느냐고.

어머니 그럼 뭐라고 대답해요. 그러잖아도 본인이 제일 불안할 텐데, 잘 봤다고 했다가 떨어지면 당신 뭐라고 말하려고요. 또 못 봤다고 말하면 뭐라고 하시겠어요. 발표도 안 났는데 세훈이가 뭐라고 대답하겠냐고요. 대입시험은 본인이 잘 봤다 못 봤다가 문제가 아니잖아요. 뚜껑을 열어 보기 전에는요.

아버지 알았어, 그렇게 잘 아는 당신이 혼자 알아서 해. 난 입 다물고 있을 테니까.

어머니 애 공부할 땐 쳐다보지도 않고 툭하면 야단만 치더니 이제 와서 제게 책임을 다 뒤집어씌우려고요.

아버지 아, 잔소리 그만 하고 밥 줘! 무슨 말을 못 한다니까. 집에 오면 그저 입도 뻥끗하지 말고 살아야 한다니까.

결국 이 일은 이렇게 아버지의 자조 섞인 불만으로 일단락되었을 것이다. 그리고 며칠간 말없는 냉전이 계속되었을 것이다. 남편과 아내는 서로가 상대방이 먼저 잘못을 시인하고 사과하기를 기대하며 서로가 끝까지 버티려 한다. 그럴 때면 집안 분위기는 썰렁하고 냉랭하다. 서로가 네 탓이라고 생각한다. 세훈이 역시 자신으로 인해 냉랭해진 집안 분위기에 죄책감이 들어 무거운 마음이 더욱

무거워진다.

　그러나 세훈이 어머니는 문을 쾅 닫고 방으로 들어가는 남편의
뒷모습을 보며 마음을 고쳐먹었다. '그렇지, 내가 아이들 앞에서
말을 잘못했지. 나도 힘들지만 우선 남편의 마음을 위로해야지.'
세훈이 어머니는 방으로 들어갔다. 방에 들어서는 순간 남편은 고
함을 쳤다.

아버지 그럼, 자기가 본 시험을 자기가 모르겠다니, 그게 말이나
돼?
어머니 ('애가 무슨 대답을 하면 만족하겠어요?' 하고 대답하고 싶었지만)
당신, 온종일 불안하고 걱정이 되셨죠. 거기다가 잘 모르겠다
는 대답을 들으니 시험을 잘 못 본 것 같아 더 불안하셨죠.
아버지 그래, 나도 회사에서 틈만 나면 기도했다고. 걱정이 돼서
물어 본 건데, 당신은 애들 앞에서 꼭 그렇게 말을 해야 되는
거야?
어머니 죄송해요. 당신 맘 헤아리지 못하고 자존심 상하게 해서
요. 사실 저는 당신이 세훈이 등을 토닥거리며 '시험 보느라
힘들었지. 그동안 준비하느라 애썼다' 하시길 바랐어요. 그리
고 저도 긴장되고 지치고 불안해서 당신에게 위로받고 싶었고
요.
아버지 ……
어머니 (부드럽게) 여보, 시장하시죠. 저녁 준비할게요.

어머니가 나오자 세훈이가 방문 옆에 서 있었다. 열린 문 틈으로 부모님의 대화를 듣고 있었는지 힘없이 고개를 떨군 채 말했다.

세훈 어머니, 죄송해요. 모두 제 잘못이에요.
어머니 아냐, 엄마가 미안해. 엄마가 좀더 깊이 생각하고 아버지 께 말씀드렸어야 했는데, 힘든 너를 신경 쓰게 했구나.

어머니의 뒤를 따라나오던 아버지가 멋쩍게 웃으며 아들 등을 다독거리며 말했다.

아버지 세훈아, 하루 종일 시험 보느라 힘들었지. 그동안 준비하 느라 애썼다. 그리고 여보, 당신도 애들 뒷바라지하느라 애 많 이 썼어. 고마워! 여보, 이렇게 말하면 되는 거야?

목소리는 부드러웠지만 연극 대사를 외는 듯한 분위기여서 처음 엔 모두 어색해 했는데 마지막 대사에서 폭소가 터져 나왔다. 세훈 이 아버지가 홈런을 친 것이었다. 동시에 소나기에 씻긴 하늘처럼

무엇인가에 짓눌렸던 응어리가 풀리며 가슴이 후련했다. 세훈이 어머니는 말했다.

"속으론 '이렇게 하면 된다는데' 하면서도 쑥스럽고 민망해서 '에라, 모르겠다. 지금까지도 잘 살아왔는데 이런 말 한두 번 해서 뭐가 그렇게 변하겠나' 하면서 어물쩍 넘기곤 했어요. 그런데 용기를 내서 했더니 되더라고요. 나 혼자만 힘든 것 같아 억울했지만 제가 하니까, 남편도 아이들도 따라 하더라고요. 성서의 말씀처럼 늘 깨어 있으면서 등잔에 기름을 채우고 기다리면 언제든지 불을 켤 수 있고 그 밝은 빛은 우리들의 앞길을 환하게 비춰 준다는 생각을 했습니다."

같은 그룹의 수강자인 영주 어머니의 경우도 비슷하다.

저는 중매로 결혼한 지 20여 년이 됐어요. 남편과는 결혼하면서부터 대화가 잘 안 됐어요. 말만 하면 다투게 되더라고요. 저는 아예 포기하고 살았습니다. 그러나 포기한다고 하면서도 참으면서 차곡차곡 쌓인 응어리들이 썩고 썩어서 2~3년 전부터 위장에 탈이

낳어요. 치료도 받았습니다만 효과가 없었지요.

저는 등잔에 넣을 기름을 구하지 못했습니다. 기름이 있는 곳이 어딘지, 어떻게 구해야 하는지 그 방법을 가르쳐 달라고 간구했고, 결국 그 기회를 붙들었습니다. 저는 요즘 다시 시작하는 마음으로 살고 있습니다. 제 새로운 삶을 소개하겠습니다.

며칠 전에 남편이 강아지 한 마리를 사왔어요. 저는 귀찮고 싫었지만 남편이 워낙 좋아해서 강아지 집을 깨끗이 단장하고 정성껏 돌봤어요. 다음 날 퇴근한 남편이 묻더라고요.

"강아지 밥 줬어?"

"예, 당신 들어오기 조금 전에 줬어요."

"정말? 정말 줬어?"

"('이 양반이 그 말버릇 또 나오네. 그러나 아니지.') 글쎄요. 제가 뭐라고 대답하면 당신 믿으실까요."

"응? 으응. 참 그렇네."

남편이 웃더라고요. 저도 같이 따라 웃었어요. 다른 때 같으면 '당신은 사람 말이 말 같지 않느냐, 만날 속고만 사느냐' 하며 다투었을 텐데요. 서로 그렇게 웃고 나니까 그냥 자연스럽게 편안해지더라고요.

어느 화창한 봄날이었습니다. 남편 직장상사의 자제가 육군사관학교 교정에서 결혼식을 했어요. 저도 남편과 함께 갔습니다. 저는 육사 교정엔 처음 갔기 때문에 결혼식이 끝나고 여기저기 둘러보며 아름답다고 감탄을 했어요. 그러자 남편이 "그것 봐. 당신 남편을 잘 만나서 이런 곳도 구경하지." 하고 의기양양하게 말하는 거예요. 그 말을 듣자 뭔가 뒤틀리더라고요.

"글쎄요. 더 잘 만났으면 저 연병장의 특별석에서 생도들과 악수를 할 수도 있었겠죠."

"그런 게 그렇게 부러워? 이 여자가 자기 주제파악도 못하고."

더 이상 말하면 싸움이 될까 봐 참았지만 좋던 기분을 다 망쳤어요. 물론 이 교육을 받기 전이었습니다. 그런데 얼마 전 남편과 여행 중에 단양팔경을 지나게 되어 제가 또 그 경치에 감탄을 했습니다.

"그것 봐. 당신 남편을 잘 만나서 이런 좋은 구경을 하지."

('더 잘 만났으면 나이아가라 폭포, 그랜드캐니언도 구경하지' 하고 싶었지만) 그러게요. 저도 그런 생각을 하고 있었어요. 당신을 만나서 이렇게 편안하게 아름다운 경치를 구경할 수 있지 당신 말고 누가 나를 이렇게 해 주겠어요. 여보 고마워요."

"(멋쩍은 듯) 뭐 그럴 것까지야……."

그날 중간중간에 쉬면서 이거 먹을래 저거 먹을래 하며 얼마나 잘해 주는지요. 그 후 남편은 시간만 나면 가까운 곳에 다녀오자고 한답니다. 결국 모든 잘못이 남편에게 있다고 생각했던 저에게 문제가 있었습니다. 남편의 말에 제 자존심이 상하면 제가 상처 입은 만큼 남편 자존심도 상하게 했으니까요.

작은 일상의 일들이 순조롭게 돌아가자 바로 그곳에 평화와 행복이 있음을 느낄 수 있었습니다.

아름이네 오리 사건

    아름이가 용돈을 모아 사 온 오리가 죽었다. 열이틀이나 요리조리 뒤뚱거리며 뛰어다니던 오리였다. 언젠가 노란 병아리 다섯 마리를 사 왔다가 한 마리 두 마리 나흘 만에 모두 죽어 다시는 사 오지 않기로 손가락을 걸고 약속했는데, 그 약속을 깨고 사 온 오리였다. 아름이는 생긋이 웃으며 등 뒤에 숨겼던 오리를 어머니에게 내보였다.

    "엄마, 이번엔 딱 한 마리뿐이야. 딱 한 마리만 샀어. 아빠한테 혼 안 나게 잘 말해 줘, 응?"

    집에서 동물 기르는 것을 좋아하지 않는 아름이의 어머니도 아들의 간절한 눈빛을 물리칠 수가 없었다.

    "이번이 마지막이다. 딱 한 번만이야."

    노란 아기 오리가 뒤뚱거리며 식구들을 쫓아다니는 모습은 장난감이 움직이듯 정말 귀여웠다. 그런데 그 오리가 죽어 버린 것이다. 그것도 아파서 죽은 것이 아니라 불쌍하게도 밟혀서 죽은 것이다.

여느 때 같았으면 오리가 아이들이랑 놀 시간이었는데 그날은 아이들이 학기말 시험이 끝난 날이라 만화 비디오테이프를 빌려다 보고 있었다. 아이들은 아무 데나 볼일을 보는 오리의 배설물이 불안해서 잠시 목욕탕에 둔 것을 잊은 채 비디오를 보고 있었고 아름이 어머니는 저녁식사를 준비하고 있었다. 그때 퇴근한 아이들 아버지가 화장실에서 비명을 질렀다.

"야! 이게 뭐야!"

불길한 비명에 온 식구가 화장실로 달려갔다. 남편이 화장실 불을 켜지 않은 채 손을 씻으려다가 슬리퍼 속에 들어 있던 오리를 밟은 것이다.

"오! 내 오리, 내 오리!"

아름이가 얼른 오리를 집어 들었다. 손 안에서 퍼득거리는 모양을 보고 놀란 아름이는 던지듯 오리를 바닥에 내려놓고 이내 엉엉 울기 시작했다. 옆에 있던 동생 나름이도 안경을 집어 던지며 울기 시작했다.

"어머! 어떡해, 어떡해, 가여워서 어떡해."

아름이 어머니도 옆에서 울먹였다.

"시끄러! 울지 마! 어서 그치지 못해. 누가 목욕탕에 오리 들여놨어, 엉?"

남편이 소리 지르자 모두들 울음을 뚝 그쳤다. 가끔씩 꿈틀대던 오리의 움직임이 완전히 멈추자 남편은 오리를 들고 나갔다.

저녁 식탁에 둘러앉은 식구들은 말이 없었다.

"오늘은 약국도 쉬니까 체하면 약도 없어. 꼭꼭 씹어 먹어!"

남편은 약국이 파업으로 문을 닫은 날임을 상기시켰다. 남편은 자신도 언짢은지 소주 한 잔을 마신 후 식사를 시작했다. 아름이가 억지로 몇 숟갈 뜨더니 슬그머니 일어났다. 남편이 한마디 하려 하자 아름이 어머니는 눈빛으로 남편에게 자제를 요청했다. 나름이도 우는 소리를 내지 않으려고 연신 눈자위를 닦으며 꾸역꾸역 밥을 먹고 있었다. 아름이 어머니는 생각했다. 자, 도대체 이럴 때 무슨 말을 누구에게 어떻게 해야 할까. 아끼던 오리를 잃고 허탈하게 맥이 빠진 아이들, 실수로 죽이긴 했지만 자기도 황당하여 소리만 지른 남편 그리고 퍼덕이며 죽어가던 오리가 가여워서 속이 스멀스멀한 자신, 이 모두의 마음을 어떻게 풀어야 할지 난감했다. 하기는 그 상황들을 말없이 견디는 것만도 아름이 어머니는 힘들었다.

식사가 어떻게 끝났는지 식탁 주위가 텅 비어 있었다. 그래도 가장 큰 걱정은 소심하고 내성적인 아름이였다. 아름이 어머니는 아들의 방을 열어 보았다. 아름이는 책상 앞에 앉아 앞만 노려보고 있었다. 순간 '봐라! 병아리가 죽었을 때 다신 안 산다고 하더니 결국 이럴 줄 알았다니까. 너는 맨날…….' 지난날 단골로 쓰던 언어들이 무심코 떠올랐으나 얼른 지워 버리고 아름이의 마음을 헤아리며 아름이 옆으로 갔다.

"마음이 많이 아프지, 오리가 불쌍하고 애석하고. 우리 아름이, 얼마나 마음이 아플까."

앞만 노려보고 있던 아름이의 눈에서 굵은 눈물 방울이 뚝뚝 떨어진다.

"엄마, 난 이담에 한적한 시골에 가서 오리만 키우면서 살래."

"그래, 네가 얼마나 마음이 아팠으면 그런 생각이 들었겠니."

아름이 어머니는 아들의 얼굴에서 쉴 새 없이 흐르는 눈물을 닦아 주었다. 얼마나 지났을까. 아름이는 부스럭거리며 일기장을 꺼냈다. '일기를 쓰려나 보다.' 생각하고 아름이 어머니는 조용히 방을 나왔다. 아들 방문 앞에서 "휴 —" 하고 크게 심호흡을 하고 나자 남편과 나름이도 생각났다. '그렇지, 남편과 나름이의 마음도 풀어 줘야지.' 그러나 어깨가 무거웠다. 아름이 어머니는 설거지하며 이럴 때 자신이 어떤 태도를 취해야 할지를 찬찬히 정리하고 싶었다. 나름이는 하릴없이 설거지하는 어머니 주위를 맴돌았다. 그러다가 아버지 있는 쪽을 힐끔힐끔 쳐다보면서 "아빠 나빠, 아빠는 나빠" 하고 조그만 소리로 중얼거리다가 제 방으로 들어간다.

할 일을 끝낸 아름이 어머니는 안방으로 들어갔다. 남편은 비스듬히 누워 눈을 감고 있었다. '어휴, 당신은 좀 조심하지, 어떻게 불도 켜지 않고 화장실엘 들어가요. 스위치 한번 올리기가 그렇게 힘들어요? 사람이 게을러도 그렇게 게으를까. 집에 오면 손 하나 까딱하지 않으려니까 그렇지. 아름이가 그렇게 아끼는 오리를 밟아 죽이다니. 그리고 또 당신이 잘못하고도 애한테 소리는 왜 질러요?' 이렇게 따지고 싶었지만 얼른 생각을 바꾸었다.

"여보, 아까는 많이 놀랐죠. 오리가 그렇게 돼서 끔찍하고 황당했죠."

"그럼, 내가 한 생명을 죽게 했는데 맘이 편하겠어!"

아름이 어머니는 놀라웠다. 남편이 큰 소리로 말하는 순간 찌푸린 표정이 활짝 펴지는 것을 보았기 때문이다. 시커먼 구름을 한 줄기 소낙비로 걷어 내듯이 한마디 말로 응어리진 감정이 풀리는 것을 보니 신기했다. 언제 들어왔는지 둘째인 나름이가 아빠와 뒹굴며 장난을 치기 시작했다.

그날 아름이의 일기장에는 죽은 오리에 대한 안타까움과 미련 그리고 아빠에 대한 원망으로 가득 채워져 있었다. 그날 밤 아름이 어머니는 이 일을 어떻게 매듭지어야 할지, 이미 지나간 일이니 모르는 척 넘어갈 것인지 생각을 정리하느라 늦게야 잠이 들었다.

아름이 어머니는 다음 날을 오리 사건에 대해서 매듭짓는 날로 정했다. 그날은 토요일이고 마침 아이들과 함께 북한산에 가기로 약속한 날이었다. 아이들은 어제 있었던 언짢은 일은 까맣게 잊은 듯 계곡에서 가재도 잡고 종이배도 띄우며 신나게 놀았다. 버스 정류장으로 내려오는 길에 아름이 어머니는 아름이의 손을 잡으며 말했다.

"아름아, 어제는 오리가 죽어서 무척 괴로웠지? 그리고 오리가 아빠 발에 밟혀서 죽었는데도 도리어 아빠가 화를 내셔서 이해하기 힘들었지?"

아름이는 대답 대신 고개만 끄덕였다.

"어제 엄마가 아빠랑 얘기했는데 아빠도 많이 괴로우셨대. 아빠 실수로 오리가 죽고, 그것도 너희들이 가장 아끼는 오리를 죽게 해서 놀라고 황당하셨대. 그러니까 너희에게 화나신 게 아니라 실수한 아빠 자신에게 화가 나신 거래. 아빠가 무척 괴로워하셨는데, 네가 아빠 맘 풀어 드릴 수 있겠니?"

"어떻게요?"

"응, 네가 아빠에게 '아빠, 어제 오리가 죽어서 많이 놀라셨죠. 제가 오리를 잘 간수하지 못해서 죄송해요' 하고 말하면 아빠는 아름이가 아빠를 이해해 주는구나 하고 편안해지실 거야."

아름이는 고개를 끄덕였다.

"아름아, 고맙다. 네가 엄마 아빠 마음을 이해해 줘서."

아름이는 어머니를 향해 싱긋이 웃으며 나름이의 손을 다정하게 잡고 산을 내려왔다.

그날 저녁은 아버지가 퇴근한 후 외식하기로 했다. 외식할 땐 으레 아름이가 엄마 옆에 앉고 나름이가 아빠 옆에 앉았는데 그날은 아름이가 먼저 아빠 옆자리에 가서 앉았다. 아름이는 어머니와 약속한 말을 언제 해야 할지 기회를 찾는 듯했다.

그러다가 어머니와 눈이 마주치자 고개를 약하게 좌우로 저으며 도저히 못하겠다는 신호를 보냈다. '할 수 있어. 자, 지금이야. 어서!' 아름이 어머니도 보일 듯 말 듯 고개를 끄덕이며 신호에 답했다. 아름이 어머니는 남편에게도 미리 귀띔을 해 두었다. 아름이가 오리에 대해 얘기하면 '그래, 그러니까 다음부터 길에서 파는 병아리나 오리는 절대 사 오지 마라.' 등의 말보다 '그래, 아빠가 많이 놀랐다. 화내서 미안하다' 하고 말하는 것이 아름이를 도와주는 방법이라고.

그러나 아름이 어머니는 미리 준비하고 예상했던 대로 잘될 것인지 아니면 불발로 피식 꺼져 버릴지 궁금했고, 기대와 불안감으로 초조했다. 드디어 머뭇거리던 아름이가 입을 열었다.

"아빠, 어제 오리 때문에 놀라셨죠?"

"그래 , 놀랐다."

남편은 쑥스러운 듯 아름이 머리를 쓱쓱 문지르며 한마디로 끝냈다. '너에게 화를 내서 미안하다' 라는 한마디만 더 해 주었으면 하는 아쉬움이 남았지만 아름이 어머니는 그만한 것도 다행으로 여겼다. 모두들 즐겁게 식사를 했다. 집에 돌아온 아름이가 살짝 엄마 옆으로 오더니 귀에 대고 속삭였다.

"엄마, 내가 그 말을 할 때 엄마 기분이 어떠셨어요?"

"으응, 엄마는 우리 아름이의 용기 있는 행동이 참 멋있다고 생각했어. 그런데 너는?"

"마음이 편안해졌어요, 엄마. 그리고 난 엄마가 너무너무 좋아요. …… 그리고 아빠도요."

"고마워. 엄마 아빠도 널 굉장히 사랑해."

아름이 어머니는 말했다.

"우린 행복했어요. 그리고 전 생각했어요. '그렇구나. 아름이에게 찜찜한 감정이 남아 있었구나. 편치 않은 아름이를 그래, 놀랐다 라는 남편의 한마디로 편안하게 도와줄 수 있다니, 이래서 죽는 날까지 배워야 하는구나' 하고 평생교육의 필요성을 다시 한 번 느꼈습니다."

여기에서 우리 함께 아름이네 오리 사건을 생각해 본다.

이미 지나간 일이라고 그냥 넘어가 버린다면 남편은 아름이에게 '저 녀석은 누굴 닮아서 맨날 고집만 부리고, 하지 말라고 말려도 제 할 짓 다 하면서 나를 애먹여' 라고 원망할 수 있고, 아름이 또한

'아빠는 나만 미워해. 아빠가 밟아서 죽여 놓고 비겁하게 내게 화를 내다니, 나만 미워해서 그래' 하고 아버지를 오해할 수도 있다. 그러나 아름이 어머니의 노력으로 문제를 통해 서로 성장하고 더 좋은 관계로 개선시킬 수 있었다.

또 다른 방법을 생각해 본다.

아름이 아버지가 처음에 다음과 같은 아버지의 모습을 보여 주었다면 어떠했을까. 자신의 실수로 죽은 오리를 조심스럽게 감싸들고 "오리야. 미안하다. 내가 큰 실수를 했구나. 미안하다." 그리고 아름이에게도 "아름아, 미안하다. 아빠가 큰 실수를 해서 네가 사랑하는 오리를 죽게 했구나. 정말 미안하다. 우리 함께 오리를 묻어 줄까." 하며 아름이에게 사과한 후 죽은 오리를 예쁜 상자에 담아 한 손에 들고 다른 한 팔로 아름이 어깨를 감싸안고 양지 바른 언덕으로 올라가 묻어 주었다면…….

머지않아 아름이는 알게 될 것이다. 아버지의 사랑을, 그리고 감정을 절제하며 인내하는 방법을 자신의 아버지에게서 배우게 될 것이다.

며칠 후 아름이 아버지는 아내에게 말했다.

"여보, 아까 아름이가 불쑥 질문을 하더라고. '아빠, 아빠는 어렸을 때 시골에서 살았으니까 자연을 많이 즐기셨겠네요?' 하고 말이야. 얼떨결에 '그래' 하고 대답했지. 녀석은 '아빠는 좋았겠다. 개구리도 잡고, 올챙이도 잡고, 피리도 불고……' 하더니 씨익 웃으며 나가더라고. 내 속으로 뭐라고 대답하고 싶었는지 알아? '야, 한

가한 소리 하지 마라. 아빠는 자연 속에서 즐기기는커녕 실컷 일만 하고 살았다. 이 녀석아!' 하고 싶었다고. 그런데 요즘 당신이 말조심하라는 말에 꾹 참았어."

아름이 어머니는 다음과 같이 말을 끝맺었다.

"남편의 말에 함께 웃었지만 뭔가 빠진 듯 허전하더라고요. 그 빠진 듯한 내용을 어떻게 표현해야 할지 모르겠어요. 그 허전함은 아마도 더 많이 배워야 깨달을 수 있을 것 같습니다."

이런 경우 아름이 아버지가 자신이 보낸 어린 시절을 그대로 아름이에게 들려준다면 어떨까. 가령 다음과 같은 체험을 말이다.

"그래, 아빠는 자연과 함께 살았었지. 올챙이도 잡고 메뚜기도 잡으며. 그리고 초등학교 2학년 때부터는 소몰이도 했어. 소가 낮에 할 일이 없는 날은 새벽에 일어나 소를 몰고 뒷동산으로 올라갔단다. 소는 왜 그렇게 걸음이 느린지 말뚝에 소를 매어 놓고 헐레벌떡 집으로 돌아와 부리나케 준비하고 학교로 달렸지. 때로는 지각해 교실 뒤편에서 무릎 꿇고 양팔 들고 벌을 서기도 했어. 학교가 끝나면 집에 돌아와 책가방만 내려놓고 뒷산으로 달려가 말뚝에 매어 놓은 소를 자유롭게 풀을 뜯으라고 풀어 놓았었지. 숙제가 많은 날에는 책가방 메고 올라가 풀밭에서 숙제를 했단다. 매끈한 책상에서 숙제하는 친구가 얼마나 부러웠는지……. 해가 뉘엿뉘엿 서산을 넘어가면 소를 몰고 긴 그림자를 밟으며 좁은 길을 지나고 논둑길을 따라 집으로 돌아오곤 했지.

늦잠 자는 게 소원이었던 아빠에게 어느 날 네 할머니께서 말씀하셨어. '동진아, 오늘은 그냥 자거라. 내가 소를 몰고 가마.' 그런 날의 네 할머니는 천사였단다. 아침잠은 꿀맛이었어. 그런데 궁금했지. 그렇게 바쁘신 분이 왜 손수 소를 몰고 가셨을까 하고. 그래서 '어머니, 오늘은 왜 어머니가 소를 몰고 가셨어요?' 하고 여쭤봤어. 그랬더니 '간밤에 너를 잃어버리고 찾아 헤매는 꿈을 꾸었어. 혹시 네게 무슨 일이 있을까 봐' 라고 대답하셨지. 난 그때 알았단다. 네 할머니께서 이 아빠를 얼마나 사랑하시는지 말이야. 아빠는 자연 속에서 인생을 배우고 사랑을 배웠단다."

아버지에게 어린 시절의 얘기를 듣는 아름이가 할머니를 진정으로 사랑하지 않을 수 있겠는가. 아기 오리의 주검을 정성껏 보살피는 부모님을 길에다 버리겠는가. 주무시는 부모님 방에 불을 지르겠는가.

조그만 사건들을 기회로 바꾸는 세심한 배려가 자녀를 성장시키는 비결이 아닐까. 나는 오늘도 아름이 어머니와 그 가족들의 아름다운 삶의 모습을 만날 수 있는 행운에 감사드린다.

빗줄기 속에서 확인한 사랑

지난 주 저희 집에서 있었던 일을 소개하겠습니다. 저에게는 초 등학교 4학년인 혜연이와 2학년인 승태가 있습니다. 평소에 혜연 이는 집안 식구들이 남동생인 승태만 예뻐한다고 불만이 많았습니 다. 며칠 전 혜연이는 온 식구가 잠잘 시간인 밤 11시가 넘어서 내 일까지 학교에 치약을 가져가야 한다면서 사 달라고 했습니다. 저 는 오늘은 늦었으니 내일 집에서 쓰던 치약을 가져가고 그걸 다 쓰 면 새 치약을 사 주겠다고 했습니다. 혜연이는 별 얘기 없이 쓰던 치약을 가져갔습니다.

며칠 후 승태가 학교에서 돌아오자마자 내일 치약을 학교에 가 져가야 한다면서 사 달라고 했습니다. 저는 오후에 시장 가는 길에 치약을 사다 주었습니다. 옆에서 그것을 본 혜연이가 심술 가득한 표정으로 투덜댔습니다.

혜연 승태만 새 치약 사 주고, 나는 쓰던 치약 가져갔는데 …….

어머니 너는 그때 밤늦게 얘기했기 때문에 살 수 없었잖아. 그래서 다 쓰면 새 치약 사 주기로 했잖아.

혜연 그래도, 그래도 승태만 승태만 …….

'저 녀석이 또 아무것도 아닌 일 가지고 투정이네.' 저는 화가 나서 말문이 막혔습니다. 잠시 뽀로통한 혜연이를 바라보며 이 일을 어떻게 처리할까 하는데 갑자기 요즘 받고 있는 대화방법 훈련이 생각났습니다. '맞아, 이게 아니었지. 요즘 배우는 방법은 이게 아냐.' 그러나 아니라는 것은 알았지만 해야 할 말은 떠오르지 않고 오히려 평소에 했던 말들만 생각났습니다. '그래도는 무슨 그래도야. 네가 분명히 엄마랑 약속했잖아. 다 쓰고 얘기하면 새 치약 사 주기로. 승태처럼 학교에서 오자마자 얘기했으면 그때 사 주었지. 낮에 잊어버리고 밤늦게 얘기하고는 투정은 무슨 투정이야.' 생각나는 대로 말을 내뱉으면 내 마음도 후련하련만 이런 말은 아니라고 배웠으니 말은 안 되고 답답했습니다.

마음을 가라앉히고 천천히 생각해 보았습니다. 우선 상대방의 말을 '그래, 그렇구나.' 하며 잘 들어 주고 어떤 일로 마음이 불편한지 찾아서 읽어 주라는 말이 생각났습니다.

어머니 오, 그래. 너는 쓰던 치약 가져갔는데 승태가 새 치약 산 걸 보니까 엄마가 동생이랑 차별하는 것 같아서 서운했구나.

혜연 그래, 승태 것 사면서 두 개 샀으면 됐잖아.

'엄마가 네 치약 생각만 하고 다니니? 그리고 아직 남은 치약을 두고 새 치약을 사면 그건 어떡할 거야. 새 치약도 한두 번 쓰면 쓰던 치약 될 텐데.' 얄미운 생각이 성급하게 튀어나오려는 말을 꾸욱 참고 이렇게 말했습니다.

어머니 정말 그렇구나. 엄마가 그 생각을 미처 못했네. 혜연이 것도 같이 살걸. 미안해. 엄마가 오늘 사 올게.

혜연 아녜요. 사 오지 마세요.

'뭐라고? 아까는 안 사 줘서 서운하다더니, 이젠 사 오지 말라고? 그게 무슨 변덕이야.' 불끈 튀어나오는 생각을 접고 부드럽게 물었습니다.

어머니 그래, 왜?

혜연 다 쓰면 사 달라고 할게요. 사 오지 마세요.

어머니 혜연아, 고맙다. 그렇게 엄마를 생각해 줘서 정말 고마워.

혜연 아니에요. 엄마, 나 숙제할게요.

조금 전까지만 해도 투정하는 딸에 대한 노여움이 짧게 배어 있었는데 환해지는 딸의 얼굴을 보자 그런 감정들이 눈 녹듯 사라졌습니다. 얼른 혜연이를 껴안아 주었습니다. 예전 같으면 전 아무렇게나 함부로 말했을 겁니다. 아이의 마음을 헤아리기는커녕 내 노여움이나 걱정을 일방적으로 아이에게 퍼부으며 마음 상하게 했을 겁니다. 다 큰 누나가 이해심도 없고 욕심만 많아서 엄마 괴롭힐 생각만 하는 아이라고 윽박질렀을 겁니다. 그러면 제 수준도 초등학교 4학년이 되어 딸과 티격태격했겠지요. 그러나 이렇게 아이의 마음을 헤아리며 조심스럽게 말하다 보니 앞으로 아이들과 겪게 될 크고 작은 갈등도 잘 해결해 나갈 수 있다는 자신감이 생깁니다. 물론 실패하고 좌절하고 괴로울 때도 있겠지만 열심히 노력하노라면 저도 괜찮은 엄마가 되어 아이들을 잘 돌볼 수 있을 것 같습니다.

어떤 수강자는 처음 혜연이가 투정할 때 '그래, 돈 여기 있다. 이 돈으로 네가 사고 싶은 치약 사 가지고 가!' 하면 될 게 아니냐고 반문한다. 그러나 그것은 자칫하면 허용적인 부모가 될 위험성이 높다. 자녀가 원하는 대로 부모가 척척 해결해 주면 자녀의 내면적인 자제력을 키울 기회를 잃게 된다. 그리고 여기서 혜연이가 정말로 원하는 것은 새 치약이 아니라 어머니의 관심, 즉 어머니의 사랑이었다.

또 다른 수강자는 내일 당장 필요하지도 않은 치약을 "엄마가 오늘 사 올게"라고 해야 하는가. '내일' 혹은 '다음에' 사 준다고 해도 되지 않는가. 어머니라고 아이들이 하는 모든 말에 순종해 줘야 할 이유는 없지 않은가 하고 반문한다. 그럴 수도 있다. 그러나 입장을 바꾸어 생각해 보자. 가령 아내가 남편에게 부탁한다.

"여보, 당신 회사 근처 양장점에 옷을 고치려고 맡겼는데 찾아가라고 연락이 왔어요. 당신 퇴근길에 부탁해도 돼요?"

아내의 말에 남편도 오늘 별일이 없으니 찾아오겠다고 대답했다. 그러나 퇴근한 남편은 빈손이었다.

"여보, 옷은?"

"아차, 내가 깜빡 잊었네. 내일 찾아올게"

이 말을 듣는 당신의 느낌은 어떨까. 혹은 "아차, 깜빡 잊었네. 다음에 찾아올게."라고 대답했다고 하자 이럴 때 당신의 느낌은 어떻겠는가. 겉으로는 "알았어요" 하면서도 속으로는 '그럴 줄 알았어. 내게 관심이나 있나 뭐. 내일? 글쎄? 그리고 다음에? 다음 언제? 아무 때나 생각날 때? 옷 입을 시기 다 지나고? 부탁한 내가 잘못이지.' 이런 생각으로 섭섭하지 않겠는가.

만일 당신 남편이 "아차 깜빡 잊었네. 미안해. 내 얼른 다시 가서 찾아올게"라며 들어오던 현관문을 되돌아 나간다면 당신은 뭐라고 하겠는가. "아 아뇨, 여보. 괜찮아요. 당신 피곤하실 텐데 다음에 찾아도 돼요"라고 대답하고 싶지 않겠는가. 옷을 찾아오지 않아도 남편이 내게 보인 관심만으로 행복에 젖지 않겠는가. 혜연이도 같은 마음이었으리라. 샘을 내서 새 치약과 쓰던 치약을 가린 게 아니라 본인의 마음을 환히 알아주는 엄마의 사랑이 고마워서 "엄마가 오늘 사 올게" 하는 말에 감격했을 것이다. '아, 엄마가 이토록 나를 사랑하시는구나. 그렇다면 치약은 안 사도 돼요. 언제든지 필요할 때 얘기할게요.' 그때 혜연이의 마음은 행복으로 가득 찼을 것이다.

이어서 다른 수강자가 반문한다.

"만일 예상대로 '아녜요, 사 오지 마세요' 하지 않고 '그래요, 지금 사 주세요' 하면 어떡하죠?" 그렇다. 어쩌면 이렇게 요구하는 자녀가 더 많을지도 모른다. 그러나 이것은 부모의 사랑을 더 확실히 확인하고 싶어서 하는 말이 아닐는지. 평소에 전혀 그렇지 않던 어머니가 오늘 다정하게 달라진 모습을 보며 그 말의 진의를 알고 싶어서일지도 모른다. 그런 경우 진심으로 자녀를 사랑하고 있음을 확인시켜 주고 싶은 부모라면 행동으로 옮기는 게 어떨지.

다른 수강자가 또 묻는다.

"그날 비가 오면 어떡하죠?"

비에 흠뻑 젖은 어머니가 "혜연아, 자 여기 있다" 하고 웃으며 내미는 치약을 받는 혜연이의 마음을 상상해 보자. '아, 미안해서 어쩌나. 저렇게 나를 사랑하시는 엄마에게 오늘 당장 사 오라고 조르다니. 내일 당장 필요한 것도 아닌데. 다음부턴 그러지 않을게요. 엄마, 나 숙제 할래요, 문제지도 할래요, 방 청소도 하고, 설거지도 하고, 나를 사랑해 주시는 엄마를 기쁘게 해 드리기 위해서 뭐든지

다 할게요. 동생도 예뻐할게요' 하는 마음이 들지 않겠는가. 다음 엔 승태가 어떤 좋은 것을 갖고 있어도 어머니의 사랑을 확인한 혜연이는 "엄마는 승태만 새 치약 사 주고" 하며 화를 내지는 않을 것이다. 빗줄기가 굵으면 굵을수록 그 빗속을 뚫고 가서 치약을 사다 주신 어머니의 사랑을 크게 느낄 것이다. 빗줄기 속에서 확인한 사랑은 영원히 아름다운 추억이 될 것이다.

그러나 비에 젖으며 사 온 치약을 "자, 치약 여기 있다. 됐니?"라고 짜증스럽게 건넨다면 어떻게 될까. '그럴 줄 알았다니까. 달라졌나 했더니 역시 저렇다니까.' 아이는 더 크게 실망하고 더 외로워질 것이다. 기쁜 마음으로 사 줄 수 없다면 차라리 내일이나 다음으로 미루는 것이 더 낫다. 하나 덧붙인다면, 혜연이가 다시 치약을 찾을 때쯤 "혜연아, 치약 어때? 가져갈 때가 된 것 같아서 엄마가 미리 준비해 놨는데" 하면서 지난 일을 잊지 않고 계속 관심을 쏟고 있음을 보여 주었으면 한다.

사랑은 기쁜 마음으로 희생할 때 더욱 밝게 빛난다. 씨앗을 뿌린 농부가 김 매고 거름 주며 돌보는 수고의 땀 없이 어찌 알찬 열매를 기다릴 수 있겠는가.

주일이와 자전거

누가 무자식이 상팔자라 했는가. 주일이 아버지는 유자식이 상
팔자라고 크게 항변하고 싶었다. 주일이 아버지는 그렇게 행복할
수가 없었다. 자식을 둬 부모가 되었다는 사실이 이렇게 소중하고
큰 기쁨이 될 줄이야. 부모는 열심히 일해서 돈을 벌고 그 돈으로
아이들이 원하는 것을 사 주고, 또 그것을 받고 기뻐하며 만족해 하
는 자녀를 보며 보람을 느끼게 되나 보다.

주일이 아버지는 아무리 생각해도 주일이에게 자전거를 사 준
것은 잘한 일인 것 같았다. 이제 막 중학생이 된 하나밖에 없는 아
들이 어느 날 정색을 하고 아버지 앞에 마주 앉았다.

"아버지! 저도 이제 중학생이 되었는데 하나밖에 없는 아들, 박
주일의 소원 하나 들어 주실 수 있으셔요?"

평소에는 '아빠'라고 부르던 주일이가 의젓한 목소리로 '아버
지'라 부르며 말했다. '소원이라니, 중학생이 되었다고 이것저것

사 주고 외식도 많이 했는데 무슨 엉뚱한 소리야' 하고 싶었지만 꾹 참고 부드럽게 고쳐서 말했다.

"우리 주일이가 굉장히 어려운 부탁이 있는 것 같은데, 그 소원이 뭘까?"

"제 소원을 들어 주실 수 있는지 없는지, 그 대답부터 해 주시면 말씀드릴게요."

"야! 우리 사이에 돌려 가며 어렵게 말하지 말고 시원스럽게 소원부터 얘기해 보자. 응?"

"자전거요, 자전거."

'세상에!' 주일이 아버지는 마음이 놓였다. 주일이는 얼마 전부터 아버지 앞에서 슬쩍슬쩍 흘리는 말이 있었다. 신문에 끼어서 온 컴퓨터 광고 전단지를 들고 다니면서 386 컴퓨터 가격으로 486 컴퓨터를 살 수 있다느니, 보너스로 상당 액수의 비싼 선물도 끼워 준다느니, 이런 기회는 다신 없을 거라는 등의 말을 해서 주일이 아버지는 은근히 압력을 느끼고 있었다. 그런데 갑자기 하나밖에 없는 아들 운운하며 사 달라고 조르면 어쩌나 하고 있었는데 별안간 아들의 소원이라는 말에 주일이 아버지는 올 것이 왔구나 하고 마음을 졸였다. 그런데 고작 자전거라니, 기껏해야 6~7만원일 텐데 하며 주일이 아버지는 마음이 놓였다.

"까짓것 좋았어. 그럼! 이 세상에 하나밖에 없는 중학생 아들 소원인데 들어 주고말고. 그만한 부탁 못 들어 줄 아빠가 아니지."

"야호! 신난다. 우리 아빠 최고다, 최고야. 야! 야!"

주일이는 신이 났다. 주일이 아버지도 아들이 큰 돈 드는 것을 주문하지 않아서 홀가분했다.

"언제라도 얘기만 해!"

"고맙습니다, 아빠!"

이틀 뒤 주일이는 자전거 상품 안내지를 들고 와서 말했다.

"아버지, 이 모델들 중에서 저는 이것을 사고 싶지만 아버지 형편이 곤란하시면 저것도 좋아요."

두 모델 중 처음 것은 17만 원이고 나중 것은 15만 원이었다.

"주일아, 가격이 잘못된 것 같아. 앞에 '1' 자가 잘못 붙었나 봐."

"왜 그러세요, 아빠. 요즘 자전거 다 이 정도 해요. 아빠! 사 주시는 거죠. 그렇죠?"

약속에 차질이 생기려나 싶었는지 주일이는 눈을 크게 뜨며 다그쳐 물었다.

"그러엄. 사 주고말고, 아빠가 어디 약속 어긴 적 있어?"

"그럼요, 아빠. 우리 아빠 역시 최고야, 휴우!"

이번에는 주일이가 안도의 숨을 내쉬었다.

그날 밤 주일이 아버지는 아내와 토닥거리며 흥정을 했다. 6~7만 원인 줄 알고 아내와 의논 없이 자신의 용돈에서 사 주려고 선뜻 약속을 했는데, 15만 원이나 17만 원을 혼자 낼 수 없으니 아내에게 반반 부담하자고 했다. 아내는 "당신이 기분 내며 약속해 놓고 왜 가만 있는 사람 피해 주느냐"며 절반은 도저히 안 된다고 말했다. 15만 원짜리로 하되 5만 원만 부담하겠다고 했다. 여러 차례 오가며 결정한 것은 15만 원짜리로 사고, 주일이 아버지가 8만 원, 어머니가 7만 원을 내기로 했다. 자전거를 매어 둘 쇠줄과 든든한 자물쇠 구입비는 주일이 아버지가 맡기로 했다.

토요일 오후, 자전거를 산 주일이는 껑충껑충 뛰며 기뻐했고 벌어진 입은 다물 줄을 몰랐다. 주일이가 그렇게 좋아하니까 온 식구가 다 기분이 좋았다. 주일이는 미리 준비해 두었다며 자전거 덮개를 꺼내 꼼꼼히 덮어 씌웠다.

다음날부터 주일이는 깨우지 않아도 혼자 일찍 일어나고 서둘러 자전거를 놓아 둔 1층 현관으로 달려갔다.

"밤새 잘 잤어? 춥지 않았니? 오늘도 오전엔 푹 쉬어. 오후에 세상 구경시켜 줄게. 오늘은 어디로 갈까?"

이렇게 말하며 마른걸레로 닦고 또 닦았다. 다 닦고 나면 손바닥에 입을 쪽 맞추고는 자전거를 어루만졌다. 학교에서 돌아오면 곧장 달려가서 말했다.

"안녕? 많이 기다렸지. 나도 네가 보고 싶어서 막 달려 왔어."

주일이는 아파트 주위를 제 세상 만난 듯 쌩쌩 돌아다녔다. 3~4일이 지났나 보다. 주일이 아버지가 퇴근길에 통근버스에서 내리는데 "아빠!" 하는 낯익은 목소리가 들렸다. 주일이가 저만큼에서 활짝 웃고 있었다. 번쩍이는 자전거를 옆에 세우고.

"어! 웬일이야?"

"아빠 마중 나왔어요. 보고 싶어서요."

"뭐야? 이렇게 먼 델?"

"괜찮아요. 자전거 타면 금방이에요."

"위험해! 조심해야지."

"알았어요, 아빠."

집까지 걸어오는 길에 얼마나 든든하고 흐뭇했는지. 옛날에 아내와 데이트할 때의 기분과는 또 다른 흥분이 있었다. 가슴 가득한 충만감, 그런 감격이었다.

아들은 그날부터 계속 정류장에 마중 나왔다. '이 녀석이 며칠이나 나오다 그만두려나.' 오늘인가, 오늘인가 하면서 3~4일이 계속되었다. 근무 중에 우연히 밖을 내다보다가 하늘이 잔뜩 찌푸려 있거나 퇴근할 무렵에 빗방울이라도 떨어지면 은근히 걱정되곤 했다. '오늘은 나오지 말아야 하는데. 아니야, 안 나오겠지.' 그러면서도 기다려지는 것은 웬일일까. 그동안 큰 비는 없었지만 주일이는 비오는 날에도 함박웃음으로 손을 흔들며 아버지를 반겼다. 5~6일 계속되자 일상생활처럼 굳어지기 시작했다.

주일이 아버지는 그날도 으레 나왔으려니 하고 주일이를 찾았다. 그러나 보이지 않았다. 무성한 나뭇잎에 가려서 잘 안 보이나, 아니면 버스에서 내릴 때쯤 헐레벌떡 멀리서 뛰어 오는 아들과 마주치는 것은 아닌가, 여러 생각이 엇갈렸지만 주일이 아버지의 어떤 예상도 맞지 않았다. 끝내 주일이는 그날 버스 정류장에 나타나지 않았다.

'그럴 일이 있었겠지' 하면서도 '이 녀석이 겨우 열흘도 못 채워? 사내 녀석의 끈기가 고작 그 모양이야' 하는 아쉬움이 컸다. 아니 어쩌면 아들의 끈기에 대한 아쉬움보다는 허전함이 더 컸는지도 모른다. 어쨌든 주일이 아버지는 힘이 빠졌다.

저녁 식탁에서 만난 아들에게 주일이 아버지는 아무 말도 하지 않았다. 주일이 아버지는 아들이 버스 정류장에 나오지 않은 이유가 궁금했지만 이유를 캐다 보면 마중 나오라고 강요하는 것 같아서 그만두기로 했다. '할 말이 있으면 제가 하겠지' 하고 기다렸다. 나타나지 않은 지 3일째 되던 날 아파트 정문을 들어서서 집 쪽을 향하고 있었다. 얼핏 눈에 들어온 세 아이들, 그 속에 주일이가 보였다. 나무 그늘 한 구석에 셋이서 머리를 마주 대하고 뭔가 심각하게 의논하는 듯했다. 주일이 아버지는 아들 곁으로 가서 불렀다.

"주일아."

"어! 아빠?"

"무슨 일이 있니?"

"아아뇨. 그냥 애들이랑 할 말이 있어서요."

"어? 그런데 주일아, 자전거는?"

자전거를 산 이후로 주일이가 가는 곳엔 언제나 자전거가 그림자처럼 붙어 다녔는데 보이지 않았다. 아버지의 물음에 주일이는 고개를 푹 숙이며 기어 드는 목소리로 말했다.

"아빠! 있잖아요. 자전거, 잃어버렸어요. 학교에서 돌아와 보니까 없어졌어요. 누가 매어 놓은 줄을 자르고 자전거를 훔쳐 갔어요. 줄이 잘려 있었어요."

'아아니? 이 녀석이 잘 간수하지!' 줄줄이 터져 나올 것 같은 말들을 애써 참고 버티었다. 잠시 후 감정을 정리하고 말했다.

"할 수 없지 뭐. 그 자전거가 너랑 인연이 없었나 보다. 잊어버려. 그리고 다시 자전거 살 생각은 마라. 자전거를 잃어버린 책임이 너에게도 있으니까."

"예, 아빠."

아들은 이미 아버지가 그렇게 나오리라 예상한 듯, 아니 아버지에게 혼나거나 매 맞지 않은 것만으로도 다행으로 여기는 듯 순순히 받아들이는 것 같았다. 주일이 아버지는 승강기를 타고 집으로 올라가면서 그야말로 맥이 빠졌다. 자전거를 사고 나서 그렇게 좋아했었는데. 저 녀석이 얼마나 괴로울까. 다시 사 줘? 안 되지, 안 돼. 잘 간수하지 못한 책임을 져야지. 그래야 다음부턴 각별히 조심하겠지. 그러면서도 가슴 벅찼던 감격과 벅찬 희망이 펑 터져 버린 듯 속이 휑하니 비어 오면서 맥이 좌악 풀렸다.

그후 3일간 주일이는 친구네 집이 비었다면서 함께 공부하고 온다고 늦게 돌아왔다. 본인의 기분도 편치 않을 것이고, 주일이 아버지도 아들 보는 게 애처롭고 해서 차라리 잘됐다고 생각했다. 그런데 하루는 잠깐 집에 들러 이것저것 묻는 것이었다.

"아빠, 우리 집에 쇠 자르는 톱 없어요?"

"으응? 쇠 자르는 톱? 없는데, 왜?"

"친구네서 고칠 게 있어서요. 없으면 됐어요."

'왜 쇠톱을 찾을까?' 주일이 아버지는 좀 의아했지만 그런 일에 신경 쓸 여유가 없었다. 그리고 이틀 후 왠지 피곤하고 나른해서 일찍 자려고 막 잠자리에 들었는데 파출소에서 전화가 왔다. 주일이가 파출소에 있으니 아버지가 나와야겠다는 내용이었다. 이유는 나와 보면 알게 될 거라며 지금 곧 나오라고 했다.

파출소로 걸어가는 주일이 아버지에겐 수많은 생각들이 오갔다. 그동안 파출소 앞을 지나다니긴 했지만 집안 일로 찾아가기는 이번이 처음이었다. '녀석이 도대체 무슨 일일까? 주일이가 뭘 잘 못했

나. 자전거 때문일까. 아니, 주일이는 자전거를 잃어버린 피해자인데. 그동안 주일이가 신고를 해서 자전거를 찾았나. 그런데 파출소에서 온 전화의 말투는 그게 아닌 것 같은데 ……. 굵은 쇠줄로 매어 놓은 자전거 하나 지켜 주지 못하는 파출소를 고발하고 싶었지만 참고 있었는데 무슨 일로 오라고 할까. 이 녀석이 무슨 일을 저질렀기에 아버지를 호출하게 되었는지. 아들이 거기 있다니, 일단 가 보자. 엄마 아빠를 닮아 거짓말 한 번 할 줄 모르는 착하고 순한 우리 주일이를 누가 어떻게 했다고만 해 봐라, 가만두지 않을 테니. 하나밖에 없는 아들이 그렇잖아도 자전거 잃어버려서 억울한데 누구든 걸리기만 해 봐라.' 주일이 아버지는 걸음이 빨라짐을 느끼며 한편으로는 진정하려고 애썼다.

멀리서 보이는 파출소 안은 조용했다. 파출소 안으로 들어서자 소장인 듯한 사람이 정복을 입고 책상 앞에 앉아 있고, 옆 소파에는 한 중년 남자가 앉아 있었다. 그 중년 남자는 어벙벙하게 들어서는 주일이 아버지를 쏘아붙이듯 응시했다.

"제가 주일이 아비되는 사람인데요. 부르셨나요?"

"아, 예. 이거 한번 읽어 보세요."

책상 위에서 종이 한 장을 집더니 휘익 던지듯 건네주었다.

"쳇 …… 멀쩡한데 자식교육이나 제대로 시키지. 자식교육 그 따위로 시켜서야 …… 쯧쯧 ……."

누구에게 하는 말인지 들릴 듯 말 듯 중얼거리는 소리가 들렸고, 주일이 아버지는 영문도 모른 채 종이를 집어 들고 재빨리 읽어 내려갔다. 무슨 글인지 우선 읽어 보자는 생각으로 아들의 글을 숨가

쁘게 읽던 주일이 아버지의 몸에서 힘이 서서히 빠져나갔다. 아들
이 쓴 반성문의 내용은 대강 다음과 같았다.

내가 중학생이 된 기념으로 벼르고 벼르던 자전거를 부모님을 졸라
샀다. 아파트 입구에 굵은 쇠줄로 단단히 매어 놓은 자전거를 내가 학교
에 간 사이 누군가가 줄을 끊고 훔쳐 갔다. 나는 자전거 주인으로서 잘
못한 것이 없다. 잘 잠갔기 때문이다. 그런데 그 쇠줄을 자르고 가져갔
다. 나흘 동안 친구 두 명과 온 동네를 구석구석 찾아다녔다. 찾지 못했
다. 그래서 결국 나도 내 자전거와 비슷한 다른 사람의 자전거를 훔치기
로 했다. 나는 내 자전거와 비슷한 자전거를 찾아냈고 자전거 잠근 줄을
쇠톱으로 자르다가 주인에게 들켰다. 두 친구는 내가 부탁해서 망을 봐
주었기 때문에 잘못이 없다. 그런데 자전거 주인 아저씨는 내 친구들까
지 때렸다. 내가 맞은 것은 당연하지만 친구들이 맞은 것은 억울하다.
만일 잘못이 있다면 나 혼자의 잘못이지 친구들의 잘못은 없다. 벌은 나
혼자 받겠다.

주일이 아버지는 그제서야 저편에 앉아서 빈정대던 사람이 자전
거 주인임을 알았다. '세상에 이럴 수가!' 주일이 아버지는 기가 막
혔다. 하느님을 믿는 내가 '정직' 하나만은 철저히 가르쳤다고 생
각했는데 하나밖에 없는 아들이 남의 물건을 훔치다니. 집안 꼴이
이렇게 돼 버리다니. 아들로 인해 멸시를 받다니 이 초라한 내 꼴,
그래도 지금까지는 자식 농사 잘 지었다고 은근히 자부심을 갖고
있었는데. 버스 정류장에서 함박 웃음으로 반겨 주던 아들을 동료

들은 얼마나 부러워했었는가. 그런데 모든 게 물거품이 되다니. 그 아들이 도둑놈이라니. 흥, 유자식이 상팔자? 좌절과 절망, 참담함, 패배감, 무기력, 황당함 ……. 주일이 아버지의 마음은 그 어떤 단어로도 표현할 수 없었다. 그러나 다음 순간 두 손을 마주 잡고 눈을 감았다.

'오, 하느님! 저를 도와 주소서. 아버지로서 참사랑의 모습을 보여 줄 수 있도록 도와주소서!'

그때처럼 간절한 기도를 드린 적이 있었을까.

"제 아이는 어디 있습니까? 제 아이를 만나 봐도 될까요?"

"저쪽요."

파출소장은 차갑게 턱과 눈으로 주일이가 있는 쪽을 가리켰다. 가리키는 쪽으로 몇 발짝 옮기자 열린 문으로 고개를 푹 숙인 채 무릎을 꿇고 힘겹게 두 팔을 들어올린 자세로 벌서고 있는 아들이 보였다. 주일이 아버지는 아들을 보는 순간 또 한 번의 충격으로 멈칫할 수밖에 없었다. 파출소에서 걸려 온 전화를 받는 순간부터 불안감을 떨쳐 버릴 수 없었지만 그래도 설마 나쁜 일이야 있을라고 하면서 억지로 감정을 진정시키며 여기까지 왔는데 이렇게 확연히 드러난 현실을 보니 정신이 아득했다. '아니, 이 녀석! 꼴이 저게 뭐람.'

주일이 아버지는 평소 아들의 장래에 대해 상상하는 일이 큰 기쁨이었다. 주일이는 아버지께 늘 희망을 안겨 주었다.

언제나 주위 사람들로부터 주일이에 대한 칭찬을 듣던 주일이 아버지는 아들이 꽤 괜찮은 인물이 될 것 같은 기대감으로 은근히 가슴 설레었다. '그런데 저게 뭐람, 저게! 다 틀렸어, 뭔가 될 인물이 남의 물건을 훔쳐. 다 끝났어. 저런 녀석은 소년원 같은 곳에 가둬 놔야 되는 거 아냐. 그런 엉뚱한 생각이 어디서 났어, 싹이 샛노랗다고. 앞으로의 내 인생, 내 희망은 끝난 거라고.' 주일이 아버지의 꿈은 어느새 조각조각 부서져 흩어지고 있었다.

'저 녀석을 그냥 달려가서 성질대로 반쯤 만신창이를 만들어? 그럼 내 직성이 조금은 풀릴 텐데. 그러나 침착해야지. 이성적으로 처리해야지.' 이런 생각을 하며 잠시 눈을 돌리자 조금 떨어진 곳에 아들의 두 친구들도 주일이와 같은 자세로 벌을 서고 있었다. 아들에게 뭐라고 말할까, 주일이는 아버지가 온 것을 아는지 모르는지 다시는 고개를 쳐들 것 같지 않은 자세로 고개를 깊숙이 떨구고 있었다. '주여! 제가 아들에게 영원히 기억될 수 있는 아버지가 될 수 있도록 도와주소서.' 주일이 아버지는 아들을 보며 다시 한 번 간구했다.

주일이 아버지는 천천히 주일이 앞으로 걸어가며 침착하려고 애썼다. 목소리를 가다듬었다.

"주일아!"

"어? 아, 아 …… 빠!"

주일이는 화들짝 놀라며 아버지를 올려다보았다.

주일이 아버지의 입에선 자신도 모르게 나지막한 신음이 새어나왔다. 일순간에 핏기가 싹 가시는 주일이의 얼굴은 여기저기 울긋불긋 피멍이 들고 피묻은 손등으로 눈물을 닦았는지 얼굴 전체에 상처와 피가 범벅이 되어 말이 아니었다. 주일이 아버지는 아들 앞으로 고꾸라지듯 달려가 아들을 일으켜 안았다. '쿵당쿵당' 아들의 심장 뛰는 소리가 가슴으로 전해져 왔다. 말문이 꽉 막혔다. 그렇게 얼마나 지났을까, 주일이 아버지는 한 손으로 아들의 머리를 쓰다듬으며 말했다.

"주일아! 이 세상 모든 사람이 다 너를 자전거 훔친 도둑으로 보더라도 아빠는 널 믿어. 네가 정직하고 성실하다는 것을. 그리고 난 여전히 널 사랑해."

주일이는 대답 대신 있는 힘을 다해 아버지를 끌어안더니 두 주먹으로 아버지 등을 치며 참던 울음을 터뜨렸다.

"아빠…… 몰라, 몰라. 난 모른단 말야!"

주일이 아버지는 조용히 아들의 등을 토닥거렸다. 아들의 흐느낌과 좌절감이 온몸으로 느껴져 왔다. '누구야, 누가 내 아들의 자전거를 훔쳐 가서 이 순하고 착한 아들의 가슴을 멍들게 했는가, 좌절의 구렁텅이로 밀어 넣었는가.' 주일이 울음소리가 차츰 잦아들었다. 그때 저편 의자에 앉아서 그들을 지켜보고 있던 중년 남자가 다가왔다.

"제가 자전거 주인인데요."

"아, 예. 선생님!"

주일이 아버지는 벌떡 일어나 그의 앞으로 다가가 덥석 무릎을 꿇었다. 그러고는 두 팔로 그의 한쪽 다리를 껴안고 말했다.

"선생님, 죄송합니다. 아니요, 죽을 죄를 졌습니다. 제가 자식을 잘못 가르쳐 선생님께 심려를 끼쳐 드려 정말 죄송합니다. 이번만 용서해 주신다면 아들을 잘 가르쳐 다시는 다른 사람에게 폐를 끼치지 않도록 하겠습니다. 선생님 한번만 용서해 주십시오."

간곡히 청원하는 주일이 아버지의 음성에는 물기가 촉촉히 묻어 있었다.

"아, 예. 됐습니다. 일어서시지요. 제가 소장님께 말씀드려서 없었던 일로 하겠습니다. 그만 일어서시지요."

그는 정중하게 주일이 아버지를 부축하며 일으켜 세웠다.

"감사합니다. 정말 감사합니다."

"그럼 제가 소장님께 말씀드리고 먼저 가겠습니다. 아 …… 그리고 주일아, 넌 참 훌륭한 아버지를 모시고 있구나. 네가 정말 부럽다."

그는 주일이에게도 한마디 건네고 소장에게로 갔다. 그는 고개를 끄덕여 가며 한참을 뭐라고 하더니 파출소를 나갔다. 소장은 주일이 아버지에게로 와서 말했다.

"그만 아이들을 데리고 돌아가시지요. 아까 그분이 없었던 일로 하고 또 빨리 보내 드리도록 부탁까지 하셨어요."

"용서해 주셔서 감사합니다."

주일이 아버지는 아이들을 데리고 파출소를 나왔다.

"너희들, 우리 주일이 일로 욕봤다. 미안하다."

주일이 아버지는 주일이 친구들을 집으로 보내고 아들을 데리고 돌아왔다.

"엄마한텐 아빠가 얘기할게. 씻고 들어가서 자거라."

"예."

주일이 아버지는 펄쩍 뛰는 아내를 진정시키고 그 일에 대해서는 모른 체하고 자기에게 맡겨 달라고 당부했다. 주일이 아버지는 그날 이후 주일이에게 그 사건에 대해서 아무 말도 하지 않았다. 3일째 되는 날 저녁식사 후 주일이가 입을 열었다.

"아버지! 저 …… 아버지랑 얘기하고 싶은데요."

"그래?"

주일이는 아버지와 자기 방으로 들어가 책상 앞에 마주 앉자마자 아버지 손을 덥석 잡으며 말했다.

"아빠! 아빠는 캡이에요. 캡! 아빠는 정말 멋있어요. 제 친구들도 그랬어요. 우리 아빠가 최고라고요. 저는 그날 파출소 소장님이 집으로 전화할 때 아, 이젠 죽었구나 하고 생각했어요. 아버지가 출발하셨겠구나, 어디까지 오셨겠구나 생각하는데 가슴이 쾅쾅 뛰고 앞이 캄캄했어요. 저만큼에서 파출소 문이 열리고 아버지 목소리가 들리자 이젠 정말 죽었구나 하고 눈을 감았어요. 그런데 아버지는 저를 안아 주셨어요. 그리고 저를 믿고 사랑하신다고 하셨어요. 아빠, 아빠 정말 멋있어요. 제가 그때 무슨 생각을 했는지 아세요? 아빠가 할아버지가 되시면 저는 날마다 아빠를 업어 드려야지 하는 생각을 했어요. 아빠, 전 아빠가 너무너무 좋아요. 그리고 아빠를 사랑해요."

그 사건 이후 말이 없고 부쩍 커 버린 듯한 주일이가 '아빠'와 '아버지' 라는 호칭을 번갈아 부르며 말하는 것이었다.

"야! 네 말을 들으니까 나도 꽤 괜찮은 아빠가 된 것 같아서 기분이 좋은데."

"괜찮은 정도가 아니라 캡이에요, 캡요."

"그래, 고맙다. 주일아, 그런데 아빠는 이번 일이 그렇게 끝나서 퍽 다행이라는 생각을 했단다. 만일 네가 자전거 주인에게 들키지 않았다면 어떻게 됐을까. 훔친 자전거를 타는 네 마음도 편치 않았을 것이고 자전거를 잃어버린 그 주인도 괴로웠을 텐데. 그러다가 그 자전거 주인도 너처럼 또 다른 자전거를 훔치게 되고 그런 일이 되풀이된다면 우리 동네는 어떻게 될까, 생각하면 아찔해."

"무슨 얘긴지 알겠어요, 아빠."

"내 말을 금방 알아듣는 우리 주일이가 진짜 캡이네."

"예, 저도 아버지 아들답게 이제 캡이 될 거예요."

주일이 아버지는 아들을 껴안고 방 안을 한바탕 뒹굴었다.

그 후 주일이가 3학년이 된 어느 일요일 오후, 교회에서 돌아온 주일이는 아버지에게 이렇게 말문을 열었다.

"아버지, 주일날 교회에 나오는 친구들 중에 자전거 안 타고 걸어오는 애는 저 혼자뿐이에요."

"그래, 그동안 굉장히 참았구나."

"그렇지만 전 안 돼요. 더 근신해야죠."

"더 근신해야 되는지 안 되는지, 어디 한 번 생각해 보자."

주일이 아버지는 그날 아내와 의논해서 주일이가 원래 사고 싶어했던 더 좋은 자전거를 사 주었다. 이번에는 식구들의 양해를 얻어 현관 입구가 자전거 보관소가 되었다. 주일이는 좋아하며 새로 산 자전거를 조심스럽게 다뤘지만 왠지 처음 자전거를 샀을 때만큼의 흥분은 보이지 않았다.

주일이 아버지는 수강자들에게 주일이와의 자전거 사건 얘기를 끝내면서 다음의 말을 덧붙였다.

"제가 주일이의 행동에 대해 마음을 가다듬지 않고 대했다면 그 결과는 뻔하겠지요. 먼저 자전거를 잃어버린 날 주일이는 제게 호되게 맞았을 겁니다. 그랬다면 남의 자전거를 훔칠 생각은 하지 않았겠죠. 자전거를 훔치다 들켰을 때도 주일이를 반쯤 어떻게 만들었을 거예요. 그리고 그날 파출소에서 우리 아들을 때린 그 자전거 주인에게 난리를 쳐서 파출소 안이 떠들썩했을 겁니다. 그런 방법으로 끝났다면 하나밖에 없는 아들과 오늘처럼 사이좋게 지낼 수 있을까 생각해 봅니다. 아들은 자전거 훔쳐 간 사람에 대해서 증오심만 가득할 것이고, 저는 아들을 한심한 녀석으로 보아 미워했을 겁니다. 그러나 이 일을 계기로 저와 아들은 많이 성장했습니다.

지금도 저는 캡 아버지의 자리를 지키려고 늘 조심스럽게 생각하고 행동합니다. 아들도 역시 그렇습니다. 제가 아들의 기억에 최고의 아버지로 남을 수 있도록 도와준 이 교육 프로그램에 감사드립니다. 제겐 큰 행운이었습니다."

주일이 아버지의 당당한 표정엔 어두운 터널을 무사히 빠져나온 용기와 자신감이 배어 있어 다른 수강자들을 부럽게 했다. 주일이 아버지의 이야기를 들으며 같이 자녀를 키우는 입장에서 몇 가지 제안을 하고 싶다.

주일이가 자전거를 잃어버렸을 때나 자전거를 훔치다 들켰을 때 주일이와의 대화를 통해 다시 자전거를 사 주면 어떻겠는가. 교육

심리학자들은 자녀의 필요한 욕구를 적절히 충족시켜 주는 것이 지적, 정서적, 신체적인 면에서 발달을 최대한 도와주는 방법이라고 말한다. 주일이가 자전거를 잃어버린 허탈감과 좌절, 분노가 얼마나 컸으면 자전거를 훔치기까지 했을까. 주일이가 자전거를 잃어버렸을 때 아버지가 주일이에게 이렇게 제안했으면 어떻겠는가. "주일아, 잃어버린 자전거에 대해서 충분히 반성한 것 같으니 자전거를 꼭 갖고 싶다면 얘기해라. 아빠가 다시 사 줄 수도 있어."라고. 주일이가 이런 말을 들었다면 자전거를 훔칠 생각을 했을까. 가질 수 있는 것을 갖지 않는 것과, 갖고 싶은 것을 어떤 이유에서든 갖지 못하는 것과의 차이는 크다. 다시 자전거를 살 때까지 주일이의 마음을 헤아려 보자.

잃어버린 자전거를 이미 포기했으면서도 신나게 달리는 자전거를 보면 자신도 모르는 사이에 의심, 미련, 아쉬움, 안타까움, 억울함, 불신, 분노 등에 사로잡힐 것이다. 그 맴도는 감정들은 결국 인간에 대한 불신으로 커져 갈 것이다. 그것은 새 자전거를 살 때까지, 아니, 산 후에도 미움과 불신의 감정은 남아 있을 수 있다.

만일 자전거를 잃어버려 우울하게 지내던 주일이가 어느 날 학교에서 돌아와 현관에 놓여진 새 자전거를 발견했다면 그 기분은 어떠할까? 그것도 다음과 같은 글귀가 씌어진 예쁜 카드가 자전거 위에 놓여져 있다면 ……

주일아! 네가 그렇게도 아끼던 자전거를 잃어버리고 요즘 얼마나 괴롭겠니. 훔쳐 간 사람이 밉겠지? 아빠는 요즘 네게 부끄러운 생각이 들어. 우리 어른들이 세상을 잘 가꾸며 살았으면 자전거를 훔쳐 가는 사람이 없는 세상이 되었을 텐데. 네게 미안한 마음과 사랑하는 마음을 모아 이 자전거를 샀단다.

너를 사랑하는 아빠가

　그 카드 위에 빨간 장미꽃 한 송이가 놓여지는 것까지 기대한다면 내 바람이 너무 지나친 것일까.
　그리고 자전거를 훔치는 주일이를 붙잡은 자전거 주인의 경우 주일이를 파출소까지 데려가지 않고 이런 말과 함께 용서해 주었으면 어땠을까.
　"네가 이 자전거를 훔치는 사연이 있을 것 같은데?"
　"제 자전거를 잃어버렸거든요."
　"아, 그래서 훔칠 생각을 했구나. 네가 얼마나 애석하고 억울했으면 이런 생각을 했겠니? 일주일 정도는 이 자전거를 네게 빌려줄 수 있는데……"
　이 또한 환상적인 나의 바람일까.
　나는 부모교육 강사로서 일을 하다 보면 주일이 아버지처럼 자신의 가정을 아름답게 가꾸고자 끊임없이 노력하는 훌륭한 수강자들을 만나게 된다. 그들은 나의 보람이며 기쁨이다. 오늘도 이러한 나의 모든 훌륭한 수강자들께 감사드리며 그분들을 위해 조촐한 기도를 드린다.

말썽꾸러기 인호와의 1년

내가 존경하는 많은 사람들 가운데 이 불볕 더위에, 그것도 황금 같은 방학 기간에 가정과 학생들을 위해서 교사·학생의 대화방법을 공부하는 선생님들을 빼놓을 수 없다. 그러한 선생님들의 사례를 소개한다.

저는 작년에 5학년 담임을 맡았습니다. 학년·반 배정 발표가 끝나자 젊은 강 선생님이 제게 와서 말하는 것이었습니다.

"박 선생님 올해 고생하게 생겼어요. 이번에 선생님 반에 배정된 김인호라는 학생이 얼마나 저를 힘들게 했는지 몰라요. 인호랑 싸우느라 1년을 어떻게 보냈는지 생각만 해도 지겨워요. 덩치가 작으면 몰라, 반에서 제일 큰 녀석이 말썽만 부리고, 아무튼 지내 보시면 제 심정 아실 거예요."

"그래요?"

저는 무심한 듯 대답하면서 마음으론 강 선생님을 나무라고 있었습니다. '아니, 그렇게 말썽꾸러기를 모범생으로 바꾸어 놓지는 못하고 싸움만 하다니, 젊은 선생님이 일 년 동안 뭘 했다는 거야, 그러면서도 그게 뭐 자랑거리라고 선생님들 앞에서 신나게 떠들고 있어!' 하고요. 어쩐지 재수가 없어 유명한 말썽꾸러기를 만나게 되는 것 같아 선생님들 앞에서 자존심도 상하고 기분이 나빴습니다. '도대체 어떤 녀석일까. 어떤 녀석이길래 학기 초부터 내 기분을 이렇게 망쳐 놓을까.' 화가 나면서도 한편으로는 '그렇지, 어쩌면 말썽꾸러기인 인호를 고분고분하면서도 놀 줄 알고 공부할 줄 아는 모범생으로 바꿀 수 있는 기회가 될지도 몰라' 하는 욕심과 야속한 느낌이 함께 엇갈렸습니다. 그러나 그 꿈은 인호를 보면서 산산조각이 났습니다. 중학생만한 몸집으로 동에 번쩍 서에 번쩍 교실을 누비고 다니는 인호.

"강인호!"

첫 번째 만남은 그렇게 큰 소리로 시작되었습니다. 다른 학생들은 제 소리에 놀라 재빠르게 자리를 찾아 앉았지만, 인호는 뭐가 그렇게 무서우냐는 듯 두리번거리며 엉거주춤 빈자리에 앉았습니다. 결국 저도 며칠 못 가서 강 선생님을 나무란 것을 후회하게 되었습니다. 반장의 감시하에 운동장을 스무 바퀴씩 뛰게 하고 한 달간 화장실 청소를 시키고, 교실 구석에 무릎 꿇고 손들게 하고, 저녁 일곱 시까지 교실에 남아 저와 함께 벌을 섰지만 그 어떤 방법도 인호를 변화시킬 수 없었습니다. 차라리 학기 초에 무서운 남자 선생님 반으로 옮겨 달라고 부탁을 해 볼 걸 하는 후회도 했습니다. 제가

사용하는 모든 방법들은 인호에게는 1학년부터 4학년까지 다 치른 방법이라 새로울 것도 두려울 것도 없었습니다. 충분히 면역이 되어 있었고 모든 처벌을 받을 준비가 되어 있었습니다. 오히려 체벌을 기다리고 있는 듯했습니다. 그렇게 작년 여름 방학을 맞이했습니다.

'야호! 한 달 이상 인호에게서 해방되는구나!'

제 안에서 외치는 소리였습니다. 그리고 얼른 2학기가 지나 다른 선생님께 인계하고 홀가분한 마음이 되고 싶었습니다. 그 해방감을 만끽하던 방학 동안 저는 우연히 기회가 되어 교사·학생의 대화방법을 배우게 되었습니다. 그때 제가 맨 먼저 느낀 것은 인호에 대한 죄책감이었습니다. 인호의 모든 행동이 인호 자신보다 오히려 주변의 여건에 기인한 것임을 깨닫게 되었습니다. 저는 인호에게 부끄러웠습니다.

방학이 끝나고 개학하던 날, 교실에서 다시 만난 우리반 44명의 학생들 속에 섞여 있는 인호의 모습은 첫 만남 때의 모습과 거의 그대로였습니다. 1학기 동안 인호를 변화시키려고 온갖 노력을 했지만 변한 것이 없었습니다. 강 선생님을 질책했던 제 자신이 다시 한번 부끄러웠습니다. 그러나 '지금부터라도 시작하자, 배운 대로 실천해 보자' 하고 다짐했습니다.

그날은 운동장에서 전체 조회가 있어 학생들과 함께 운동장으로 나갔습니다. 배운 대로 실천할 기회는 금방 찾아왔습니다. 아이들은 우리 반이 서야 할 자리에 옹기종기 모여서 가벼운 놀이를 하며 조회가 시작되길 기다리고 있었습니다. 그때 한 학생이 달려 와서 말했습니다.

"선생님, 인호가 애들이랑 싸워서 눈을 다쳤나 봐요. 여러 애들이 한꺼번에 인호에게 덤볐어요."

방학하기 전에 당했던 친구들의 쌓였던 울분이 개학 첫날 한꺼번에 터진 듯했습니다. 인호는 저만큼 떨어진 곳에 엉거주춤 앉아서 두 팔로 얼굴을 감싸고 있었습니다. '또 말썽이 시작되는구나.' 튀어나오는 짜증을 가라앉히고 그 아이에게 인호를 데리고 오라고 보냈습니다. 고개를 저으며 싫다고 하는 인호를 억지로 끌고 오던 인호 친구는 결국 혼자 왔습니다.

"선생님께서 오라고 하신다고 해도 싫대요."

부반장을 보냈습니다. 역시 혼자 되돌아왔습니다. 반장도 혼자 되돌아왔습니다. 조회가 시작되려 하자 운동장은 한쪽으로 정리되고 인호만 저만큼 떨어져 앉아 있었습니다. 인내의 한계를 느꼈습니다. '세 번씩이나 평화의 사절을 보냈는데 되돌려 보내다니, 저 녀석이 아직도 선생님을 우습게 알아?' 괘씸했습니다. '알았어.' 저는 인호에게로 향했습니다. 발걸음이 빠른 만큼 흥분도 더했습니다. 그러나 다음 순간 '그렇지, 침착하게 이성적으로 대하자' 하고 감정의 브레이크를 밟았습니다. 인호 옆으로 갔을 때는 거의 안정을 찾을 수 있었습니다. 저는 인호의 어깨를 부드럽게 감싸며 말했습니다.

"인호가 눈을 많이 다쳤나 보다, 어디 보자."

인호는 깜짝 놀라며 어깨를 좌우로 흔들다가 주춤거리며 말했습니다.

"모래가 들어갔나 봐요."

"저런! 다른 데 다친 데는 없고? 친구들이 한꺼번에 덤벼서 당황했지."

"……."

"인호야, 양호실에 가서 선생님께 치료받고 교실에 가서 쉬고 있을래?"

인호는 제가 이끄는 대로 순순히 따라왔습니다. 친구를 불러서

양호실에 보냈습니다. 인호로 인해 일어난 상황을 처리하고 그렇게 편안하기는 처음이었습니다. 그리고 생각했습니다. 이 편안함을 인호도 똑같이 느끼는 게 아닌가 하고요. 잠시 후 돌아와 반 대열에 끼어 있는 인호를 보고 저는 깜짝 놀랐습니다. 저는 눈짓으로 '눈은?' 하고 물었고, 인호는 머쑥한 듯 한쪽 눈을 찡긋거리며 '괜찮아요'라고 웃음으로 대답하였습니다.

그 작은 사건 이후 인호는 달라졌습니다. 다소곳하게 자리를 지킵니다. 그동안 감시와 추궁의 눈초리로 인호를 따라다니던 제 눈빛이 다정한 눈빛으로 바뀌자 인호도 그렇게 변한 것이었습니다. 그뿐 아니라 인호는 학급의 어려운 일을 해결하는 해결사가 되기도 했습니다.

저의 학급에서 사용하는 두루마리 휴지를 차례를 정해서 가져오도록 했습니다. 그런데 어느 날 휴지를 가져올 당번이 어머니가 외가에 가고 안 계시다며 못 가져온다고 했을 때 인호가 손을 번쩍 들고 가져오겠다고 했습니다. 반 아이들의 눈이 두 배로 커진 것 같았습니다. 그 후 인호는 한 마을을 지키는 수호신인 장승처럼 우리반을 지키는 장승이 되었습니다.

6학년으로 진급하는 날 모범생이 된 인호를 인계하게 된 감격에 전 기쁨의 눈물을 삼켰습니다. 인호가 고마웠습니다. 지금도 가끔 만나면 달려와 제 주위를 맴도는 인호를 만나는 일이 즐겁습니다. 이제 알겠습니다. 결국 제가 변해야 하는 것을요. 대화방법을 배우느라 작년 여름 방학을 억울하게 보낸 것 같았지만 인호와 잘 지내게 된 것만으로도 충분한 보상을 받은 듯했습니다. 그 후 잘하려고 하지만 툭툭 넘어지는 안타까움에 제 마음가짐을 재확인하려고 또 다시 대화방법 강의에 재등록하게 되었습니다.

동료교사 박 선생님께 보내는 선생님 수강자들의 열렬한 박수에는 격려와 부러움이 담겨 있었다. 또 새로운 다짐과 희망도 묻어 있었다. 다음은 이번에 처음 참가한 오 선생님의 사례다.

저는 올해 4학년을 맡았는데요, 저희 반 수정이 어머니와 있었던 일입니다. 수정이는 성적이 좋은 편이며 수정이 어머니는 학교 일에 적극적으로 나서서 도와주므로 저는 늘 고맙게 생각합니다. 수정이는 어머니의 적극적인 관심 속에 지난 1학기말 시험에서 좋은 점수를 받았습니다. 거의 모든 과목에서 수를 받았습니다.

그러나 국어 성적은 걱정이 되었습니다. 필기시험에서는 한 문제 틀려서 96점인데 읽기와 작문은 중 이하의 수준이었습니다. 수정이의 국어 성적을 어떻게 평가할 것인가. 수정이는 글을 읽을 때 더듬거리며 띄어 읽기도 서툴러서 가끔은 엉뚱한 내용으로 바꾸어 읽어 반 아이들에게 웃음거리를 제공하기도 합니다. 작문 시간에도 일기를 잘해야 서너 줄 정도 쓰는데 무슨 내용인지 이해하기가 어려웠습니다. 이러한 걱정을 하고 있던 중 급식 당번 일로 학교에 들른 수정이 어머니를 만났습니다. 저를 본 수정이 어머니는 다짐이라도 받으려는 듯 말했습니다.

"선생님, 우리 수정이 이번 국어시험에서 하나밖에 안 틀렸는데 성적이 어떻게 나오죠?"

"글쎄요. 국어는 필기시험도 중요하지만 실기에서도 50퍼센트 반영되니까 잘 연구해 보겠습니다. 그리고 집에 가시면 수정이의 일기도 보시고 또 글도 읽혀 보시죠."

저는 조심스럽게 말했습니다만 쌜쭉 토라지는 수정이 어머니의 표정을 보면서 착잡했습니다. "96점이니까 물론 '수' 지요"라고 말할걸. 그랬다면 얼마나 가볍게 얘기가 끝났을까. 수정이의 성적을 돈 받고 올려 주는 것도 아니고 96점의 필기시험에 근거해서 '수'를 주었다고 하면 누가 항의해도 당당하게 말할 수 있는데. 그러면 수정이 어머니의 학교에 대한 협조도 더 적극성을 띠게 될 것이고. 그러나 한편으로는 그렇게 해서는 안 된다는 그 어떤 의무감 같은 감정이 자리 잡았습니다. 결국 1학기말 수정이 성적표의 국어란에 '우' 라는 평가를 적었습니다. 정확히 표현하자면 '미' 라고 해야 했지만 그렇게 되면 수정이의 실망이 커서 아예 국어를 포기해 버릴지도 모른다는 생각에서 저 자신과 많은 타협을 한 결과였습니다. 작은 일에도 꼭꼭 연락을 하는 수정이 어머니의 반응이 없었습니다. 저는 수정이 오빠를 담임하고 있는 6학년 선생님께 그 궁금증을 털어놓았습니다.

"혹시 수정이 어머니에게서 무슨 연락을 받으셨나요?"

"아, 네. 그렇잖아도 선생님 뵈면 말씀드리려고 했는데요. 수정이 어머니가 선생님께 대단히 기분이 상했나 봐요. 96점 받은 국어를 '우' 를 주셨다면서요?"

선생님은 확인하려는 듯이 말했습니다.

"네, 실기 성적이 좋지 않아서 저도 고민을 했습니다."

"네, 그 얘기도 하시더군요. 선생님께서 수정이의 일기를 읽어 보고 책도 읽혀 보라고 했다고요. 물론 수정이 어머니도 수정이의 일기를 보니까 내용을 이해하기가 어렵고 또 읽는 것도 시원치 않기는 하셨대요. 그래도 필기시험이 96점이니 '수'를 줄 수도 있었을 텐데 서운하시대요. 선생님이 그냥 대충 좀 넘어가시지."

저는 할 말을 잃었습니다. 사실은 제가 생각해도 저 자신이 고집스러워요. 때때로 제 고집은 비난의 대상이 되거나 놀림감이 되기도 해요. 그러나 저는 문득문득 학생 시절에 꿈꾸던 제 모습을 상기합니다. '내가 이다음에 선생님이 된다면 모든 학생을 공평하게 정의롭게 대해야지. 학부모의 관심이나 참여와는 무관하게 학생 개인 한 사람 한 사람을 소중하게 생각해야지' 하던 옛날을 회상하면 뭔가 새로워집니다. 그런데 지금까지는 위와 같은 상황에서 답답한 채로 가슴에 묻어 두고 넘어갔습니다. 그러면 수정이와 수정이 어머니와의 관계에서도 소원해지고 결국 학부형으로서의 학교에 대한 협조도 끝이 납니다. 그런데 이번에는 배운 대화방법을 활용해 보았습니다. 지난주 수요일 제가 일직이라 수정이네로 전화를 해서 수정이 어머니에게 만나고 싶다고 했습니다. 저는 생각하고 다듬어 준비했던 말을 꺼냈습니다.

오 선생님 수정이 어머니, 이번에 수정이 국어 성적 보시고 많이 섭섭하셨죠!

수정 어머니 섭섭하긴요. 실력만큼 주셨을 텐데요. 성적대로 주신 선생님이야 뭐 잘못이 있으신가요. 공부 못하는 우리 수정이 탓이죠.

오 선생님 제가 어떻게 말씀을 드려야 할지 막막합니다. 저도 수정이의 국어 성적에 대해서 고민을 많이 했습니다. '수'를 주고 싶은 유혹도 많았고요. 수정이 어머니의 기뻐하시는 모습을 보며 저도 편안하고 싶었고요. 그동안 학교 일에 협조해 주신 고마움에 보답도 하고 싶었고요. 그런데 수정이가 지금처럼 읽고 또 글을 써도 최고의 점수를 받는다고 안이하게 생각할까 봐 걱정이 되었습니다. 괴롭겠지만 지금 자극을 받고 열심히 노력하는 계기가 되길 바랐거든요.

수정 어머니 그러셨군요. 선생님 말씀을 들으니까 제 짧은 소견이 부끄럽습니다. 수정이도 글 읽는 것이 서툴러서 두렵다고 걱정했지만 전 작년 성적과 비교하면서 서운해 했어요. 선생님께서 그렇게까지 생각해 주시는 줄 모르고요.

오 선생님 앞으로 남은 방학 동안 그 부분을 집중적으로 노력했으면 합니다만.

수정 어머니 선생님, 고맙습니다.

오 선생님 수정이 어머니께서 이해해 주시니 저도 힘이 생깁니다. 고맙습니다.

저는 그날 꽉 막힌 체증이 시원스럽게 내려간 기분이었습니다. 개학하면 좋은 일만 생길 것 같습니다.

수강자들은 다시 한 번 박수를 보냈다.

우리들의 만남이 얼마나 중요한 의미를 가지는가. 이러한 교사와 학생 그리고 학부모와의 긍정적인 만남으로 서로를 키워 줄 때 교육개혁은 서서히 뿌리를 내리게 되는 것이 아닐까.

달콤한 눈물의 의미

선생님, 저는 오늘 풀고 가야 할 숙제가 있습니다. 며칠 전 저녁 시간이었습니다. 고등학교 1학년인 작은아들의 담임선생님께서 전화를 주셨습니다. 저는 가슴이 철렁했습니다. 이 녀석이 개학하자마자 또 무슨 말썽을 일으켰구나 하고요. 그런데 전화 내용은 정반대였습니다.

"길호 어머니, 이번 시험에서 길호 성적이 아주 많이 올랐습니다. 20등이나 올랐는데, 혹시 방학 동안에 특별한 방법이라도 쓰셨는지요. 그게 궁금하고 또 기분도 좋아서 전화 드렸습니다" 하시는 거예요.

저희 아이는 방학 전에 일부 과목의 시험을 봤고요. 국어, 영어, 수학, 과학은 개학하면서 바로 보았는데 그 시험 결과에 대한 얘기였습니다. 시험 보고 온 날 아들은 국어도 의외로 쉬웠고 다른 과목들도 다 잘 보았다고 했습니다. 그렇지만 제 아이는 시험 보고 와서 무슨 시험이든 못 보았다고 말한 적은 한 번도 없었습니다. 다 잘 보았대요. 그러면서도 고등학교 올라와서는 시험 결과나 성적표를 한 번도 보여 준 적이 없었습니다. 성적이 좋았으면 성적표 구경을 못할 리가 없죠. 그날도 맨날 하는 말이려니 했습니다. 저는 선생님의 말씀에 별 생각 없이 쉽게 나오는 대로 말했습니다.

"선생님, 저희 아이는 방학 동안에 거의 공부를 안 했는데 혹시……."

얘기하는 도중에 선생님 댁 전화에 갑자기 이상이 생겼다며 통화는 바로 끝났습니다. 저는 하다가 못한, 하려고 했던 말이 입 안에서 맴돌았습니다. '혹시 커닝한 건 아닌가요.' 저는 얼른 길호에게 확인하고 싶었습니다. '길호야, 너 방학 내내 놀기만 했는데 성적이 엄청 많이 올랐다면서, 너 이번 시험에 커닝했지?' 하고요.

길호는 방학 동안 달리 한 것이 없었습니다. 방학 전부터 다니던 학원에 계속 다니고 있지만 여전히 학원에서 돌아오는 길에 서너 시간씩 놀다 들어와 제 속을 태웠습니다. 전 정말 알고 싶었습니다. 그러나 자신을 제재했습니다. '그렇지, 그동안 배운 것을 실천할 기회야. 이럴 때 길호의 마음이 상하지 않으면서 나의 궁금증도 풀 수 있는 대화방법을 찾아야지.' 저는 곰곰 생각했지만 잘 말할 자신이 없었습니다. 저는 이 모임에서 먼저 공부한 후에 행동에 옮기려고 오늘 이 문제를 가지고 왔습니다. 참고로 말하자면 저는 요즈음 아들과의 관계가 많이 개선되었습니다. 그동안 아들을 많이 미워했습니다. 아들의 일기장을 몰래 본 후에 더욱 미워했어요. 담임 선생님께서 요즘 학생들이 당구장 가고 노래방 가고 화투놀이를 하는 학생이 많으니 부모님들이 관심을 갖고 지도하라고 하셨습니다. 저는 제 아들이야 설마 그런 행동들을 하지 않겠지 했어요. 그런데 아들의 일기장에는 선생님께서 염려하시는 행동들은 다 적혀 있었어요. 친구와 당구장 가고 노래방 가고 옷 사러 이태원 가고 담배 피우고 화투로 돈 따서 기분이 좋고 …… 설마 하면서도 혹시나 했는데 역시나였습니다. 남편에게 일러바쳐서 혼내 주고 싶었습니다만 아들의 일기장 첫 페이지에 써 있는 글이 생각났습니다.

"누구든지 이 일기장을 훔쳐보는 자는 개××다."

큼직하게 이렇게 써서 빨간 볼펜으로 네모 경계선을 쳐 놨습니다. 저는 남편을 개××로 만들고 싶지 않았습니다. 때로는 잘못하고 약속을 지키지 않을 때마다 때려 줘야 하는 것이 아닌가 하고 생각도 해 보았지만 그럴 때마다 때린다면 우리 아들은 날마다 맞아야 했을 거예요. 이러한 갈등 속에서 저는 이 대화방법을 배우게 되었고 배운 대로 실천하려고 애썼습니다. 일단 아이를 인격적으로 대해 주며 말을 조심했습니다.

예컨대 아이가 머리를 깎겠다고 돈을 달라고 하면 예전엔 잔소리부터 했습니다. '너 머리 제대로 깎지 않고 이상한 스타일로 깎고 오기만 해 봐. 백 번이라도 다시 깎도록 할 테니까 알아서 해!' 그렇게 주의를 주어도 제가 아들의 얼굴을 똑바로 쳐다볼 수 없도록 희한하게 깎고 옵니다. 저는 울화통이 터지지만 돈을 주고 다시 깎고 오라고 보냅니다. 물론 잔소리를 하면서요. 아빠가 열심히 벌어 온 돈을 그런 식으로 낭비하면 되겠느냐, 공부해야 할 사람이 머리에만 신경 쓰니 공부가 제대로 되겠느냐 하면서요. 아들은 창피하게 여러 번 가느냐고 소리 지르며 제 방으로 들어가 버립니다. 그러나 요즘은 머리 깎을 돈을 주면서 말합니다.

"길호야, 머리 깎으러 한 번만 가도 되겠지?"

"엄마가 결정하실 일이죠."

"부탁이다."

저는 편안하게 말하고 아들은 기분좋게 나갔지만 앞머리는 묘하게 길게 하고 왔습니다. 그러면 이렇게 말하지요.

"앞머리가 조금만 더 짧았으면."

"제가 여러 번 말했어요. 고등학생이니까 짧게 깎아야 한다고요. 그런데도 앞머리가 길죠. 앞머리 더 깎고 올까요?"

"밤 아홉 시가 다 돼 가는데 괜찮겠니? 돈은 여기 있는데."

"뛰어가 볼게요. 돈은 필요 없어요."

한참 지난 후에 길호는 헐레벌떡 뛰어왔습니다. 이발소 문을 닫으려는 걸 두들겨서 깎고 왔다는 거예요. 참으로 오랜만에 제 맘에 쏙 들더라고요. 제가 말을 조심하면 되는 것을요. 아들은 그렇게 저를 배려해 주는 사람이 되어 가고 있습니다. 또 다른 날이었습니다.

"엄마, 미술도구 사게 만 원만 주세요."

저는 만 원을 주면서 말했습니다.

"모자라지 않겠니?"

아들은 어리벙벙해 했습니다. 전에는 '뭐 살 건데? 너 또 얼마나 땡겨 먹으려고?' 라고 했으니까요. 또 어느 날 저녁 밤 10시쯤 들어온 아들과 나눈 대화예요.

"엄마, 나 배고파요. 밥 좀 주세요."

"길호야, 지금 10시가 넘었는데 오늘 저녁은 8시에 엄마가 주방에서 퇴근했거든."

"알았어요. 제가 적당히 먹을게요."

전에 제가 하던 말은 '너는 만날 늦게 와서 밥 달라 국 달라 엄만네 좋이냐. 제발 좀 일찍일찍 저녁 먹는 시간 맞춰서 들어와라. 엄마도 좀 쉬어 보게' 였거든요. 그래서 아이는 차려 주는 밥 먹으면서도 얼굴을 찡그렸었는데 요즘은 본인이 차려 먹고 설거지까지 해도 콧노래를 흥얼거립니다. 이렇게 아들과 많이 좋아지긴 했습니다만 아무래도 이번 시험에서만은 커닝했을 것이라는 의심을 떨쳐 버리기가 어려웠습니다. 워낙 많이 놀았거든요. 그래도 이번 일을 잘 해결하여 더 좋은 관계로 만들고 싶습니다. 이런 경우 길호에겐 뭐라 말하고 담임선생님께는 어떻게 말씀드려야 할까요?

우선 순서부터 정해야 한다. 선생님을 먼저 찾아 뵙고 길호에게 선생님과 나눈 얘기로 대화를 풀어 가야 할지, 길호와 얘기를 한 뒤에 선생님을 찾아 뵈야 할 것인지를 선택해야 한다. 우리는 후자를 선택하여 역할극으로 연습을 했다. 서로 역할을 바꾸어 가며 어머니가 되고, 길호가 되고, 선생님이 되어 역할을 한 후 느낌을 나눈다. 일주일 후 길호 어머니는 실행한 결과를 발표했다.

그날 저녁, 저는 기회를 봐서 길호에게 말을 걸었습니다.

"길호야, 며칠 전에 너희 담임선생님께서 전화하셨어."

"왜요?"

"응, 이번 시험에서 네가 성적이 너무 많이 올라서 방학 동안에 특별히 공부시켰나 궁금하셔서 전화하셨대. 기분도 좀 좋으신 것 같더라."(∗1 응, 아주 반가운 소식이었어. 이번 시험에서 네가 시험을 아주 잘 봐서 20등이나 올랐대. 선생님께서 기뻐하시면서 이번 방학에 네게 특별한 공부를 시켰는지 궁금하시대. 내가 대답을 못 했거든. 네 공부하는 모습이 내겐 예전이랑 똑같아 보였으니까 엄마가 선생님 찾아뵙고 상담하겠다고 했는데 선생님께 뭐라고 말씀드릴까. 무슨 특별한 비결이라도 있니?)

"……."

제 말에 아들은 무표정에 무관심한 태도였습니다.

"그런데 방학 동안에 너 별로 공부 열심히 하지 않았잖니. 그건 네가 더 잘 알잖아. 그래서 엄마는 네가 혹시 커닝한 게 아닌가 하는 생각이 들었단다."

"(벌컥 화를 내며) 나 커닝 안 했어요. (포기한 듯이) 엄마 마음대로 생각하세요."

"그래, 난 처음에 네가 솔직히 말을 안 할 것 같아서 선생님을 먼저 찾아 뵙고 사실을 확인해 본 다음에 네 말은 나중에 듣고 확인하려고 했는데 오늘 네 말을 듣고 믿을게, 미안하다."

"……."

"그런데 그만큼 공부를 안 한 것 같은데 성적이 그렇게 많이 올랐다는 것이 신기해. 무슨 비결이라도 생겼니?"

"엄마, 제 평소 실력 알잖아요. 맨날 노는 것 같지만 할 때는 한단 말이에요. 하기 싫을 때 책상에 마냥 앉아 있기보다는 한바탕 실컷 놀고 들어와서 하면 훨씬 능률이 오른단 말예요."

"그래, 엄마가 항상 의심만 해서 미안하다. 이제부터 우리 아들이 하는 말 열심히 믿도록 노력해 볼게."

(＊2 그래, 우리 길호가 그런 방법으로 공부를 했구나. 그런 걸 의심해서 정말 미안하다. 하마터면 선생님께 혹시 커닝한 게 아니냐고 여쭤볼 뻔했네. 길호야, 정말 미안하다. 앞으로 네 말 다 믿을게. 길호야 너랑 이렇게 좋게 얘기하니까 엄마는 지금 날개가 달린 기분이야.)

아들은 계면쩍은 듯 슬며시 자기 방으로 들어갔습니다. 저는 아들과 다투지 않고 얘기하고 나니 정말 날개가 달린 듯 기분이 좋았습니다. 제가 아들에게 말을 효과적으로 아주 잘한 것은 아니지만 예전처럼 생각 없이 했더라면 서로 불신하고 원망하고 한탄의 넋두리만 쏟아졌을 텐데요. 며칠 후 담임선생님을 뵈었습니다.

"길호에게 학급 회계를 맡겼는데 책임감도 강하고 이전보다 말썽도 덜 부립니다. 이제 놀기 좋아하는 친구들과 어울리지만 않으면 아주 좋겠네요" 하셨습니다. 저도 제 아들 얘기를 했습니다.

"일전에 선생님의 전화를 받고 길호가 혹시라도 커닝하지 않았나 걱정이 되었습니다. 그래서 길호에게 물어보았더니 공부 안 될 때는 한바탕 놀고 들어와서 공부하는 것이 훨씬 능률이 오른다고 하더군요. 개는 일단 놀고 나야 공부가 되나 봐요."

"하하하."

선생님께서 통쾌하게 웃으셨습니다. 선생님의 웃음소리와 함께 제 숙제도 풀려 후련했습니다.

길호 어머니와 길호와의 대화를 들으면서 우리는 잠시 의아해

했다. 길호 어머니가 아들에게 한 말 가운데 많은 부분이 대화에 방해가 되는 말이었는데도 길호와의 갈등이 순탄하게 풀렸기 때문이다. 예컨대 '이번 시험에서 네가 성적이 너무 많이 올라서(성적이 많이 오르는 것도 문제가 되나요?)', '너 별로 공부 열심히 하지 않았잖니, 네가 더 잘 알잖아(어머니가 그렇게 제 속사정을 잘 아세요? 그래요, 제 사정은 어머니가 일러 주지 않아도 잘 알아요. 왜요?)', '네가 솔직히 말을 안 할 것 같아서(제가 솔직히 말할지 안 할지 어머니가 어떻게 아세요.)', '선생님을 먼저 찾아뵙고 사실을 확인해 본 다음에(제 일을 선생님이 어떻게 아신다고 선생님께 먼저 확인해요?), "네 말은 나중에 듣고'(나중에 제 말 듣고 선생님 말씀이 틀렸다면 어쩌시려고요.) '우리 아들이 하는 말 열심히 믿도록 노력해 볼게'(아직도 제 말을 안 믿으시고 믿도록 노력해 보신다고요.)' 등의 말은 길호의 자존심을 상하게 하고 반발심을 일으켜 대화하고 싶은 의욕을 상실하게 한다. 결국 어머니에게 이해받지 못한다고 느끼게 된다. *1이나 *2처럼 얘기하면 어떨까.

그러나 길호 어머니의 얘기 중에 '네 말을 듣고 네 말을 믿을게. 미안하다', '성적이 그렇게 많이 올랐다는 것이 신기해. 무슨 비결이라도 생겼니?', '엄마가 항상 의심만 해서 미안하다' 등의 말은 길호를 편안한 기분으로 말하게 할 수 있었다. 무엇보다 이번의 대화를 순조롭게 이어갈 수 있었던 요인은 길호 어머니의 태도였다. 말은 서툴러도 아들을 믿으려는 자세가 준비되어 있었고 아들에게 조심스럽게 접근했다. 마음은 느낌으로 전달되는 것이 아닐까. 대화방법이 미숙한 부모들도 희망을 갖게 되길 기대한다.

위 사례에서 만일 길호 어머니가 아들의 시험 성적을 커닝한 점수로 의심해서 담임선생님과 얘기를 나누었다면 길호를 보는 담임선생님은 어땠을까. 길호가 집중력을 살려 충분히 잘할 수 있는, 기대할 만한 학생으로 볼 것인가, 아니면 커닝으로 성적을 올리려는 부정한 학생으로 볼 것인가, 그것은 매우 중요한 일이다. 선생님의 시선에 따라 길호의 학교 생활도 달라질 수 있기 때문이다. 길호의 어머니는 끝으로 다음의 말을 덧붙였다.

"저는 그날 저녁 조용히 무릎을 꿇고 기도했습니다.

'성모님 저는 그동안 잘못된 대화로 시행착오를 많이 했습니다. 아직은 훌륭한 자식으로 키우지 못했지만 절대로 포기하지 않고 열심히 공부하겠습니다. 배운 대로 실천하지 못하는 실망감 때문에 회의와 갈등을 느끼지만 열심히 주는 물이 다 빠져나가도 콩나물이 자라듯 매달려서 배우다 보면 성숙된 제 모습도 보게 되겠지요. 모든 것을 당신께 의탁하고 하느님께서 맡겨 주신 자녀를 훌륭히 키울 수 있도록 용기와 지혜를 주소서. 성모님, 제 간구를 주님께 전구하시어 은총을 허락해 주소서.'

저는 한 손에 묵주를, 또 한 손으로 곤히 잠든 아들의 손을 잡고 다시 한 번 기도했습니다. '하느님 이 아이가 얼마나 저를 성화시키고 당신께 더욱 가까이 갈 수 있도록 도와 주고 있는지요. 주님 감사합니다.' 그리고 길호야 고맙다. 제 입술에 닿는 눈물이 달콤했습니다."

아무튼 고맙습니다

　작년 겨울, 나는 해외에 사는 한 교포로부터 전화를 받았다. 전화 내용은 다음과 같다.

　모든 면에서 모범생인 큰아이를 성공적으로 키우고 있다고 자부했는데 고등학교 2학년 때 부모가 싫어하는 외국 학생과 사귀는 것을 알고 심하게 반대했다. 그러자 그들은 동거를 했고 아이를 낳아 결혼까지 하게 되었다. 큰아이는 이미 엎질러진 물이 되었지만 이제 중학교 2학년인 딸은 정신 바짝 차려서 두 번 다시 그런 일이 없도록 해야지 하는 조바심으로 딸을 감독하기 시작했다.

　그러나 그 결심은 딸과의 전쟁으로 변하고 말았다. 그는 답답해서 한국에 나오는 길에 자녀교육에 관한 책을 구하여 읽던 중 그동안 자신이 해 왔던 부모역할은 진정한 의미에서의 바람직한 부모 노릇이 아니었음을 깨달았다며 강의를 의뢰해 왔다. 그는 당신의 경험을 교민들에게 들려주며 올바른 방법으로 부모역할을 하도록 후배들에게 격려하고 있었다.

나는 일주일의 강의 일정으로 부모 · 자녀의 대화방법과 자녀 교육관 정립의 내용으로 훈련을 시작했다.

참가자 중 시몬 어머니는 점심시간이 되어 남편이 아이를 데려갈 때까지 돌을 넘기지 않은 시몬을 안고 교육을 받고 있었다. 가끔씩 눈에 들어오는 시몬 어머니의 아이를 대하는 태도가 의문스러웠다. 나는 그에게서 아기를 귀찮은 존재로, 골칫거리로 여긴다는 느낌을 떨쳐 버릴 수가 없었다.

3일째 되는 날이었다. 나는 궁금해서 시몬 어머니에제 말을 걸었다.

"아이를 키우는 일이 몹시 힘드시죠?"

"그럼요. 어쩌다 태어났는지요. 그런데요 …… 저는 남편과 이혼하기로 결심했습니다."

툭 터져 나온 시몬 어머니의 말에 우리들은 귀를 의심했다. 그동안 시몬 아버지의 그 부인에 대한 배려에 감탄하고 있었기 때문이다. 그는 아내를 위해 날마다 교육 장소까지 데려오고 점심시간이면 어김없이 아이를 데려가고 또 끝나는 시간이면 다섯 살 된 큰아이와 시몬을 데리고 아내를 마중 나와 태우고 갔다. 시몬 어머니는 의아해 하는 우리들에게 말을 계속했다.

"제가 속 썩는 것은 아무도 몰라요. 남들은 제가 세상에서 제일 행복한 여자인 줄 알아요. 올해로 결혼한 지 7년째입니다. 시아버님은 일찍 돌아가셔서 시어머님이 제 남편과 시누이 남매를 키우셨어요. 시누이는 제가 결혼해서 3년 동안 같이 있다가 결혼을 했습

니다. 남편은 시누이가 결혼할 때까지는 제 편이었습니다. 하루종
일 집에서 있었던 어머니와 시누이와의 갈등을 하소연하면 '그래,
그랬어?' 하며 제 얘기를 잘 들어 주었습니다. 그런데 시누이가 결
혼해서 집을 나가자 그렇게 하기로 약속이나 한 듯이 제 말을 싹뚝
싹뚝 자르는 거예요.

'여보, 오늘 어머니께서 ……'

'시끄러! 밥 줘!'

'아니, 여보. 오늘 고모가 다녀갔는데.'

'골치 아픈 얘기 집어치우고 애나 봐 ……'

한두 마디 더하면 제 몸에 손을 대고 그릇들을 집어 던져서 더
이상 말을 못 했어요. 그때부터 입을 다물고 살았습니다. 제 억눌린
불만들은 자연스럽게 아이들에게로 터지더라고요. 그러지 말아야
지 결심을 해도 결심하는 그 순간뿐이었어요. 때때로 저도 놀랄 정
도로 아이들을 학대하는 저 자신을 보곤 합니다. 숨이 막힐 것 같아
서 병원에도 갔었어요. 의사 선생님께선 치료약으로 기독교 신자라
면 성경책을 읽으라고 하시더군요. 성경책을 펼쳐도 눈에 들어오지
않아요. 얼마 전에 친정에 다녀왔는데 사실은 그때 이혼 통고를 하
고 헤어지려고 했어요. 그런데 아직은 젊고 또 두 아이가 있어서 한
번만 더 노력해 보려고 돌아왔습니다. 그러나 남편이나 시어머니는
여전해요. 저 혼자 변하려고 발버둥치는 데 한계를 느껴요. 우리는
삼 년 반 동안 연애해서 친정에서 반대하는 결혼을 했어요. 저는 지
금도 남편이 좋아요. 그런데 좋아하는 것만으로는 살 수 없나 봐요.
한 집에 같이 살면서 말이 통하지 않으니까 숨이 막혀요. 아이들까

지 원수 같은 생각이 들어요."

시몬 어머니의 고백에 모두들 할 말을 잃어버렸다. 잠시 침묵의
시간이 흐르고 여기저기서 한두 마디씩 했다.

"열 길 물 속은 알아도 한 길 사람 속은 모른다더니 정말 그렇구
나."

"여기서 배운 대로 실천해 보면 어때요?"

아내 말이라면 무조건 거부하는 남편에게 어떤 말을 할 수 있겠
느냐고 시몬 어머니는 더 답답해 했다.

"우리 남편들에게 두 시간 정도 특강을 해 주시는 게 어때요?"

누군가의 제안에 모두 찬성이었다. 그 제안은 다음날 즉시 이루어졌다. 시몬 아버지는 시간보다 일찍 와서 앉아 있었다. 강의가 시작되고 시간이 흐를수록 시몬 아버지의 시선은 흔들렸고 결국 고개를 숙여 민망함을 피하는 것 같았다. 강의가 끝나자 수강자들이 나가기를 기다리던 시몬 아버지가 내게 말했다.

"선생님, 아무튼 감사합니다."

다음날 시몬 어머니는 말했다.

"제 남편이 우리 얘기 선생님께 했느냐고 했어요. 아니라고 거짓말을 했습니다. 그런데 남편이 좀 이상해졌어요. 제가 무슨 말을 하

려면 인상부터 쓰던 남편이 '그래, 그랬어. 그래서?' 하며 제 말을 아주 진지하게 들어 줘요."

그 다음 날도 시몬 어머니는 말했다.

"제 남편이 정말로 이상해졌어요. 어제 저녁엔 '여보, 당신 그동 안 나랑 결혼해서 고생 많았지. 어머님 모시고 애들 고모 시집보내 고 말이야. 사실 나는 우리가 내 여동생을 데리고 있을 때는 당신에 게 미안하고 어쩐지 빚지는 기분이었어. 그런데 어머님을 모시는 건 당연하다고 생각했어. 그런데 그게 아니더라고. 난 당신이 어머 님에 대해 불평하는 걸 들어 주면 더 나빠질 것 같아서 아예 말도 못 꺼내게 했어. 당신의 불평은 없어졌지만 그게 문제 해결이 아니 더라고. 강의를 들으면서 내가 당신에게 한 행동이 당신을 얼마나 답답하게 했는지 깨달았어. 당신 몸 고생시킨 것도 미안한데 마음 고생까지 시켜서 정말 미안해. 나는 어머님도 소중하고 당신도 소 중해. 당신 그동안 그렇게 힘들었을 텐데도 참고 잘 살아 줘서 고마 워. 난 가끔 생각해. 당신이 아니었으면 난 어떻게 살았을까 하고 말이야. 당신이 아니었으면 지금 이만큼 살 수 없었을 거야. 당신을 사랑해' 하더라고요. 정신이 어떻게 됐나 봐요. 그런데 참 이상해 요. 이제야 애들이 예뻐 보여요."

시몬 아버지는 그 다음 날 수강자들을 위해 간식을 보내 주었다. 시몬 어머니는 교육이 끝나는 날 목이 메어 내게 말했다.

"선생님, 이혼하지 않을 거예요. 그리고 남편과 시어머니께도 잘 할게요. 이런 특별한 기회를 마련해 주신 젬마 선생님께 감사드리 고 또 하느님께도 감사드립니다. 제 기도를 들어 주신 특별한 은총이라 생각됩니다. 선생님을 오래도록 잊지 못할 거예요."

시몬의 가정에 따뜻한 사랑이 충만하기를 나 또한 기도 중에 잊지 않으리라 다짐한다.

평생교육을 주장하는 교육학자들은 사람은 특별히 정한 기간에만 교육을 받는 것이 아니라 평생을 배우며 살아야 한다고 강조한다. 부부 사이에 막힌 물꼬를 트는 방법 역시 그들이 예전에 알고 있던 방법으로는 어려웠다. 그들은 교육을 받으면서 방법을 배우게 되는 것이다. 상대방이 어떤 일로 화가 나서 속마음을 털어놓으면 '그래, 그랬어. 저런 정말 괴로웠구나' 하고 잘 들어 주기만 해도 화났던 감정의 반 이상은 풀리게 된다. 이럴 때 상대방의 주장이 타당하지 않더라도 들어 주어야 한다. 상대방이 화난 감정을 털어 내고 나면 본인 스스로 잘잘못을 깨닫게 되기 때문이다.

그러나 힘을 가진 사람이 일방적으로 '시끄러워! 그만 해! 됐어!' 하고 상대방의 감정과 생각을 억누르면 결국 인격적인 인간관계는 깨어지고 만다. 그렇지만 상대방의 타당하지 않은 주장을 '그래, 그랬구나' 하며 끝까지 들어 주기란 얼마나 힘든 일인지. 진실로 상대방을 이해하는 것은 인내와 희생이 함께해야 한다.

나는 시몬 아버지를 존경한다. 새로운 방법을 배우고 자신의 잘못을 깨달았을 때 즉시 실천한 그의 겸손과 용기를 존경한다. 그의 용기는 그의 가정을 구할 수 있었다. 자신과 아내, 어머니, 두 아이들, 또 주위의 형제와 가족 친지들, 모두를 구한 것이다. 세상에는 나 하나 바뀌면 되는 것을 알면서도 바뀌지 못하는 잘난(?) 사람들이 얼마나 많은가. 특히 힘을 가지고 힘있는 자리에 앉은 사람들 중에서. 강의를 마치고 돌아오는 비행기 안에서 시몬 아버지와 어머니의 모습을 떠올리며 감사의 기도를 드렸다. 작은 씨앗을 뿌렸는데도 열 배, 백 배의 수확을 거두는 기름진 밭을 만나는 강사의 보람을 어디다 비기랴. 이제 그들은 두 아이에게도 바람직한 부모가 될 것이다.

구름 위에 앉아서 커피를 마시는 한가로움. 그럴 때면 찾아오는 얼굴들이 있다. 수강이 어머니의 잔잔한 목소리는 그럴 때 나를 울린다.

어느 날 저녁을 차리고 있는데 중학교 1학년인 제 아들이 잠깐 문방구에서 준비물을 사 온다고 나갔어요. 기다리다 지쳐 저녁을 다 먹고 앉았는데도 안 오더라고요. 이제나 저제나 하다가 도저히 안 되겠다 싶어서 가족들이 찾아 나서려고 하는데 헐레벌떡 뛰어 들어오더라고요. 저는 현관에서 아들을 문 밖으로 밀어 내며 말했어요.

"나가, 나가라고. 이렇게 집안 식구 애간장 다 태울 바엔 아예 나가서 들어오지 마!"

힘껏 밀치는 나를 방어하며 아들은 버텼습니다. 아들과 몸싸움을 하는데 남편이 나서며 말했어요.

"야, 너 왜 부모님 애간장을 태우냐. 네 엄만 네가 없으면 못 살아. 네 엄마 애타는 모습 보고 아빠도 애가 탔어. 자, '잘못했습니다' 하고 엄마한테 말씀 드려야지. 여보, 한 번만 봐 줍시다."

남편이 흘깃 눈짓을 하며 나를 떼어 놓더니 아들을 감싸안고 식탁으로 가서 밥을 차려 주는 거예요. 아들은 신나게 얘기하며 저녁을 먹더라고요. 저는 아들이 괘씸했어요. 자기가 잘못했으면 자중하는 모습이라도 보여야죠. 그렇게 신나게 떠들 수가 있나 하고요.

"문방구에서 막 나오는데 친구들이 배드민턴을 치면서 부르더라고요. 참새가 방앗간을 지나쳐 갈 수는 있지만 저는 그냥 지나칠 수가 없죠. 다 이기고 왔어요."

"그래서 늦었구나. 네가 다 이기다니, 우리 아들 멋있네. 잠깐이 1시간 40분이 된 것은 지나쳤다. 응."

"알았어요, 아빠."

저는 멀리서 남편과 아들을 보며 '그래 바로 저런 모습이야' 라고 생각했어요. 아들이 하는 말을 다 들어 주고 남편이 하고 싶은 말을 다 했으니까요. 저는 남편이 "잠깐이 1시간 40분이 된 것은 지나쳤다. 응" 하는 말을 듣자 가슴이 시원하더라고요. 대화방법을 배우는 저보다 훨씬 높은 수준에서 이 가정을 이끌어 가는 남편이 고맙고 존경스러웠습니다. 남편도 나처럼 화내고 저와 합세하여 아들을 쫓아냈으면 어떻게 됐을까 생각하면 아득해요. 우리 아이들이 잔소리 심한 저를 만났어도 이만큼 잘 자란 것은 남편 덕이구나 생각했어요.

교육이 끝나고 두어 달 지났을까. 길에서 만난 그는 내게 매달려 울먹이며 말했다. "제 남편이 돌아가셨어요. 화내는 나를 말리며 도닥거려 줄 그 아빠가 안 계신 우리 아이들 어떡합니까." 출근하다가 머리가 아프다고 병원 앞에 차를 세우고 진찰하러 들어갔는데 그리고는 다시 걸어 나올 수 없었단다. 핏기 없는 얼굴로 조용히 속삭이던 그의 말은 또 다른 수강자의 말과 대조를 이루며 많은 생각을 하게 했다.

귀에 쟁쟁한 또 다른 목소리의 주인공을 소개한다.

그는 복잡한 가정문제로 신경정신과에서 치료를 받으며 의사 선생님의 권유로 대화방법을 훈련받은 수강생이다. 그는 결혼하면서부터 시어머님을 20년 이상 모셨다. 시어머님은 아흔이 넘으셔도 정정하셔서 집 안이 쩡쩡 울릴 정도로 목청이 높으셨다. 그 속에서 남편은 외도를 했고 밖에서 딸까지 낳아 데려왔다. 그는 속이 다 타서 검은 숯덩이만 남은 것 같다고 했다. 결국 나이가 들면서 우울증에 시달렸다. 그러던 중 시어머님이 돌아가시고 2년 후 남편이 세상을 떠났다. 다음해 12월 초순경 밤 11시가 넘어 전화가 왔다.

"선생님, 이렇게 늦은 시간에 전화 드려서 죄송합니다. 제가 너무 괴로워서 무례하게 전화를 했습니다."

"예, 연말연시가 되면 아버지 안 계신 집은 더 썰렁하고 외로우시겠죠."

"아니에요. 그게 아니고요. 요즈음 저는 너무너무 행복해요. 아마 제가 결혼한 이후로 이렇게 편안함을 느끼는 것은 처음인 것 같습니다. 저는 생각해 봤어요. 제가 왜 이렇게 행복한가 하고요. 결론이 뭔지 아세요? 시어머님이 돌아가셔서 안 계시고 남편도 없기 때문이더라고요. 제가 이래도 되는 겁니까. 시어머님을, 남편을 그리워하며 괴로워해야 할 제가 그 두 분이 안 계셔서 행복해하다니요. 죄책감이 들어 괴롭습니다."

그렇다. 내가 떠나면 내 이웃들과 내 가장 가까운, 소중한 사람들은 나를 어떻게 생각할까. 그리워서 괴로워할까, 행복해서 괴로워할까. 나는 기내의 작은 창을 통해 밖을 보며 생각했다. 저 하늘은 누구의 마음을 닮아 저렇게 눈이 부시도록 깨끗할까.

상처와 통회가 낳은 진주

나는 가끔 내 말뜻을 헤아려 주는 수강자들을 만나면 심한 말을 불쑥 던질 때가 있다. 지영이 어머니와 있었던 일이다.

제 아이는요, 텔레비전 프로그램 중에서 유난히 코미디 프로그램을 좋아합니다. 그래서 저는 아이가 숙제를 하지 않았거나 해야 할 일을 하지 않았을 때는 모른 척 기다리고 있다가, 아이가 재미있게 코미디 프로그램을 시청하고 있을 때 옆에 가서 말합니다.

"지영아, 너 숙제 다 했어? 자, 텔레비전은 할 일 다 해 놓고 봐!"
물론 제 말이 끝남과 동시에 텔레비전을 꺼 버립니다.
"참 잔인한 방법을 쓰시는군요. 그렇게 하고 나면 속이 시원하시나요?"
위와 같은 수강자의 이야기를 들으면 나는 철저히 아이의 편이 된다. 그러나 거침없이 말하고 나면 혹시 수강자의 마음을 다치게 한 건 아닌가 하고 금방 후회하게 된다. 그래도 결국 그들은 나의 나무람의 뜻을 긍정적으로 받아들여 나를 위로해 준다. 그날로부터 4주 후에 발표한 지영이 어머니의 체험도 그러한 나의 걱정을 깨끗이 씻어 주었다.

"참 잔인한 방법을 쓰시는군요. 그렇게 하고 나면 속이 시원하시나요?" 하시던 선생님의 말씀이 제 귓전을 맴돌았습니다. 그리고 많은 생각을 하게 하였습니다. '지영이는 나의 화풀이 대상이었나. 나는 지영이에게 어떤 엄마인가. 나는 어떤 교육관으로 지영이를 도와주고 있는가. 나는 지영이 엄마 자격이 있는가?'

제 생각은 꼬리에 꼬리를 물고 복잡하게 얽혔습니다. '잔인한 방법, 잔인한 방법, 그렇지. 그 이상 더 잔인한 방법이 있을까. 힘을 가진 내가 힘을 발휘하며 텔레비전을 꺼 버렸는데 재미있게 시청하던 지영이에게 그보다 더 심한 잔인함이 있을까.' 그때 어느 날 지영이가 부탁하던 말이 생각났습니다.

"엄마, 내가 잘못한 일이 있을 때는 아빠 몰래, 동생 몰래 귓속말로 얘기해 주세요."

"숙제를 하지 않았을 때는 한 번만 더 기회를 주세요."

그러마고 약속했던 내가 지영이와의 약속을 얼마만큼 지켜 주고 있는가. 지영이를 인격적으로 존중하고 있는가. 그렇다. 망설일 수 없다. 이제부터다. 내 아이들은 스위치만 누르면 척척 내가 원하는 대로 움직여 주는 로봇이 아니다. 내 생각대로 아이를 움직일 수 없다. 하느님 뜻에 맡기고 저만큼 물러서서 기다리자. 이렇게 생각을 정리하자 용기가 생겼습니다.

저는 그 다음 날부터 저와 사사건건 부딪치는 큰딸 지영이를 위해서, 좋은 엄마가 되기 위해서 새벽기도에 나가기 시작했습니다. 3주 동안 한 번도 빠지지 않고 새벽 6시에 나가서 7시 15분에 돌아옵니다. 저는 기도를 하면서 지영이에게 진심으로 용서를 구하는 편지를 썼습니다. 집에 와 보면 지영이는 어김없이 책상에 앉아 공부를 하고 있었습니다. 저는 지영이 등 뒤에서 꼬옥 껴안고 "사랑해, 지영아" 하며 뽀뽀를 하고 편지를 전해 주었습니다. 지영이 얼굴이 환하게 밝아집니다. 정말 기뻤습니다. 하루하루가 즐거웠습니다. '나도 괜찮은 엄마야, 나도 할 수 있어.' 저 자신이 무척 자랑스러웠습니다. 그런데 3주가 끝나는 날, 제 자만심 탓이었을까요. 저는 '깻잎 사건'으로 인내의 한계를 드러내며 그동안의 공든 탑을 한꺼번에 무너뜨리고 말았습니다.

여섯 살 된 지영이 동생 지나는 아침밥을 잘 먹지 않습니다. 저는 그날 아침, 깻잎김치를 보는 순간 '그렇지. 저 깻잎으로 지나에게 밥을 먹여야지' 하는 욕심이 생겼습니다. 저는 깻잎 한 장을 집어 들고 말했습니다.

"이 깻잎 누가 먹을래?"

"제가요."

제 말이 떨어지자마자 지영이가 큰 소리로 대답하며 손을 들었습니다. '아니! 쟤가? 동생 먹이려고 말했는데 지가 왜 나서냐 나서긴. 아이고 한심해라 한심해.' 얄미운 생각대로라면 뭐라고 한마디 하고 싶었지만 꾹 참았습니다. 지나는 손을 들고 있는 언니를 쳐다보며 언니에게 뺏기지 않겠다는 듯이 슬그머니 손을 들었습니다.
저는 당연하게 지나에게 깻잎을 주었습니다.

"엄마는, 내가 먼저 손 들었는데."

지영이가 불평을 했습니다. 그 말을 듣는 순간 화가 머리끝까지
올랐습니다.

"아휴! 초등학교 5학년인 네가, 엄마가 왜 그랬는지 눈치도 못
채니? 5학년이면 5학년답게 행동해야지. 그게 뭐야? 쳇, 네가 먼저
손 들었다고? 아침에 바빠 죽겠는데 빨리빨리 학교 갈 준비는 하지
않고 아침마다 동생하고 싸우기나 하고 ……."

제 화풀이가 시작되었습니다. 남편도 다른 날 같으면 '그만 해,
여보. 그럴 수 있지 뭐' 하고 지영이를 두둔하는데 그날은 고함을
치며 말했습니다.

"야! 너는 학교에서도 5학년이면 고학년인데 좀 의젓해야지. 너
도 여섯 살이냐, 동생이랑 똑같이 놀게!"

자기 편인 줄 알았던 아빠마저 나무라자 지영이는 눈물을 뚝뚝
흘리며 소리 죽여 울었습니다. 저는 그 순간을 놓칠세라 "뭘 잘했
다고 울어, 울긴!" 하고 소리 질렀습니다. 뒤이어 남편의 손이 고함
과 함께 거칠게 지영이의 머리를 지나갔습니다.

"울긴 왜 울어? 아침부터 기분 나쁘게. 네가 뭘 잘했다고. 네가
우는 걸 아빠가 제일 싫어하는데 왜 울어? 밥 먹지 말고 내 앞에서
없어져!"

지영이는 울며 화장실로 들어갔습니다. 한참 지난 후 얼굴을 씻
고 화장실에서 나온 지영이는 학교에 가려는지 자기 방으로 들어갔

습니다. 그때서야 제 머릿속에 떠오른 말이 있었습니다. '이러면 안 되는데 …… 이래서는 안 돼. 지영이에게 사과해야 하는데. 엄마가 너를 억울하게 다그쳤지. 게다가 아빠까지 야단치고 때리고, 얼마나 억울하고 서운할까. 미안하다고 말해야 하는데 말해야 하는데.' 이런 생각으로 가득한 채 지영이 방으로 들어갔습니다. 그러나 지영이를 보는 순간 조금 전의 생각은 어디로 없어졌는지 엉뚱한 말만 튀어나왔습니다.

"아빠가 우는 거 제일 싫어하는데 잘한다."

"엄마는 내가 잘못할 때 조용히 나에게만 이야기한다 해 놓고 …… 아빠와 동생이 있는 데서 …… 또?"

'지영이에게 사과해야 하는데, 미안하다 해야 하는데' 하면서도 그 말은 안에서만 맴돌고 겉으로는 여전히 차갑고 냉정하게 입을 다물고 있었습니다. 힘없이 책가방을 들고 고개 숙여 인사하고 나가는 지영이에게 잘 다녀오라는 다정한 말 한마디 못하고 꼿꼿하게 서 있었습니다. 작은딸 지나에게 아침밥을 먹이려다가 큰아이를 굶기고 마음까지 굶겨서 학교에 보내고 말았습니다. 그러면서도 여전히 제 안에서 꿈틀거리는 목소리가 있었습니다.

'지난 3주 동안 내가 너를 위해서 얼마나 열심히 했는데. 새벽기도, 편지, 껴안고 사랑한다고 말해 주기, 그런 일들이 나로서는 굉장한 희생이었는데 그걸 몰라 줘!' 제가 지영이에게 그렇게 이기적이었습니다. 무조건적인 어머니로서의 베풂이 아니라 해 준 만큼 받기를 원하는 조건부 사랑이었나 봅니다. 저는 제 적나라한 모습을 보며 기가 꽉 찼습니다.

그날 아침, 그렇게 전쟁을 치르고 식구들이 모두 나간 시간은 오전 8시 35분, 저는 9시까지 이 교육을 받으러 오기 위해서 거울 앞에 앉아 머리를 빗고 화장을 시작했습니다. 거울을 보았습니다. 거울에 비친 제 모습이 얼마나 싫었던지요. 제 모습이 그렇게 미울 수가 없었습니다. 험악하고 답답한 덩어리들이 닥지닥지 붙은 것 같았습니다. 그러나 제가 이 교육을 받기 이전이었다면 이런 사건이 있을 때 절망이나 좌절감 때문에 머리 싸매고 며칠간 집에만 누워 있었을 텐데 이번엔 희망의 불씨가 가슴 밑에서 타오르고 있었습니다.

'난 할 수 있어, 이제부터 시작이야. 죽을 때까지 할 거야.' 이런 생각으로 교육장소까지 도착했습니다. '아침에 일어난 일들을 이야기할까 말까. 아휴, 창피해서 하지 말아야지. 아냐, 그래도 해야지. 할까 말까.' 가슴이 두근거렸습니다. 다른 수강자들의 말이 들리지 않았습니다. 그러다가 휴식시간, 커피를 마시고 잡담도 하고, 어수선한 분위기가 저에게 말할 용기를 주었습니다. 저는 선생님께 정신 없이 얘기했습니다. 선생님께서 제게 질문을 하셨습니다.

"실례지만 지영이 어머니는 올해 몇 살이십니까?"

"서른여섯요."

"지영이 아버지는요?"

"서른여덟요."

"지영이 어머니는 서른여섯 살답게 행동하셨습니까? 그리고 지영이 아버지도 나이답게 행동하셨습니까?"

처음에는 그 질문이 무슨 뜻인지 어리둥절했습니다. '아, 나에게 자극이 되라고 하신 말씀이구나.' 뒤늦게 깨달았습니다. 정신이 번쩍 들었습니다. 자신을 되돌아보았습니다. 오늘 아침 내 뜻대로 따라 주지 않는다고 지영이에게 쏟아부은 나의 언행, 억울해서 우는 딸의 머리를 세차게 때리며 내 앞에서 없어지라고 소리 지른 남편의 언행. 그러면서도 초등학교 5학년 딸에게 5학년답게, 고학년답게 행동하지 않는다고 나무랄 수 있단 말인가. 차를 타고 집으로 돌아오는 길에 나의 가슴은 미어지게 아팠습니다. 운전하는 시야가 눈물로 얼룩졌습니다.

그날 오후 학교가 파하고 곧장 집으로 돌아와 준 지영이가 고마웠습니다. 저는 지영이 방에 노크하고 들어가서 조심스럽게 말했습니다.

"지영아, 너 오늘 아침에 억울하고 괴로웠지, 지영아, 미안해."

"엄마, 난 엄마가 지나에게 깻잎 먹이려고 그러는지 몰랐어요. 그냥 엄마가 장난으로 얘기하는 줄 알았어요. 그리고 그냥 한 말이었는데 …… 그렇게 화를 내실 줄은 몰랐어요."

"그래, 엄마 마음은 얘기하지 않고 화만 내서 미안해. 그동안 잘 지냈는데 이렇게 돼 버리다니. 지영아, 엄마의 진짜 마음은 너에게 편지로 쓴 그 마음이야. 엄만 정말로 널 사랑한단다. 그리고 이렇게 한번씩 변덕부리는 엄마를 용서해 줄 수 있겠니. 삼십육 년 동안 몸에 밴 엄마의 습관을 바꾸기가 어렵단다. 그렇지만 엄마가 노력할게. 엄마는 용기를 잃지 않을 거야. 내 사랑하는 지영이, 지나를 위해서 절대로 포기하지 않을 거야. 엄마는 너희들에게 꼭 필요한 엄마, 용기를 줄 수 있는 엄마가 되도록 노력할게. 엄마 미워하지 말고 기다려 줘."

"엄마, 괜찮아, 엄마가 얼마나 좋은데."

"고맙다, 지영아."

그날 따라 약속이라도 한 듯 남편이 일찍 퇴근하고 들어왔습니다. 기분이 몹시 언짢은 것 같았습니다. 저는 남편에게 말했습니다.

"여보, 미안해요. 나 때문에 아침 분위기가 엉망이 되어 버렸죠. 당신 나에게 많이 실망하셨죠. 미안해요."

나의 사과에 남편은 금방 얼굴빛이 환해지면서 옆에 있는 지영이를 껴안으며 말했습니다.

"지영아, 미안하다. 아빠가 너에게 손찌검까지 하고 말이야. 아빠는 오늘 하루 종일 마음이 아파서 회사 일을 할 수가 없었단다. 아빠가 우리 큰딸 지영이를 얼마나 사랑하는데 …… 정말 미안해."

남편은 지영이를 껴안은 채 나를 향해 큰 소리로 말했습니다.

"당신 앞으로 지영이한테 잘 해!"

저도 남편과 지영이를 함께 껴안으며 말했습니다.

"여보! 당신 정말 고마워요."

제 얼굴은 눈물로 얼룩지고 있었지만 마음은 하늘을 나는 듯했습니다. 우리는 다시 웃음을 찾았습니다. 저는 속으로 외쳤습니다. '그래, 나도 언젠가는 우리 가족들에게 맑은 샘물이 될 수 있을 거야. 그리고 쉽게 오염되지 않을 거야' 하고요. 고맙습니다.

지영이 어머니처럼 실패하면서도 잘할 수 있다는 자신감 때문이었을까? 수강자들은 눈물을 닦으면서도 표정이 밝았다. 나 또한 그들에게서 감동을 받는다. 얼마나 아름다운 모습인가. 그들은 자녀에게 상처를 주고 통회하고, 그리고 눈물로 후회하면서 진주를 만들어 가고 있다. 나도 조금씩 그들을 닮아 진주를 만들게 되지 않을까. 어느 날 시간을 내어 지영이 어머니를 비롯한 이 아름다운 여인들을 격려하는 조촐한 자리를 마련해야 할까 보다.

결국 또 실패하시네.
아까 그런 얘기 좀 해 주시지

자녀와의 대화방법을 배우다 보면 굵직한 사건보다 오히려 사소한 일에서 쉽게 그르치고 좌절하게 된다. 평범하고 작은 일상의 문제에서 어떻게 잘못되는지, 어떻게 대처해 나가는지 채환이네 얘기를 통해 알아본다.

새벽에 도장에 간 채환이가 20분쯤 늦게 집에 왔다. 평소 같으면 이유도 묻기 전에 늦었다고 소리를 꽥 질렀겠지만 그날은 꾹 참았다. 채환이는 무슨 일이 있는지 얼굴이 벌겋게 상기되어 있다. 식탁에 함께 앉으며 채환이 어머니는 궁금증을 털어놓았다.

어머니 **왜 이렇게 늦었는데?**
채환 그냥 …… 오늘 싸웠어요. 걔네 엄마가 도장으로 찾아올지도 몰라요.
어머니 **무슨 일인데? 왜?**

채환 어떤 애를 때렸어요.

어머니 그래서 그 아이가 많이 다쳤니?

채환 입술이 터졌어요. 계속 놀리잖아요. 겨루기 하는데 뒤에서 '메롱메롱' 하면서 놀렸어요. 예전부터 계속 그랬어요. 우린 둘 다 관장님께 몽둥이로 엉덩이를 맞았어요.(* 이때 채환이 어머니가 "저런 겨루기 하는데 놀렸으니 얼마나 얄미웠을까. 거기다가 관장님께 맞기까지 하다니 억울했겠다"라고 말했으면 채환이가 안정을 되찾을 수 있었을 텐데.)

어머니 관장님은 뭐라고 하시던?

채환 다시는 친구하고 싸우지 말라고 하셨어요.

어머니 그래, 넌 친구가 좀 놀린다고 때리면 되겠니?

채환 이제까지 참았어요. (큰 소리로) 7개월 동안이나 참았는데 …… 어떻게 더 참아요.

어머니 그래도 참을 수 없다고 때리면 어떡해. 말로 해야지. 걔한데 기분 나쁘다고 말로 해 봤니?

채환 그래요, 경고도 했어요.

어머니 너 텔레비전에서 〈경찰청 사람들〉 봤지. 그 사람들도 화를 참지 못하고 욱 하는 기분 때문에 사람을 때리고 죽이기까지 해서 교도소에 가잖아?

채환이는 어이없다는 표정으로 꾸역꾸역 밥만 먹는다. 채환이 어머니는 때리는 문제에 대해서 단단히 다짐을 해 두고 싶었다.

어머니 1학년 때 일 생각나지?

채환 무슨 일요?

어머니 그때도 애들을 많이 때렸잖아? (초등학교 1학년 때 같은 반 학생 45명 중 38명이 채환이에게 맞았다고 손을 들어서 문제가 되었었다.)

채환 (눈물을 글썽이며 수저를 놓는다.) 엄마는 밥도 못 먹게 해. 맨날 나한테만 잘못했대.

어머니 알았어. 더 이상 얘기 안 할게.

채환 엄마는 1학년 때 얘기까지 꺼내 가지고 …….

채환이는 툴툴거리며 자기 방으로 들어갔다. 채환이 어머니도 방으로 들어갔다. 이게 아닌데. 아들의 감정을 편안하게 도와주면서 뭔가 잘해 보려고 했는데 오히려 엉망이 되었으니 이를 어쩜. 채환이 어머니는 아들과 나눈 대화를 생각해 본다. 그렇지. 아이의 마음을 헤아려 주어야 하는데. 답답한 말로 훈계하고 설득하고 충고하려고만 했으니 아들이 얼마나 짜증이 났을까. 그런데 채환이는 목욕탕에서 콧노래를 부르고 있다. 그렇다. 다시 한 번 시작해 보자. 아들이 목욕탕에서 나왔다.

채환 엄마, 아무리 생각해도 내가 잘못한 것 같지 않아요.

어머니 그래, 우리 좀 앉아서 얘기하자.

채환 엄마, 걔가 작년 5월부터 나를 놀렸어요. 걔는 4학년이라 나보다 한 학년 아래예요. 나이도 나보다 한 살 아래고요. 어떻게 내가 더 이상 참을 수 있었겠어요?

어머니 그래, 그동안 잘 참았는데 오늘은 더 이상 참을 수가 없었구나.

채환 그래요.

어머니 화가 많이 났구나. 피도 났니?

채환 아뇨. 코를 때리려고 했는데 걔가 피하는 바람에 입이 맞아서 부었어요.

어머니 그런데 걔네 엄마가 왜 도장에 올 거라는 생각이 들지?

채환 자기 아들이 맞아서 입술이 부었는데 가만히 있겠어요?

어머니 그래. 그러니까 애들을 때리지 말아야지. 화난다고 때리면 되겠어? 말로 해야지.

채환 (항의하는 말투로) 엄마도 입장을 바꿔 놓고 생각해 보세요. 만일 엄마가 에어로빅을 하는데 애령이 엄마 같은 새빨간 여자(빨간색을 좋아하며 얄미운 행동으로 소문난)가 메롱메롱 놀리면 헤헤 하고 웃을 수 있겠어요?

어머니 물론 웃을 수는 없지. 그렇지만 때리지도 않을 거야. 때려서도 안 되고. 사람은 아무도 남을 때릴 권리는 없어. 더구나 어린 사람을 때리면 돼? 엄마 아빠가 널 때리면 괜찮겠니?

채환 알았어요. 엄마는 왜 계속 나만 잘못했다고 해요?

채환이가 방으로 들어가 버렸다. 채환이 어머니가 큰 소리로 불렀다.

어머니 채환이 너 나와! 엄마가 말하는데 버릇없이 그냥 들어가?

채환 학교 갈 준비해야죠. 시간 없어요.

어머니 학교 못 가도 좋아. 엄마 말하는데 휙 들어가 버리다니. 이리 와 앉아! (채환이가 툴툴대며 앉는다.) 그래. 너보다 어린 동생을 때린 게 잘한 거야?

채환 (항변하는 말투로) 잘못했어요!

어머니 너 정말 잘못했어? 그렇게 생각하는 것 같지 않은데.

채환 (울면서) 엄마 말씀 듣고 이제 그렇게 생각되었어요. 엄마 원하는 대답이잖아요. 잘못했다니까요.

어머니 또 짜증이야?

이때 채환이 아버지가 채환이를 불러서 방으로 들어갔다.

아버지 너 왜 사내 녀석이 아침부터 우는 거야?

채환 도장에서 친구를 때렸는데 엄마가 나만 잘못했다잖아요.

아버지 그래? 친구 때릴 수 있지. 그럴 수 있지. 그런데 자주는 때리지 마라.

채환 네.

아버지 그리고 엄마에게 알았습니다 해야지 짜증내면 되겠니?

채환 예, 알았습니다.

채환이는 자기 방으로 들어갔고 채환이 어머니는 속이 답답했다. 두 번의 대화에 모두 실패하고 오히려 대화방법에 대해 특별히 배우지 않은 남편에 의해 아들의 기분이 풀리는 걸 보면서 자신에 대한 실망감으로 우울했다. 채환이 어머니는 아들과 나눈 두 번의 대화 내용을 그대로 적어 보았다. 어느 부분이 어떻게 잘못되어서 아들의 마음을 풀어 주지 못했는지 점검해 보고 싶었다. 다 써 놓고 보니 잘 못된 부분이 눈에 들어왔다. 잠시 후 채환이가 노래를 흥얼거리며 학교 갈 준비를 마치고 안방으로 들어왔다. 이번엔 정말 잘해 봐야 지 다짐했다. 채환이는 웃으며 다가와 말했다.

채환 엄마! 엉덩이에 빨간 줄이 그어졌어요.
어머니 저런! 어디 좀 보자.
채환 싫어요. 다 큰 아들 엉덩이를요?
어머니 그래, 많이 아팠겠다. 어디 보자. 엄마가 걱정이 돼서 그
래.

아들이 맞은 곳을 보여 준다. 심하지 않았지만 채환이 어머니는 이렇게 말했다.

어머니 맞으면서 울었니?
채환 네.
어머니 아까는 많이 화났지?
채환 네. 엄마가 자꾸 저더러만 잘못했다고 해서요.
어머니 그래, 엄마도 알아. 놀리는 아이가 얼마나 얄미운지. 그래
서 네가 못 참았다는 것도 알아.

^{채환} 맞아요. 아까 그런 얘기 좀 해 주시지 .

^{어머니} 그래. 엄마도 놀리는 사람 싫어해. 비겁해서.

^{채환} 품세(태권도에서 공격과 방어의 기본 기술을 연결한 연속동작)할 때도 혀를 내밀고 주먹을 쥐어 보이면서 계속 놀렸어요. 얼마나 참았는데요.

^{어머니} 관장님께 말씀드렸어?

^{채환} 관장님께 말하면 맞아요. 고자질한다고요. 그리고 비겁하게 고자질하면 돼요?

^{어머니} 그렇구나. 그런데 아직도 걔네 엄마가 도장으로 찾아와 항의할까 봐 걱정되지?

채환 네, 그래요.

어머니 그럼 어떡하나?

채환 ······.

어머니 걔네 엄마가 도장에 와서 항의하면 엄마가 가서 사과하고
와야겠다.

채환 왜 엄마가 사과해요. 엄만 잘못도 없는데.

어머니 글쎄 어떻든 때린 일은 잘한 일이 아니니까. 엄마가 네게
때리지 않고 해결하는 방법을 가르쳐 주지 못했으니까 죄송해
서 사과해야지.

채환 아니에요, 엄마 제가 할게요. 그리고 앞으로는 다른 아이
때리지 않고 많이 참을게요.

어머니 그래, 채환이 말을 들으니까 이제 안심이야. 우리 채환이
가 정말 멋있다! 자신의 문제를 스스로 해결하겠다니. 채환아,
세상일은 말로 안 될 때도 있어. 친구가 힘들게 하더라도 인내
심을 가지고 잘 대해 주는 거야. 그러다 보면 어느 날 네게 미
안한 생각이 들 때가 있을 거야.

채환 알았어요. 엄마. 그리고 오늘 학교에서 연날리기해요. 백
원만 주세요.

어머니 그래. 여기 있다. 잘 다녀와.

채환 네, 엄마. 학교 다녀오겠습니다.

채환이가 밝은 얼굴로 나가는 모습을 보자 채환이 어머니도 안
도의 숨을 쉴 수 있었다. 두 번은 제대로 못했지만 세 번째는 합격

선인 것 같다. 대화가 정말 이렇게 까다로운가. 이론적으로 배울 땐 웬만하면 할 것 같은데 실제 상황에서는 잘하려는 생각과는 달리 예전에 하던 말만 툭툭 튀어나와 불만스러운 대화로 끝난다. 그러나 채환이 어머니는 어떠한 상황에서도 포기하지 않고 노력하면 희망이 있다는 확신을 한다.

나는 채환이 어머니와 같은 수강자를 만날 때 감사한다. 좌절감 속에서도 끈기 있게 도전하는 모습이 아름답다. 그것이 발전하는 기본 태도가 아닌가. 머지않아 채환이네 가정에 밝은 대화의 꽃이 피리라 믿으며 격려의 박수를 보낸다.

자녀와 좋은 관계를 유지하기 위해 노력하는 부모들 중에는 배운 대로 단번에 성공하는 경우도 많지만 때때로 성공과 실패를 번갈아 하는 부모를 보면서 배우고 터득하는 경우도 있다. 태경이네 집 얘기를 들어본다.

은경이는 4학년이고 태경이는 여섯 살이다. 그날 밤 11시. 잠잘 시간이 훨씬 지났는데도 태경이는 정신없이 전자오락에 열중하고 있다. 보통 때라면 호통을 치며 잠자리로 내쫓는 것이 상례지만 오늘은 요즘 배운 대화방법도 있어서 좋은 연습의 기회라 생각한 태경이 어머니는 감정을 가라앉혔다.

어머니 태경아, 너 오락하는 것이 재미있구나.

태경 응, 너무 재미있어요.

어머니 그런데 잠잘 시간이 넘었거든. 밤 11시야.

태경 알았어요. 조금만 더 하고요.

어머니 그래. 조금만 더 하고 싶지. 하지만 오늘 늦게 자면 아침에 친구하고 놀 시간이 없거든.

태경 안 놀아도 돼요.

어머니 그리고 오락을 많이 하면 네가 안경을 쓰게 될까 봐 걱정이야.

태경 괜찮아요. 자꾸 말 시키지 말아요. 이거 못하잖아요.

어머니 (교육이고 뭐고 더는 못 참겠다.) 너 정말 이럴 거야? 당장 그만두지 못해!

이때 옆에서 가만히 듣던 은경이가 혼잣말로 중얼거리는 소리가 들렸다.

은경 처음에는 잘하시더니 결국 또 실패하시네.

어머니 뭐라고? 엄마가 실패한다고? 너희들에게 교양 있는 대화 방법은 안 통해. 회초리가 직효야.(버리지 않고 두었던 회초리를 들고 둘 다 각자 방으로 쫓으며) 이제 저 오락기도 도로 팔아버려야겠어.

은경이가 얼른 애원하듯 말했다.

은경 엄마, 오락기를 팔아버리면 안 돼요. 엄마 저에게 3분만 시간을 주시면 태경이를 잘 타일러서 다시는 그런 일이 없도록 할게요. 자신 있어요, 엄마.

태경이 어머니는 홧김에 말을 했지만 오락기를 가게에 팔 수도 없고 또 은경이가 어떻게 일을 처리할지 궁금하기도 해서 은경이의 부탁을 들어 주었다. 은경이는 동생을 방으로 데리고 들어가더니 3분이 채 안 되어 동생과 함께 나왔다. 고개를 다소곳이 숙인 태경이가 엄마 앞으로 오더니 기어 들어가는 목소리로 말했다.

태경 엄마, 잘못했어요. 다음부턴 밤늦게까지 오락하지 않을게요.
어머니 그래, 다음부터는 생각을 잘해서 하자.

셋은 기분좋게 헤어져 각자 자기 방으로 들어갔다. 그러나 태경이 어머니는 궁금했다. 도대체 은경이가 태경이에게 뭐라고 했을까. 은경이 방으로 간 어머니는 딸에게 물었다.

어머니 은경아, 아까 태경이에게 뭐라고 말했지?
은경 그건 비밀이에요. 다만 아이들의 마음은 아이들끼리 잘 통한다는 거예요. 아, 참 그리고 〈이 시대를 사는 따뜻한 부모들의 이야기〉 책을 처음부터 계속해서 열 번 이상 읽었다는 사실을 기억해 주세요.

태경이 어머니는 더 이상 캐물을 수 없었다. 혼자서 숙제처럼 생각해 본다. 욕심도 고정관념도 없는 순수한 아이들의 사고가 훨씬 더 수용적이기 때문이 아닐까. 그래서 예수님도 이렇게 말씀하셨나 보다.

"하느님 나라는 이 어린이들과 같은 사람들의 것이다." (루가 18 장 16절)

따뜻한 부모가 되기 위한 기본 방법

"젊은이들을 사랑하는 것만으로는 부족합니다. 그들이 사랑받고 있다고 느끼게 해야 합니다."

돈 보스꼬 성인의 말씀처럼 사람은 누군가에게 사랑받고 싶어하고 또 이해받고 싶어한다. 그리고 그렇게 느낄 때 삶에 대한 의욕이 생기고 삶의 기쁨도 누리게 된다. 이 책에 나오는 사례의 주인공들은 상대방으로 하여금 그에게 사랑받고 있고, 이해받고 있다고 느끼게 해 주는 사람들이다. 그들은 실제적인 방법을 배웠으나 처음부터 척척 잘한 것은 아니다. 실패와 좌절을 겪으며 조금씩 나아지고 발전했으며 처음에 성공했다가 다음에 또 실패하기도 한다. 그러나 그들은 깨어서 꾸준히 준비하면 늘 사랑의 대화를 할 수 있다고 믿는다.

나는 독자들에게 이 책에 쓰여진 사례의 배경이 되고 있는 사랑의 대화방법을 소개한다. 그리고 이 책의 주인공들처럼 변화되길 바란다.

한국지역사회교육중앙협의회(회장 : 주성민)에서는 '부모에게 약이 되는 프로그램'을 개발하여 전국에서 실시하고 있다. 나는 부모 · 자녀의 대화방법 강사로서 대화 방법의 이론을, 앞에서 소개한 '빗줄기 속에서 확인한 사랑'의 내용에 적용하여 안내하고자 한다.

상대방(자녀)의 행동을 보는 나(부모)의 마음가짐

혜연이는 잠잘 시간이 지난, 밤 11시쯤 갑자기 학교에 가져가야 할 치약 생각이 나서 어머니에게 말했다.
"엄마, 내일까지 학교에서 치약 가져오래요. 치약 사 주세요."

위 상황에서 당신이 혜연이 부모라면 혜연이의 행동을 어떻게 보겠는가? 예상되는 몇 가지의 반응과 대화 그리고 그에 따른 부모의 유형과 자녀의 특성을 알아 본다.

부모 1

'그래, 그럴 수도 있지. 아직 어리니까 잊어버릴 수도 있고말고. 부모가 자식을 위해서라면 무슨 말인들 못 들어 주겠는가. 그래, 너는 그냥 일찍 자면 돼. 엄마가 사다 놓을게. 힘들지만 자녀를 위해

서는 무엇이든 하는 것이 부모 역할이니까.'

이렇게 생각하는 어머니는 혜연이에게 다음과 같이 말한다.

"그래, 알았어. 혜연아 엄마가 사다 놓을게. 너는 걱정 말고 빨리 가서 잠이나 자."

이 말을 듣는 혜연이는 어떤 생각을 하게 될까.

'그래, 난 언제든지 내가 하고 싶은 대로 해도 돼.'

이렇게 자란 자녀는 인정은 있으나 이기적이고 자기중심적이며, 버릇이 없고 자신의 욕구 절제가 어려우며 쉽게 좌절한다고 한다.

부모 2

'4학년이나 됐으면 그런 잘못은 하지 말아야지. 학교에서 돌아오면 얼른 숙제하고 준비물들 챙겨서 책가방 준비해야지. 지금이 몇 시인데 이제 얘기해. 오늘 사 주면 앞으로 버릇이 돼서 안 돼. 엄만 오늘 사 줄 수 없어. 사 주고는 싶지만 버릇이 될까 봐 안 돼. 오자마자 얘기하지 않았으니까 자신의 잘못은 자신이 책임져야 해.'

이렇게 생각하는 어머니는 혜연이에게 다음과 같이 말한다.

"지금 얘기하면 어떡해. 준비물은 미리미리 챙겨야지. 4학년이나 됐으면서 아직까지도 미리 챙기는 습관이 안 되어 있으면 되겠니? 네 일은 네가 알아서 해. 엄만 몰라. 네가 벌을 받더라도 그건 네 책임이야."

이 말을 듣는 혜연이는 어떤 생각을 하게 될까.

'그래, 난 뭐든지 제대로 하는 게 없어. 그래서 우리 부모는 날 싫어해. 얘기해도 야단만 맞는데 괜히 얘기했잖아.'

이 같은 자녀는 걱정이 많고 불안하며 자신에 대해서 부정적이다. 책임감은 있으나 창의력이 부족하며 지나치게 순종적이다.

부모 3

'너는 맨날 잘 잊어버려. 오늘 안 사 줘야 하는데 한 번만 봐 주는 거야. 다음에 또 이런 일이 있으면 절대로 안 사 줘. 아니, 너, 혹시 어제 사 달라는 지갑을 안 사 줘서 엄마를 애 먹이려고 이렇게 늦게 말 하는 거 아냐. 어쨌든 오늘만 사 주는 거야.'

이렇게 생각하는 어머니는 혜연이에게 다음과 같이 말한다.

"넌 맨날 엉뚱한 데 정신 팔고 다니다가 밤늦게 얘기하더라. 오늘만 엄마가 봐 주는 거야. 다음엔 네가 선생님께 매를 맞든 벌을 서든 절대로 안 사 줘. 알았어?"

이 말을 듣는 혜연이는 또 어떤 생각이 들까.

'우리 엄마는 말로는 위협하면서 기분 나쁘게 하지만 그래도 내 말은 잘 들어 준다고. 적당히 엄마 눈치 보면서 얘기하면 돼. 이랬다 저랬다 종잡을 수가 없지만 맞춰 가며 그때그때 넘기는 거야.'

이와 같은 자녀는 임기응변식의 대처 자세로 혼란스럽고 무질서하다. 타인에 대해 불신하며 적대감을 갖게 된다.

부모 4

'그래, 잊어버릴 수도 있지. 지금이라도 생각이 나서 정말 다행이야. 그러나 이런 일이 반복되지 않도록 이번을 기회로 잘 도와 주어야해.'

이런 생각이 드는 어머니는 혜연이에게 다음과 같이 말한다.

"으응, 깜빡 잊었구나. 그런데 지금은 시간이 너무 늦어서 나갈 수도 없고 어떡하나. 내일은 집에서 쓰던 치약 가져가면 어때? 아니면 내일 아침 일찍 일어나서 학교 가는 길에 사든가."

이 말을 듣는 혜연이는 어떤 생각이 들까.

'내가 깜빡 잊어버려서 밤늦게 말했는데도 엄마는 화내지 않고 내일 치약을 가져갈 수 있는 방법을 찾아 주셨어. 새 치약을 가져가진 못하지만 그건 내 잘못이야. 다음엔 잊어버리지 말고 집에 오자마자 준비해야지.'

이렇게 해결될 때 자녀는 책임감이 강하고 분별력이 생기며 자신감 있고 정직하며 다른 사람을 배려한다. 부모의 진정한 사랑을 느끼며 다른 사람을 존중한다.

당신은 위 유형 중 어느 유형의 부모라고 생각하는가? 그리고 어느 유형을 선택하고 싶은가?

대화에 방해되는 말

우리들의 일상적인 대화에서 어떤 말은 상대방에게 도움이 되지만 또 어떤 말은 상대방을 도와주려고 했는데 오히려 방해될 때가 있다.

다음의 대화들은 혜연이에게 도움이 되기보다는 오히려 방해가 된다.

대화1 넌 낮엔 텔레비전 보면서 놀기만 하더니 꼭 밤늦게 얘기해서 엄마를 힘들게 하더라.(비난)

대화2 얘가 정신을 어디다 두고 다녀. 넌 뭘 까먹는 데는 아주 도사야, 도사. 그 머리로 무슨 공부를 하겠니.(욕하기)

대화3 다음에는 이렇게 늦게 얘기하면 아무것도 안 사 줄 거야.(위협)

대화4 그런 얘긴 미리미리 해. 꼭 잠잘 시간에 얘기하지 말고.(명령)

대화5 학교에서 돌아오면 숙제하고 숙제 끝나면 준비물을 챙겨야지. 이 밤중에 얘기하면 엄마더러 어떡하라는 거야. 가게 문 닫을 생각도 하고 그걸 사 올 엄마 생각도 해야지.(훈계)

대화6 준비물을 혼자서 미리 챙기지 못하면 학교 가지 마!(경고)

대화7 왜 잊어버렸어? 왜? 텔레비전에 빠지면 준비물 같은 건 다 잊어버리는 거야. 아니면 엄마가 밤늦게 치약 사러 가다가 납치라도 되길 바라는 거야?(질문, 탐색, 심리분석)

대화8 승태는 학교에서 오자마자 준비물부터 챙기는데 너도 동생 좀 닮아 봐라.(비교)

대화9 선생님께서 준비물은 밝을 때 얘기하면 안 된다고 하셨지. 잠옷 다 갈아입은 다음에 하라고 하셨구나. 새벽 2시에 얘기하라고 하지 않으시던?(빈정거림)

대화10 이런 식으로 해 봐라, 뻔하다 뻔해. 이 담에 시집가서 쫓 겨나기 딱 알맞지.(예언)

대화 으응, 깜빡 잊었구나. 그런데 지금은 시간이 너무 늦어서 나갈 수도 없고 어떡하지. 내일은 집에서 쓰던 치약 가져가면 어떻겠니. 아니면 내일 아침 일찍 일어나서 학교 가는 길에 사 든가.

위의 대화 1~10까지의 말과 혜연이 어머니의 말을 비교해 본다. 혜연이는 늦은 시간이지만 어머니를 믿고 내일까지 가져가야 할 치약 얘기를 했다. 그런데 대화 1~10처럼 얘기한다면 다음에 또 이와 비슷한 실수를 했을 경우에 편안한 마음으로 어머니에게 말할 수 있겠는가. 혜연이는 어머니에게 자신의 모든 일을 털어놓기가 두려울 것이다.

그러므로 대화 1~10까지의 의사소통에 방해가 되는 말들은 가 려서 사용하는 것이 효과적이다. 그러한 말들은 상대방의 자존심을 상하게 하고 열등감을 갖게 하며, 욕구가 무시되어 좌절감을 느끼 게 하며, 상대방에게 적개심이나 불만을 품게 만들고, 반항하고 대 화하고 싶은 의욕을 상실하게 한다. 그러나 혜연이 어머니의 말은 혜연이의 자존심을 상하지 않게 하면서 자신의 행동을 되돌아보며 반성하게 한다.

그렇다면 상대방의 행동이 내 마음에 들지 않아 화가 날 때 어떤 말을 하면 상대방이 스스로 자신의 행동을 고치려 할 것인가.

예로부터 사람을 사회적 동물이라고 했다. 사람은 이웃과 더불어 살아야 한다. 부모와 형제, 남편과 아내, 친구와 동료들 그리고 이웃과 함께 우리는 늘 더불어 산다. 그들과 함께 살면서 그들의 행동이 내 마음에 들지 않을 때 크게 또는 작게 불만이 생긴다. 그들과 나와의 관계가 밀접할수록 영향을 많이 받는다.

가령 대학입시를 앞둔 수험생이 토요일 오후 계속해서 텔레비전을 보고 있다. 그 입시생이 우리 동네 옆집 아이다. 나의 조카다. 내 동생이다. 나의 하나밖에 없는 삼수생 아들이다. 나와 밀접한 관계일수록 불안하고 걱정되며 조바심이 나고 속이 상하고 화가 난다.

한마디로 표현하기는 어렵지만 나의 욕심 탓인가. 특히 부모는 자녀를 소유물인 것처럼 부모가 원하는 대로 행동하기를 바란다. 그러나 그들이 부모 마음대로 지배하고 휘둘러도 되는 존재인가. 자녀가 부모로부터 사랑받고 있다고 느끼게 하려면 상대방을 독립된 인격체로 보고 그들을 신뢰하고 존중해야 한다. 그들은 부모가 원하는 대로 행동할 수도 있고, 그렇지 않을 수도 있다는 것을 인정해야 한다. 부모는 자녀가 숙제부터 해 놓고 놀았으면 하지만 자녀는 놀고 난 후에 숙제를 할 수도 있다. 이러한 마음의 바탕 위에서만 상대방의 행동으로 인해 내가 속이 상할 때 도움 받는 방법을 사용해서 그 효과를 얻을 수 있다. 구체적인 방법으로,

① 부모의 생각이나 느낌을 표현해 주는 대화를 한다.

가령 늦게 들어온다는 연락 없이 밤 12시가 다 되어 들어온 자녀

에게,

대화1 너는 왜 전화도 하지 않고 엄마 속을 썩이느냐.

대화2 넌 나갔다 하면 만날 늦더라. 그렇게 집에 들어오기 싫으면 아예 들어오지 마. 나가, 나가 버려!

대화3 엄마는 굉장히 걱정되고 불안했어.

자녀의 같은 행동일지라도 부모의 표현에 따라 그 말을 듣는 자녀들은 각각 다르게 받아들인다. 어떤 표현은 반발심을 일으키게 하고 어떤 표현은 자신의 잘못을 깨달아 자신의 행동을 수정해야겠다는 생각의 변화를 갖게 한다.

다음 도표 1을 본다.

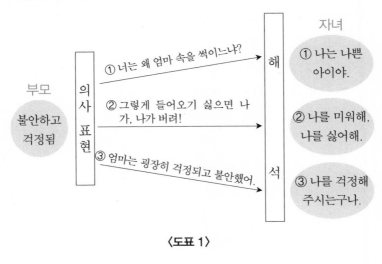

〈도표 1〉

도표 1에서처럼 부모의 '의사 표현'에 따라서 자녀의 '해석'이 달라진다. 부모의 의사를 ①너는 왜 엄마 속을 썩이느냐. ②그렇게 들어오기 싫으면 나가, 나가 버려! 처럼 대화에 방해가 되는 표현을 하면 자녀는 ①나는 나쁜 아이야, ②나를 미워해, 나를 싫어해로 해석하게 된다. 그러므로 부모가 ③엄마는 굉장히 걱정되고 불안했어로 부모의 생각이나 느낌을 표현하면 자녀는 ③나를 걱정해 주시는구나로 해석하게 된다. ③처럼 부모의 의사가 표현될 때 자녀는 자신의 행동이 부모에게 어떤 영향을 끼치는지, 어떤 느낌을 갖게 했는지 깨닫고 행동을 변화시키게 된다.

② 자녀의 행동을 표현해 주는 대화를 한다.

"왜 그렇게 연락도 없이 늦게 와서 엄마 속을 썩이느냐!" 대신에

"연락 없이 두 시간 가까이 늦었네."

"혜연아, 빨리 숙제해, 7시나 됐는데 숙제는 언제 하려고 텔레비전만 보고 있니!" 대신에

"혜연아, 저녁 7시인데 아직 숙제가 다 안 됐네."

이렇게 자녀의 행동만 표현한다.

다시 혜연이네 얘기를 예로 들어 본다.

혜연　엄마, 내일까지 학교에서 치약 가져오래요.

어머니　그래, 내일까지 치약을 꼭 가져가야 하는구나.

혜연　그래요, 엄마. 꼭 가져가야 해요.

어머니　엄마는 네 말을 들으니까 정말 난처해. 지금은 늦어서 사

올 수도 없고. 네가 내일 안 가져가면 선생님께 꾸중 들을까 걱
정도 되고.

혜연 내일 꼭 가져오랬는데.

어머니 그럼 어떡하나. 그렇지, 혜연아. 내일은 집에서 쓰던 치
약 가져가면 어때? 아니면 내일 아침 일찍 일어나서 학교 가는
길에 사든가.

혜연 알았어요. 내일은 쓰던 치약 가져갈게요. 엄마, 죄송해요.
다음엔 집에 오자마자 얘기할게요.

어머니 그래, 고맙다.

이런 대화로 혜연이는 기분 상하지 않게 쓰던 치약을 학교에 가
지고 갔다.

상대방(자녀)에게 어려움이 있을 때 도와주는 방법

그런데 며칠 후 초등학교 2학년인 동생 승태가 학교에서 오자마
자 내일 학교에 치약을 가져가야 한다고 했다. 혜연이 어머니는 시
장 가는 길에 새 치약을 사다 주었다. 옆에서 그것을 본 혜연이가
심술 가득한 표정으로 투덜댔다. "승태만 새 치약 사 주고, 나는
…… 나는 쓰던 치약 가져갔는데 ……."

이때 당신이 혜연이의 부모라면 투덜대는 혜연이에게 뭐라고 말하겠는가.

위 사례에서 투덜대는 혜연이처럼 자녀에게 불만이 생겼을 때는 부모의 보살핌이 필요하다. 부모는 자녀의 불만을 덜어 주려고 노력한다. 그러나 그 노력은 훈계나 충고, 판단, 비판, 비난, 명령, 경고, 비교, 해결방법 제시 등 대화에 방해되는 말을 사용하여 자녀의 감정을 더욱 악화시키는 결과를 가져왔다.

혜연이네 얘기를 일상적인 표현방법으로 전개해 본다.

혜연 승태만 새 치약 사 주고, 나는 …… 나는 쓰던 치약 가져갔는데…….

어머니 너는 그때 밤늦게 얘기했기 때문에 살 수 없었잖아. 그래서 다 쓰면 새 치약 사 주기로 했잖아.

혜연 그래도, 그래도 승태만 새…….

어머니 그래도라니? 분명히 약속했잖아. 다 쓰면 사 주기로.

혜연 엄마는 맨날 승태만…….

어머니 얘가 웬 말이 이렇게 많아. 뭘 잘한 게 있다고. 그래, 너 숙제했어?

혜연 …….

어머니 빨리 가, 빨리 가서 숙제나 해!

혜연 알았어. …… 엄마는 맨날 …… 나만 ……. (투덜대며 방으로 들어간다.)

심리학자들은 위 상황에서 혜연이의 느낌처럼 불만의 감정이 가득한 심리상태에서는 숙제하기 위해서 아무리 좋은 환경이 주어진다 하더라도 효과적인 학습을 할 수 없다고 한다. 물론 자신의 문제해결 능력도 약해진다. 왜냐하면 화난 감정이 생각할 수 있는 이성의 영역을 침범해서 생각의 힘을 약화시켜 버리기 때문이라는 것이다. 심지어 어떤 학자는 이런 상황에서 지능 지수가 20~30퍼센트 정도 떨어져 버린다고 말하기도 한다.

초등학교 5학년 담임을 맡고 있는 수강자 박 선생님은 학생들의 감정이 악화됐을 때마다 도와주는 방법을 사용했더니 결과적으로 반 평균 성적이 10점 이상이나 높아졌다고 했다. 이는 누구든지 편안한 상태에서 능력이 최대한 발휘될 수 있다는 것을 증명해 주는 것이기도 하다.

그렇다면 우리는 어떻게 해야 할까. 감정이 가득한 자녀가 감정의 홍수상태에서 잘 빠져 나올 수 있도록 도와주려면 다음과 같이 해야 한다고 아델리 화버와 어레인 매즈리쉬는 말한다.

① 관심을 갖고 조용히 자녀의 이야기를 들어 준다.
② 자녀의 말을 인정해 준다. "오, 음, 그래, 그랬어, 그랬구나." 등의 말을 함께 하면서.
③ 자녀가 원하는 것을 상상으로 표현해 준다. "옆집이 치약 파는 가게라면 엄마가 당장 사줄 텐데."
④ 자녀가 느끼는 감정을 말해 준다. "너는 쓰던 치약 가져갔는데, 승태만 새 치약 사 줘서 네가 서운했구나."

그러나 자녀의 모든 감정을 수용하더라도 행동은 제한되어야 한다.

"난 네가 서운해 하는 걸 알아. 그러나 다음엔 학교에서 오자마자 잊지 말고 말하길 바래."

여기서 잠시 ④번에 대해서 좀더 구체적으로 알아 본다. 혜연이가 동생에게 새 치약을 사 주는 것을 보고 항의했다.

'승태만 새 치약 사 주고 나는 …… 나는 쓰던 치약 가져갔는데 …….'

이 말을 들은 혜연이 어머니는 혜연이가 왜 그런 말을 하는지 마음을 헤아려야 한다. 단순히 겉으로 표현된 혜연이의 말에 초점을 맞추어 '네가 밤늦게 말했으니까 못 사 주었지.', '그러니까 동생처럼 학교에서 오자마자 말했으면 사 주었지. 네가 잊어버리고 밤늦게 말했잖아.' 등의 대화에 방해되는 말은 혜연이를 더 답답하게 한다. 그러므로 여기서는 혜연이의 마음, 즉 감정을 말해 준다. '동생에게만 새 치약을 사 줘서 엄마가 동생만 사랑한다고 생각돼서 섭섭했구나.' 하는 말은 혜연이가 어머니에게 이해 받은 느낌이 들어 편안한 상태로 되돌아올 수 있다.

그러면 혜연이의 느낌을 말해 준 대화내용을 본다.

혜연 승태만 새 치약 사 주고, 나는 …… 나는 쓰던 치약 가져갔는데…….

어머니 그랬구나. 너는 쓰던 치약 가져갔는데 승태가 새 치약 산 걸 보니까 엄마가 동생이랑 차별하는 것 같아서 서운했구나.

혜연 그래, …… 승태 것 살 때 두 개 샀으면 됐잖아.

어머니 정말 그렇구나. 엄마가 그 생각을 미처 못했네. 혜연이
것도 같이 살걸. 미안해. 엄마가 오늘 사 올게.

혜연 아니에요. 사 오지 마세요.

어머니 그래, 왜?

혜연 다 쓰면 사 달라고 할게요. 사 오지 마세요.

어머니 혜연아, 고맙다. 엄마가 사 오려면 힘들까 봐 엄마를 그
렇게 생각해 줘서 정말 고마워.

혜연 괜찮아요, 엄마. 엄마, 나 숙제할게요.

자녀의 마음을 헤아려 주면 자녀는 편안한 상태가 되어 이성적
으로 생각할 수 있다.

혜연이의 투정은 어머니의 사랑이나 관심의 확인이었지 이미 지
나간 치약에 대한 불평은 아니었다. 위의 대화에서처럼 이성의 영
역을 침범했던 감정이 원상태로 돌아와서 정상 상태가 되면 혜연이
처럼 자신의 문제를 스스로 해결할 수 있게 된다.

> 혜연 내일 꼭 가져오랬는데 …….
>
> 어머니 그럼 어떡하나. 그렇지, 혜연아. 내일은 집에서 쓰던 치약 가져가면 어때? 아니면 아침 일찍 일어나서 학교 가는 길에 사든가.
>
> 혜연 쓰던 치약은 싫어. 그리고 난 아침에 늦게 일어날지도 모른단 말이야.

혜연이네 얘기가 만일 위와 같이 진행된다면 어떻게 풀어야 할 것인가?

위 상황은 일반적으로 다음의 두 방법으로 해결된다.

첫 번째 방법은 힘을 지닌 부모가 원하는 쪽으로 해결된다. 부모가 사 주고 싶다면 사 주고, 버릇을 고쳐야겠다고 생각되면 체벌을 가해서라도 사 주지 않는 쪽으로 결정된다.

두 번째 방법은 자녀가 원하는 쪽으로 해결된다. 지금 사다 놓으라면 지금 사 오고 내일 아침 일찍 어머니가 사 오라면 어머니가 사 오고, 결국 자녀가 하고자 하는 쪽으로 결정된다.

교육학자들은 두 방법 모두 문제가 있음을 지적한다. 두 방법 모두 이긴 자와 진 자가 있기 때문에 진 쪽은 이긴 쪽을 원망하고 미워하며 부정적으로 생각하게 된다. 또한 자기중심적이어서 상대방을 배려할 줄 모르는 심성으로 굳어진다고 한다. 그러므로 부모와 자녀가 서로 다른 욕구를 지닐 때 '부모·자녀의 대화방법'에서는 다음과 같이 해결방법을 제안한다.

1단계 자녀의 감정과 욕구를 들으면서 자녀의 욕구를 정의한다.
2단계 부모의 감정과 욕구를 말하면서 부모의 욕구를 정의한다.
3단계 서로 해결할 수 있는 방법을 찾기 위해 각자 생각나는 의견을 말한다.
4단계 해결방법들을 평가하여 선택한다.
5단계 선택된 해결방법을 실행한다.
6단계 실행한 후에 재평가한다.

혜연이네 얘기를 문제 해결방법으로 진행해 본다.

혜연 쓰던 치약은 싫어. 그리고 난 아침에 늦게 일어날지도 모른단 말이야.

어머니 아침 일찍 일어날 자신은 없지만 새 치약을 가져가고 싶구나.

혜연 응, 애들이 다 새 치약 가져온단 말이야.

어머니 그래, 너도 친구들처럼 꼭 새 치약을 가져가고 싶다고?

혜연 그래요.(1단계 : 혜연이의 욕구)

어머니 엄마는 엄마 일에 방해되지 않게 네가 치약을 가져가길 원해.(2단계 : 부모의 욕구) 그러면 우리 둘 다 좋은 방법을 생각나는 대로 얘기하며 적어 보자.(3단계 : 의견을 얘기하며 적기)

① 어머니가 혜연이를 일찍 일어날 수 있도록 도와준다.

② 아침 일찍 운동하러 나가시는 아버지께 부탁한다.

③ 오후반인 승태가 새 치약을 사 가지고 좀 일찍 학교에 가서 누 나네 교실로 갖다 준다.

④ 옆집 지은이네가 미리 사다 놓은 치약이 몇 개 있었는데, 알아 보고 빌려 온다. 혜연이와 어머니는 ①번으로 하되 계획대로 안 되면 ②번을 하기로 한다. ③, ④번도 생각해 보지만 가능 하면 ①번으로 한다.(4단계 : 실행하여 선택하기)

실행한다.(5단계 : 실행)

실행 후 그 과정이나 결과에 대한 느낌, 또는 시정할 문제에 대 해 토론한다.(6단계 : 실행 후 재평가)

이와 같이 자녀와 갈등이 있을 때 서로의 욕구를 존중하면서 문 제를 해결하면 더 좋은 관계로 발전하는 계기가 되기도 한다. 상대 방(자녀)은 어려운 문제에 처했을 때 해결할 수 있다는 자신감이 생기고 다른 사람을 배려할 줄 알며 창의력을 키울 수 있다.

상대방(자녀)의 행동이 내(부모) 마음에 들 때 표현방법(칭찬하는 방법)

우리는 상대방이 나에게 보내는 감사의 표현이나 칭찬에 흐뭇해 한다. 그러나 상대방을 칭찬하거나 그에게 감사의 마음을 표현하는 데는 인색하다. 부모는 자녀가 칭찬을 들으면 자만할 것 같아 경계 하기도 한다. 칭찬도 표현방법에 따라 효과가 다르다. 일상적인 칭찬을 혜연이네 얘기에서 들어 본다.

혜연 다 쓰면 사 달라고 할게요. 사 오지 마세요.

대화1 어이고, 착하기도 하지.
대화2 그래, 참 잘 생각했다.
대화3 알았어. 가서 숙제나 해.
대화4 그래, 진작 그렇게 말하지. 다음부턴 미리미리 챙기고 투정하지 마.

이러한 칭찬이나 명령, 확인하는 말을 듣는 혜연이의 마음은 밝고 환한 기쁨을 느끼기보다는 어딘가 찜찜한 뒷맛이 남는다. 혜연이 어머니의 얘기를 듣는다.

혜연 어머니 혜연아, 고맙다. 엄마가 오늘 사 오려면 힘들까 봐 엄마를 그렇게 생각해 줘서 정말 고마워.

이와 같이 자신의 행동에 대해 어머니의 구체적인 마음을 표현해 주면 혜연이는 자신감이 생기고 어머니에 대한 신뢰와 사랑이 더욱 두터워질 것이다.

칭찬은 상대방을 평가하지 않고 보고 느낀 대로 마음을 헤아려 표현한다.

① 본 대로 표현한다.

"책상이 깨끗이 정리되었고 책들도 제자리에 꽂혀 있네."

② 느낀 대로 표현한다.

"너랑 얘기하면 상쾌하고 기분이 좋구나."

③ 나(부모)에게 끼치는 영향을 표현한다.

"네가 설거지 해 줘서 엄만 오늘 책 읽을 시간이 생겼네."

"칭찬이 진실한 마음에서 솟아나올 때 그것은 가장 아름다운 선물 중의 하나입니다."

돈 보스꼬 성인의 말씀이다. 아름다운 선물을 선사할 줄 아는 사람이야 말로 따뜻한 사람이 아닐까.

아무리 대화기술이 완벽하다 할지라도 상대방을 인격적으로 존중하는 겸허한 마음과 깊은 애정 없이는 그 뛰어난 기술도 물거품에 지나지 않는다.

지금까지 이 책의 주인공들이 배웠던 이론 중 중요한 부분을 간략하게 정리해 보았다. 구체적인 방법을 배우고자 원하며 관심있는 독자는 부모 · 자녀 대화방법 프로그램에 참가하기를 권한다.